ADAM MORRIS ist Autor, Musiker, preisgekrönter Filmemacher, Sonderpädagoge und Universitätsdozent. Er hat über »Whiteness and Australian Fiction« promoviert und war als Kunst-, Tanz- und Musiklehrer in Gefängnissen tätig. Als Singer/Songwriter ist er durch Australien, Asien und Nordamerika getourt. *Bird* war für den Miles Franklin Award, den ALS Gold Medal Award und den Prime Minister's Literary Award nominiert. Adam Morris lebt in Westaustralien.

CONNY LÖSCH, 1967 in Darmstadt geboren, hat in Frankfurt am Main Anglistik und Philosophie studiert und lebt in Berlin. Sie hat unter anderem Bücher von Don Winslow, Joe Ide, William Shaw, Jon Savage, Viv Albertine, Gail Jones und Jessa Crispin übersetzt.

Adam Morris

BIRD

Kriminalroman

Aus dem Englischen von Conny Lösch

Bitte keine
Besprechungen vor dem
4. März 2024
Danke!

Edition Nautilus

Die Originalausgabe des vorliegenden Buches
erschien 2020 unter dem Titel *Bird* bei
Puncher and Wattmann, Waratah, New South Wales,
Australien.

Australian Government

Creative Australia

Die Übersetzung dieses Romans wurde von der australischen Regierung durch Creative Australia gefördert, ihr wichtigstes künstlerisches Investitions- und Beratungsgremium.

Edition Nautilus GmbH
Schützenstraße 49 a
D-22761 Hamburg
www.edition-nautilus.de

Deutsche Erstausgabe März 2024
Umschlaggestaltung:
Maja Bechert
www.majabechert.de
Porträt des Autors Seite 2:
© privat/Talarah Roelofs

FSC MIX
Papier aus verantwortungsvollen Quellen
FSC® C083411
www.fsc.org

Druck und Bindung:
CPI – Clausen & Bosse, Leck
1. Auflage
ISBN 978-3-96054-340-4

Für Ann Morris

In der neuen Welt der Siedler war kein Platz
*für vorlaute N***** – vorlaute N******
hatten meist ein kurzes und unglückliches Leben
oder vermoderten in den Strafanstalten.

Henry Reynolds, *Frontier*

Chikininni

Chikininni war der erste Vogel. Chikininni war kräftig und stark und an allen Horizonten zu Hause. Zuerst war sie ein Vogel, aber nach einer Weile wurde sie zwei, drei, dann vier Vögel und immer so weiter, bis Chikininni schließlich viele Vögel war.

Eines Tages drehte Chikininni sich um und sah sich als so viele Vögel, dass sie ganz verwirrt war. Sie atmete ein und wurde zu mehr Vögeln, und als sie ausatmete, zu noch mehr, und als sie die Luft anhielt, zu noch viel mehr.

Bei dem Versuch zu entkommen flog Chikininni hoch in die Luft, aber jedes Mal wenn sie flog, vervielfachte sie sich. Und wenn sie still stehen blieb, vervielfältigte sie sich noch häufiger. Wenn Chikininni schlief, wachte sie als tausend Mal mehr Vögel auf. Wenn sie wach blieb, wurde sie so müde, dass sie in sich zusammenfiel und als noch mehr Vögel aufwachte.

Eines Tages erwachte Chikininni und konnte nichts anderes mehr sehen als starke, schöne, pechschwarze Vögel. Eine wimmelnde Masse aus seidigen Federn, breiten Schnäbeln und glänzenden Augen, die sich in alle Himmelsrichtungen bis zum Horizont erstreckte.

Eines Tages kam Snake Chikininni besuchen. Er bewegte sich ungesehen und stetig durch das Meer von Vögeln, schlängelte sich unter dem Dach ihrer frischen, flauschigen Federn durch den Wald ihrer Beine. Chikininni sah die Bewegungen der Vögel, die er störte, und verfolgte seinen Weg.

»Chikininni«, fragte Snake, als er sie schließlich erreichte. »Was zum Teufel sollen wir mit so vielen Vögeln machen?«

Chikininni antwortete nicht. Da sie so alt war, erinnerte sie sich nicht mehr an den Namen, den sie bekommen hatte. Sie glaubte, Snake rede mit jemand anderem, und flog in den Himmel hinauf, sie zog eine Spur herabregnender Vögel hinter sich her. Je höher sie flog, desto länger wurde die Spur, ein unendlicher gewundener sich auflösender Schwanz quer übers Land. Als sie am Himmel kehrtmachte und auf den ihrer Ansicht nach nächsten Horizont zusteuerte, drehte sie sich um und sah Snake, der jetzt von Vogel zu Vogel glitt und einen nach dem anderen verschlang.

I. IN

II. OUT

III. SHAKE IT ALL ABOUT

IN

Daniel

»So ein Mac ist perfekt, Bruder, voll die Maschine. Als sie den gemacht haben, sind sie einfach schon viel weiter gewesen als alle anderen. Aber die an der Macht, verstehst du, die wollten keinen perfekten Mac, und während der Mac seinen Weg gemacht hat, hat auch der PC seinen Weg gemacht. Aber keiner hat gewusst, wozu die überhaupt gut sein sollten, weil die Leute halt einfach saublöd waren, ich sag mal Anfang der Achtziger oder Ende der Siebziger, teilweise gab's schon welche in den späten Siebzigern, Computer so groß wie ein ganzes Zimmer, die kannst du dir heute an den kleinen Finger stecken. Hab ich auf SBS gesehen. Krass.

Keiner hat den Unterschied zwischen einem Mac und einem PC gekannt, für die meisten haben sie halt ausgesehen wie Computer. Aber die PC-Leute haben es gewusst und die Mac-Leute auch, aber als die Mac-Leute den ganzen bescheuerten Idioten erklären wollten, warum der Mac besser war, haben sie's nicht kapiert. Weil der Mac perfekt war, verstehst du, was ich sagen will? Der Mac war einfach zu gut. Aber dann hat sich irgendwo ein Wichser gemeldet und behauptet, der PC hier macht dasselbe, kostet aber nur die Hälfte, das haben alle sofort geschnallt. Billiger, kostet weniger. Die haben nicht gedacht, dann kann er auch nicht so viel wert sein, die haben gedacht, der ist billiger, und das fanden die gut.

Wenn man jetzt in einen Computerladen geht, sieht man sie überall. In den Märkten, in den Läden, da kannst du zu jedem einzelnen von den Nerds gehen, die da sitzen, den Typen, denen diese Läden gehören, und sie fragen, warum der Laden *PC World* oder *PC Land* oder *PC Universe* heißt, auf jeden Fall immer was mit PC. Die werden dir direkt sagen, und ich schwör dir, das ist die Wahrheit, wenn du die fragst, warum er nicht *Mac World* oder *Mac Land* oder *Mac Universe* heißt, dann werden die dir direkt sagen: Weil Macs nicht kaputtgehen.«

Daniel musste raus. Er konnte sie nicht mehr hören. Die Geschichten. Carson war ein großer Kerl. Selbstbewusst und schlau. Daniel wusste, wenn es hart auf hart käme, würde Carson ihn in Stücke reißen. Wenn man allein mit ihm war, konnte man sich ganz gut mit ihm unterhalten. Oder wenn es einem gelang, das Gespräch in eine positive Richtung zu lenken. Aber allmählich setzte Daniel der Aufenthalt hier drin geistig zu.

Er hatte seinen Bachelor am Kunstcollege gemacht und war mit einer ganz ansehnlichen Mappe abgegangen, Radierungen, Aquarelle, auch ein paar Lederarbeiten. Herausragend waren seine Leistungen am John Curtin College of the Arts eigentlich nicht gewesen, zumal es als eine der besten Adressen für Malerei galt. Irgendwann hatte er Stan kennengelernt, einen englischen Atheisten, der die höheren Klassen am College unterrichtete, und der hatte ihm erklärt, das Curtin sei völlig überbewertet. Was die Studenten dort an Kunst hervorbrachten, sei peinlich. Stan behauptete außerdem, er habe seinen Master in Princeton gemacht, Mitte der Sechziger für den Geheimdienst der britischen Armee gearbeitet und sei intellektuell völlig unkorrumpierbar.

Daniel wusste nicht, ob das alles stimmte. Er selbst war nach seinem Abschluss nach Melbourne gezogen, hatte sich der Szene dort anschließen wollen, aber gar keine gefunden. Ihm kam das alles sehr aufgesetzt vor. Jetzt saß er im Kunstraum des Gefängnisses und erinnerte sich an die ganzen faulen und langweiligen Mädchen in Melbourne, mit denen er hatte schlafen wollen. Eine verlorene Generation, die glaubte, sich mithilfe von Biopics über Jackson

Pollock und Jean-Michel Basquiat künstlerische Techniken aneignen zu können.

Er hatte es knapp zehn Jahre lang versucht und war fast so weit, alles hinzuschmeißen, wusste aber auch nicht, was er stattdessen machen sollte. Er war eben nur einer unter vielen. Vielleicht würde jemand in ein paar hundert Jahren seine Lederarbeiten entdecken und etwas darin sehen. Man würde sie wertschätzen und Leute würden lächeln, bedeutungsvoll nicken und sagen, oh, ein klassischer Meredith aus dem frühen 21. Jahrhundert.

Daniel sah zwei Gefangene an der Tür des Kunstraums vorbeigehen, ganz dicht nebeneinander, fast als hielten sie Händchen.

»Die Wichser ficken sich gegenseitig in den Arsch, Sir.«

Der Raum brach in Gelächter aus. Carson konnte nicht lange die Klappe halten, jedenfalls nicht, wenn er ein Publikum ganz für sich allein hatte. Vier Männer, die taten, als würden sie ihm gar nicht zuhören, als wären sie völlig vertieft in ihre Gemälde – alle prusteten jetzt gleichzeitig los, weil sie, genauso wie Daniel, auf jedes einzelne Wort gelauert hatten. Normalerweise wollte sich hier niemand etwas anmerken lassen. Eine eigenartige selbstauferlegte Form der geistigen Beschränkung war das. Praktisch nicht zu knacken. Aber mit Gelächter ging's.

»Hey Carson, komm schon, Mann.« Daniel blickte wie zufällig zu Carson auf, der immer noch lachte und es sichtlich genoss, dass alle ihm zuhörten.

»Hey Sir, tut mir leid, aber die Schwuchteln laufen hier rum wie Schwuchteln, also ist es doch nicht unhöflich, wenn ich sage, dass die sich in den Arsch ficken, weil das bei denen doch normal ist. Eigentlich ist es sogar ein Kompliment, so wie wenn ich sage, ›Hey Sir, Sie sind ein toller Künstler‹ ...«

»Carson ... Mann.« Daniel versuchte, die anderen mit einem einigermaßen milden Lächeln zu beschwichtigen.

»Nein, das sind Sie wirklich, kommen Sie schon, nicht so bescheiden, Sir, Sie haben uns ein paar Tricks gezeigt, ist nichts dran verkehrt, wenn man zeigt, was man drauf hat ...«

»Carson, ich weiß nicht, ob es denen recht wäre, wenn das alle hier im Gefängnis wissen.« Daniel überlegte, ob er langsam zur Tür gehen sollte oder einfach in den Hof hinausstarren, vielleicht würde das ja genügen, um Carson ein bisschen den Wind aus den Segeln zu nehmen.

»Wissen Sie, was die zu meinem Onkel Eddie gesagt haben?«, fragte Carson.

Er lachte wieder, seine Stimme klang jetzt schriller. »Sir, bei meinem Leben ich schwöre, die haben gesagt, dass sie sich gegenseitig einen runterholen und abspritzen, Sir ...« Carson machte eine schnickende Bewegung mit der Hand. »An die Zellenwände, Sir. Und die haben gesagt, das machen sie die ganze Nacht, das müssen echt wahnsinnig geile Schwuchteln sein, Sir. Sie wissen doch, wie's ist, wenn man's eine Weile nicht gemacht hat, Sir, dann ist da ordentlich Druck drauf. Die sind geladen, prallvoll wie ein großer verfluchter Truthahn, der sich aufplustert und die ganze Welt ankreischt. Also stellen Sie sich die beiden Arschlöcher wie zwei riesige verfluchte Truthähne vor, die's sich gegenseitig besorgen ...« Carson bekam die Worte kaum noch heraus, so sehr krümmte er sich vor Lachen und alle im Raum mit ihm.

Daniel versuchte sich zusammenzureißen, er stand langsam auf und ging zur Tür.

»Sir, Sir, kommen Sie, Uncle Eddie hat gehört, wie die mit einem in ihrer Abteilung geredet haben, einem jungen Typen, ganz frisch reingekommen, die haben zu dem gesagt: ›Hey, willkommen im Loch.‹ Ich meine, Sir, wie würden Sie das finden, wenn Sie hier landen und sich gleich so zwei Typen an Ihren Arsch hängen, Sir?«

Der Chor folgte.

»Carson …« Daniel drehte sich zu Carson um, allmählich gingen ihm die Ideen aus.

»Das sind schwule Vergewaltiger, Sir. Die packen Sie zu zweit, schieben Ihnen oben und unten einen rein, die machen Schaschlik aus Ihnen.«

Wieder brüllte der ganze Raum. Heute Morgen war es besonders schlimm. Die Stimmung änderte sich täglich, aber heute war es ganz besonders schlimm. Egal wo im Gefängnis man sich befand, überall herrschte dieselbe Atmosphäre. Mit Ausnahme von Trakt Sechs.

Der Sechser war die Mühle. Der Friedhof. Die Abteilung für diejenigen, die vor den anderen Insassen geschützt werden mussten. Dort saßen alle möglichen Irren, Pädophile, Spitzel, geistig Zurückgebliebene und Junkies. Die Einsamsten, Verlorensten und Traurigsten in einer Welt der Verlorenen und Traurigen. Abgesehen von Trakt Sechs war es sonst überall im Gefängnis das Gleiche. Überall derselbe Mist, dieselben blöden Witze und dieselben Geschichten. Geschichten vom Krieg, von der Liebe, von Besäufnissen und Bullen, Drogen, Mord, Frauen, Mitgefühl, Tod, Partys und krummen Geschäften. Auch wenn's heute schlimm war, es war längst nicht so schlimm, wie's werden konnte. Daniel war seit fast drei Jahren hier und hatte in der Zeit einige Horrorgeschichten gehört.

Daniel drehte sich um und sah Carson freundlich an. Er war mehr oder weniger machtlos hier. Er hatte nicht die Autorität eines Wärters, und hätte er sie gehabt, wäre ihm das absurd vorgekommen. Leute anschreien, erwachsene Männer anbrüllen. Aber es gab hier eine ganz eigene Dynamik und das war die Schuld der Wärter, die Schuld der Gefangenen. Alle hatten sich gegenseitig zur schlimmstmöglichen Version ihrer selbst gemacht.

Carson gehörte zu den Intelligenteren. Die Schlauen stachen heraus. Aus irgendeinem Grund waren sie meist auch größer als die anderen. Intelligent und willensstark.

Die meisten anderen Gefangenen dagegen waren verfluchte Vollidioten. Ganz ehrlich, das war einfach die Wahrheit. Es war nicht ihre Schuld, sie hatten nur einfach nichts gelernt.

Als er neu hier anfing, war Daniel aufgefallen, wie selbstbewusst die Gefangenen wirkten. Wahrscheinlich hatten sie alle Riesenschwänze. Wahrscheinlich war das auch schon das halbe Problem. War er zu klein, wurde man Jack the Ripper oder Adolf Hitler, war er zu groß, landete man im Knast und saß drei Jahre wegen schwerer Körperverletzung. Ein anständig buddhistisches Zwischenformat war besser, so ein Mittelding, bestimmt hatte das was damit zu tun.

Aber die Männer, egal wie groß ihre Schwänze waren, bewegten sich größtenteils hart an der Grenze zur geistigen Behinderung. Zeigten kein bisschen Reue und waren allesamt schlicht gestrickt und sehr leicht reizbar, konnten es nicht abwarten, rauszukommen und wieder an die »Arbeit« zu gehen. Idioten waren das. Alle außer den Mördern und ein paar Ausnahmefällen wie Carson. Er verfügte über den nötigen Wortschatz, das Können und die geistige Beweglichkeit. Der Drecksack konnte sogar malen.

»Ist das schon trocken?«, fragte Daniel Carson und ging zu ihm.

»Ich glaube, es ist fertig«, Carson wischte mit einem Tuch über die Leinwandkante und kam damit aus Versehen an den kleinen Tischventilator, den er auf die trocknende Farbe gerichtet hatte.

»Ich warte nur, bis sich das hier in so einen rubinroten Karamellton verwandelt, weil ich nämlich da unten dieselbe Farbe benutzt hab, aber die hab ich in der Zelle vergessen, wissen Sie noch, letzten Montag, als ich gekommen bin und vergessen hatte, sie wieder mitzubringen, obwohl ich's am Freitag, als Sie sie mir mitgegeben haben, fest versprochen hatte. Jedenfalls hätte ich einfach drübergemalt, weil der Teil von dem Emu da vor dem Hintergrund ausgesehen hat wie verfluchte Schokolade, aber nach einem Tag in der Zelle hab ich's unter dem Waschbecken an die Wand gelehnt, weil wir im Dreier ja Fenster nach Osten raus haben, die Sonne war gerade erst aufgegangen, genau zur richtigen Zeit, und hat durch unser kleines Fenster voll aufs Bild geknallt und da hat es ein bisschen mehr nach Erde ausgesehen und ein bisschen weniger nach Scheiße.«

Daniel staunte immer wieder über die Verwandlung. Carson konnte mal so und mal so, ganz wie er wollte. Daniel hörte ihm gerne zu, wenn er über seine Malerei sprach. In ihm steckte eine Menge Potenzial. Das Bild hatte er für die bevorstehende Kunstausstellung im alten Gefängnis von Fremantle gemalt. Er hatte die Umrisse eines Emu gemalt, aber so, dass die Organe des Vogels mit auf dem Bild waren. Daniel hatte ein paar gesehen, die in einem ähnlichen Stil malten, aber nicht viele. Die meisten malten komische Triptychons auf einer einzigen Leinwand, zwei Landschaftsansichten, die eine Sternennacht einrahmten. Sah ein bisschen nach 1974 aus, kam aber gut an.

»Was meinen Sie, wie viel ich dafür verlangen soll, Sir?«

»So viel wie dir angemessen erscheint, Mann. Aber wenn du den Preis zu hoch setzt, verkauft es sich nicht.«

»Sehen Sie, das ist keine ehrliche Antwort. Sie sagen, ich soll verlangen, was ich für angemessen halte, und dann sagen Sie gleich hinterher, dass ich nicht zu viel verlangen soll, weil es sich sonst nicht verkauft. Geben Sie mir eine ehrliche Antwort, Sir. Die Schwuchteln da draußen sind wenigstens ehrlich.«

Daniel starrte auf die Leinwand, die allmählich trocknete. Carson ließ heute einfach nicht locker, er zwang Daniel, hart zu arbeiten für sein Geld.

»Sagen Sie eine Summe, Sir«, verlangte Carson.

»Ich werde keine Zahl nennen.«

»Sagen Sie schon.«

»Was meinst du denn selbst, was es wert ist?«, fragte Daniel.

»Sir, das fragen Sie mich? Ich sage Ihnen ganz klar, das ist ein Gemälde für 46 000 Dollar.«

Wieder kicherten alle im Raum, weiße Zähne grinsten hinter Pinseln. Sie krümmten sich oder warfen die Köpfe in den Nacken, das Gelächter war kindisch, echtes kindisches Gelächter.

»Wenn du das als Preis festsetzen willst, dann ist das dein Preis«, sagte Daniel und verzog keine Miene.

»Im Ernst?«, fragte Carson. Er dachte drüber nach.

»Wenn du der Ansicht bist, dann ist das so«, sagte Daniel.

»Aber Sie denken, es wird sich nicht verkaufen?«

»Man weiß nie, wer da zur Tür reinspaziert. Ich hab's halt noch nie erlebt, dass was für mehr als 2000 verkauft wurde. Aber man kann nie wissen, wenn du ehrlich der Meinung bist, dass es das wert ist, dann mach das so.« Daniel entfernte sich vom Tisch und setzte sich an seinen Schreibtisch in dem kleinen Raum.

Ihm war sterbenslangweilig. Seine Jugend hatte er sinnlos verschwendet und nun ging er stark auf das sinnlose Dasein eines gar nicht mehr so jungen Erwachsenen zu. Mittlerweile rauchte er wieder Gras, manchmal sogar drei Mal die Woche. Er hockte zu Hause, glotzte *MasterChef* und ergab sich seinen Heißhungerattacken. Das hatten Picasso, Kandinsky und wer auch immer bestimmt nicht gemacht. Er war näher dran aufzugeben als je zuvor in seinem Leben. Es kam ihm vor, als sei sein Leben schon vorbei, dabei war er noch in seinen Zwanzigern. Was war da bloß schiefgelaufen?

»Vielleicht 38 000«, sagte Carson emotionslos von weiter hinten.

Ein Wärter kam herein, drehte seine Runden. Komischer Typ. Anscheinend ein Belgier oder Franzose. Er hatte ein bisschen mehr Klasse als die meisten anderen seiner hauptsächlich englischen Kollegen.

»Carson«, der Wärter rief ihn beim Vornamen, wahrscheinlich arbeitete er im Dreier und vielleicht hatte Carson auch auf ihn einen gewissen Eindruck gemacht.

»Du musst zum Assessment. Eigentlich solltest du längst dort sein.«

»Die haben mir gesagt, ich soll gleich nach der Kunsterziehung hin, außerdem wollten die mich aufrufen. Ich hab gesagt, ich hab einen Termin und auch die Bestätigung dafür.« Carson zog sie aus der Tasche seiner Trainingshose. »Die haben gesagt, ich soll direkt zur Kunsterziehung gehen, sonst nehmen sie mir den Fernseher weg, Sir.«

Die Bemerkung ließ die Mitgefangenen wissend nicken. Auch in dieser Hinsicht eiferten sie ihm nach.

»Also, dann los«, sagte der Wärter, wobei man ihm seinen Akzent jetzt deutlich anhörte. Carson ging seinen Arbeitsplatz aufräumen und stellte sein Gemälde auf der anderen Seite des Raums unter eine kleine Wärmelampe. Dann trat er einen Schritt zurück und betrachtete seinen Emu noch einmal, justierte die Lampe.

»Sir, kann ich das bei Ihnen lassen? Kann sein, dass ich erst heute Nachmittag oder vielleicht morgen erst wiederkomme.«

»Kein Problem, Mann.«

»Ist jetzt nämlich 38 000 Dollar wert, Sir, das ist mehr als die meisten von den Wichsern hier in letzter Zeit gesehen haben, am Ende wird noch einer wegen dem Gemälde ermordet.« Carson ging zur Tür.

Die Gruppe verabschiedete sich johlend, der Wärter war schon draußen, er trug eine Sonnenbrille. Daniel fand, er sah ein bisschen wie ein UN-Diplomat aus, vielleicht einer aus Spanien. Ein Weltbürger. Carson trottete rückwärts zur Tür hinaus und zog im Gehen seine Jacke über.

»Hey Sir, die beiden Schwuchteln haben gesagt, wenn

sie's im ganzen Raum verspritzt haben und es getrocknet ist, dann sieht das aus wie Lametta. Ohne Scheiß, Sir.« Grölendes Gelächter und angewidertes Schnauben folgten.

»Deshalb wird der Sechser auch Lametta-City genannt, Sir.«

Daniel drehte sich um und sah sich nun konfrontiert mit dem dreckigen Gegacker der restlichen Anwesenden. Die würden jetzt umgänglicher sein. Jetzt, wo Carson weg war.

Dean

Dean saß zum dritten Mal. Er war mit den Tageseinnahmen seiner Crew erwischt worden, die im Süden von Rockingham Meth dealte. Er hatte für sie abkassiert und wurde festgenommen. Die Typen von der Crew hatten ihm erklärt, dass sie mehr Kohle mit den Häusern der Leute machten als mit den Drogen.

Wer sich so richtig verschuldet hatte, 20 000 oder 30 000 Dollar nicht zurückzahlen konnte, bot sein Haus zum Verkauf an, weil er sonst fürchten musste, umgebracht zu werden. Die Crew hatte nebenher noch ein ganz legales Immobilienunternehmen am Laufen, das dann flugs einsprang und das Haus für ein paar Hunderttausend unter Marktwert kaufte. Die verschuldeten Vollidioten hatten so eine Angst, dass ihre Frauen von der ganzen Gang vergewaltigt würden, dass sie ihre Häuser zum Schleuderpreis hergaben. Vom Erlös bezahlten sie ihre Schulden und gönnten sich noch ein bisschen Meth dazu.

An dem Tag, an dem er erwischt wurde, war Dean hauptsächlich durch Leda gezogen und hatte »mit der Spendenbüchse geklappert«. Im ersten Haus, zu dem er ging, war einer, der ihnen knapp über 20 000 schuldig war; als Dean reinplatzte, wollte er gerade frühstücken. Dean hatte die Anweisung erhalten, ihm mindestens 5000 abzunehmen und Druck zu machen, sollte er's nicht haben. Der arme Wichser hatte nur 300 Dollar, weshalb Dean ein Exempel statuierte, genauso wie man es ihm aufgetragen hatte. Er schlug ihm so lange in den Magen, bis er sich in die Hose machte und ließ ihn anschließend zusammengekrümmt in einer Küchenecke liegen. Das war so üblich, bloß nicht in die Visage, weil ihre Angehörigen nichts mitbekommen durften, damit sie ohne größeres Drama das Haus verkaufen konnten. Würden die Frauen dieser Penner jemals mitbekommen, dass Leute wie Dean bei ihnen ins Haus spazierten, würden sie vor Angst ausflippen und die Bullen rufen.

Dean sagte, er würde in einer Woche wiederkommen, und ging mit 300 in der Tasche raus. Als sie ihn später am Nachmittag hochnahmen, hatte er vier weitere Hausbesuche hinter sich. Jemand hatte den Cops einen Tipp gegeben, ein Nachbar vielleicht oder ein Postbote, wer weiß. Als er aus dem letzten Haus herausspaziert war, wurde er von einer Auswahl an Zivilbullen und einem Haufen gewöhnlicher Streifenpolizisten empfangen, die ihn anbrüllten, er solle sich auf den Boden legen, Hände hoch, blablabla. Er hatte 15 000 Dollar in einer Tüte dabei und keine Erklärung dafür. Das reichte, um ihn mindestens einen Monat in Untersuchungshaft zu stecken.

Jetzt saß er an der Aufnahme des Gefängnisses. Da, wo man sein Handy und die Armbanduhr abgibt und dafür im Gegenzug allen möglichen Mist bekommt. Er saß nackt in einer großen leeren Gewahrsamszelle hinter einer verschlossenen gläsernen Automatiktür. Außer einer langen Metallbank, die sich über die gesamte Länge der Wand zog und von einem Ende zum anderen perforiert war, befand sich nichts in der Zelle. Von seinem Platz aus konnte er den Bereich sehen, wo man abgefertigt wurde. Dort arbeiteten immer noch dieselben Wärter wie bei seinem letzten Aufenthalt hier, starrten noch mit denselben dämlichen Mienen auf dieselben Computerbildschirme.

Dieses Mal hatten sie einen irgendwie verschlagen wirkenden Gefangenen als Aushilfe dabei, Dean hatte ihn noch nie gesehen. Anscheinend machte er die ganze Arbeit. Ein großer dünner Kerl mit schuppigem Hautausschlag an den Armen und am Hals, der sich allmählich auch auf seinem Gesicht auszubreiten drohte. Die beiden Beamten saßen an einem Schreibtisch und ignorierten ihn, während er hin und her lief und Dean die Grundausstattung in die Tasche packte: T-Shirts, Unterwäsche, Socken, Trainingshose, einen Sonnenhut für draußen, Arbeitsshorts, Rasierer, Rasierschaum, Zahnbürste. Alles grün. Alles scheiße.

Er fragte sich, wo sie ihn wohl hinstecken würden. Er wusste, dass er erst mal ein paar Tage in Trakt Sieben würde bleiben müssen, bis die sich überlegt hatten, wo sie ihn unterbringen wollten. Seine Akte müsste hier eigentlich noch vorliegen. Das letzte Mal, als er hier war, hatte er ganz schön Krach geschlagen, nicht unbedingt so, dass es für eine Sonderbestrafung reichte, aber doch genug, um klarzustellen, dass man sich besser nicht mit ihm anlegte. Man musste sich schon ein bisschen Achtung bei den Wärtern verschaffen, sonst wurde man fertiggemacht. Nicht zu viel Krawall, aber genug, um die anderen auf Abstand zu halten. Er kannte ein paar Leute, die gerade einsaßen, aber es dauerte immer eine Woche, bis man dahinterkam, wo sie steckten.

»Bitte schön, mein Freund, das müsste alles sein.« Die gläserne Zellentür schwang langsam auf und der Gefangene mit der schlechten Haut kam rein und übergab ihm eine halbvolle Plastiktüte.

»Unterschreib und reiß den Abschnitt da unten ab, der ist für dich«, er reichte Dean einen Stift.

Dean nahm ihm die Tüte und den Stift ab, er sah einigermaßen harmlos aus.

»Wer bist du?«, fragte Dean, während er in der Tüte kramte, um sich zu vergewissern, dass wirklich alles drin war. »Corry heiß ich.« Corry kratzte sich in der Armbeuge.

»Zum ersten Mal hier?«, fragte Dean und sah ihm direkt in die Augen.

»Sind jetzt ungefähr neun Monate.«

»Und weswegen?«

»Sag ich lieber nicht.«

»Echt?«

»Tut mir leid«, Corry zuckte mit den Schultern, kratzte sich am Ellenbogen.

»Muss dir nicht leid tun, Alter. Hauptsache, du machst es nicht noch mal.« Dean dachte, die können doch unmöglich einen Pädo in die Aufnahme gesetzt haben. Er wusste, dass die Perversen jetzt ab und zu kochen durften, aber doch wohl nicht in der Aufnahme arbeiten.

»Guter Job hier, oder?«, fragte Dean, weil er ein bisschen mehr aus ihm herauskriegen wollte.

»Nicht schlecht, hält mich auf Trab.«

»Weißt du, ob Freddie Stevens oder Jake Stevens noch hier sind?«

»Von einem Freddie hab ich nie gehört, aber Jake ist hier.« Corry trat einen Schritt rückwärts zur Zellentür. Dean stand auf und zog seine Unterwäsche an.

»Wo ist Jake?«, fragte Dean und sah Corry in die Augen.

»Weiß nicht«, Corry trat einen Schritt aus der Zelle hinaus, angeblich damit Dean sich ungestört anziehen konnte.

»Im Fünfer? Das letzte, was ich gehört hab war, dass der Blödmann es in den Fünfer geschafft hat.« Dean setzte sich wieder, zog seine Socken und die Trainingshose an.

»Ich weiß es nicht, tut mir leid, Alter.«

»Ich wette, du bist selbst im Fünfer.« Dean zog seine Schuhe mit den Klettverschlüssen an und holte ein T-Shirt aus der Tüte.

Im Fünfer waren die vertrauenswürdigen Gefangenen untergebracht. Man durfte selbst kochen, hatte eigene Duschen und wurde größtenteils in Ruhe gelassen. Man war nicht vertrauenswürdig genug, um raus zu dürfen, aber es reichte, damit sie einen selbstständig ein paar Eier mit Speck in die Pfanne hauen ließen.

»Weißt du, woher ich weiß, dass du im Fünfer bist?«, fragte Dean.

»Nein.« Corry wusste es wirklich nicht. »Weil ich schon mal hier war und weiß, dass grundsätzlich nur welche aus dem Fünfer den Job hier kriegen. Solche, die wissen, wie man sich benimmt.« Dean stand auf, steckte sich sein T-Shirt in die Hose und trat auf Corry zu.

»Ist er im Fünfer oder nicht?«

»Ist er.« Corry blickte zu Boden.

Dean setzte sich wieder hin, kramte weiter in seiner Tüte und zog seinen Sonnenhut und die Gefängnissonnenbrille raus.

»Gibt's heute Abend Fish and Chips?«, fragte Dean und verknotete die beiden Henkel seiner Tüte. »Oder ist das freitags jetzt anders?«

Corry hörte nicht mehr zu. Er trat aus der Zelle, schloss die Glastür hinter sich, sperrte Dean ein und ging zurück in die Klamottenausgabe. Er dachte darüber nach, wie es jetzt wohl mit Jake und ihm weiterging. Vielleicht hatte er's verkackt.

»Hey Corry!« Dean rief ihn aus der Gewahrsamszelle, fuchtelte mit dem unterschriebenen Formular: »Vergiss deine Unterlagen nicht, Mann.«

Patrice

Patrice hatte gerade zwei Übernachtungen in einem kleinen Chalet im Süden gebucht, hinter Williams, ungefähr 60 Kilometer weiter auf dem Albany Highway, dann links, noch eine halbe Stunde weiter und dann war man dort. Kleine Hütten mit Kaminfeuer. Ein romantischer Urlaubsort. Patrices Ansicht nach stand der australische Südwesten Südfrankreich in nichts nach. Und ihm gefielen die breiten Landstraßen. In Frankreich war Autofahren lebensgefährlich, aber hier konnte man sich auf der Straße entspannen, so richtig entspannen. Es war ein gutes Land.

Als er in Perth ankam, war er erst mal nach Beechboro gezogen. Ein mittelmäßig wohlhabender Vorort. Mehr hatten seine Frau und er sich nicht leisten können, ohne sich allzu hoch zu verschulden. Verglichen mit dem Haus, das sie in Toulouse zurückgelassen hatten, war das neue Zuhause in Beechboro ein Palast. Patrice arbeitete drei Mal die Woche im Gefängnis. Die Fahrt dorthin war allerdings furchtbar. Der Tonkin Highway war selbst im besten Fall höchstens erträglich. Im Winter war es morgens besser, wenn es noch dunkel war und man sowieso nichts sah.

Der Job war ganz okay. Dadurch, dass er so früh reinfahren musste, verpasste er den morgendlichen Berufsverkehr, und wenn er richtig früh loskam, konnte er sogar noch seine kostenlose Mitgliedskarte für den Fitnessraum nutzen. Außerdem hatte er fast jede Woche zur Hälfte frei. Trotzdem sah er sich nach was anderem um, Jobs gab's in Perth genug. Anscheinend konnte hier jeder alles machen.

Seine Frau hatte Heimweh, sie wollte zurück nach Frankreich. Seit sie ausgewandert waren, fuhr sie alle sechs Monate zurück. Irgendwas war immer, eine Hochzeit, eine Geburt oder ihr Vater wurde krank. Das kostete sie beide jedes Mal knapp 5000 Dollar. Und jedes Mal, wenn er sie zum Flughafen brachte, wusste er nicht genau, ob sie wieder zurückkommen würde. Australien hatte ihr zugesetzt, die Entfernung von zu Hause, fern von ihrer Familie, besonders von ihrer Mutter, und das Essen, über das sie sich ständig beschwerte.

Nichts war so wie zu Hause. Besonders nicht für französische Frauen, und Australien lag ja nun auch auf der anderen Seite der Erdkugel, so dass zu Hause denkbar weit entfernt war. Seine Frau ließ sich nicht so schnell unterkriegen und hatte bislang alles gut durchgestanden, aber er war nicht sicher, ob sie's noch lange mitmachen würde. Ob sie's noch lange mit ihm aushalten würde. Wenn er sie am Flughafen abholte, war er nie ganz sicher, ob sie wirklich auftauchen würde, bis sie tatsächlich durch die Schiebetür in der Ankunftshalle kam. Jetzt wusste er nur, dass er sie die nächsten sechs Monate behalten durfte.

»Hey, Bruder«, hörte Patrice Carson einem anderen Gefangenen zurufen, der ihm aus der Ferne entgegenkam. Er hatte ihn gerade aus dem Kunstraum abgeholt und sie waren auf dem Weg zum Assessment. Dort wurde eingeschätzt, welches Sicherheitsrisiko von dem jeweiligen Gefangenen ausging, damit dieser auf den richtigen Weg geführt und so schnell wie möglich aus dem Hochsicherheitstrakt in einen normalen verlegt werden konnte. Seit sie den Kunstraum verlassen hatten, hatte Carson kein Wort mehr gesagt. In seiner Abteilung war er durchaus freundlich, aber die Gefangenen mussten vorsichtig sein. Wer in Gegenwart der anderen zu nett zu den Wärtern war, lebte gefährlich. Und man wusste nie, wer einen beobachtete. In den einzelnen Gefängnistrakten ging es ein bisschen entspannter zu, trotzdem dauerte es lange, bis man ein etwas engeres Verhältnis zu den Insassen aufbaute. Und auf dem Hof war es, als würde man sich gar nicht kennen.

»Heeeeeey«, vom Weg hinten rief jemand lang und gedehnt. Ein großer Kerl. Ungefähr ein Meter neunzig, er sah aus wie 120 Kilo schwer, trug ein locker sitzendes Ringertrikot und einen Pulli lässig über der Schulter. Musste neu sein. Patrice hatte ihn hier noch nicht gesehen. Langsam hob er den Arm über den Kopf, so grüßten sich die Ureinwohner. Sie streckten den Arm, hoben die Hand, leicht zur Seite geneigt, ein paar Finger waren gestreckt, ein paar andere zeigten nach unten, der Daumen zeigte zur Seite.

»Boss, Boss, das ist mein Bruder«, sagte Carson, »da ist er, mein Bruder, naaaah«, johlte Carson dem Großen entgegen.

Patrice sah das Grinsen auf dem Gesicht des anderen, der jetzt näherkam. Er war jung, ungefähr 20, aber das war schwer zu sagen, bei dem Umfang. Patrice ging langsam und stellte sich auf eine kurze Unterhaltung ein. Er hätte dem anderen Gefangenen auch befehlen können, aus dem Weg zu gehen, und Carson antreiben können, direkt weiter zu Assessments zu marschieren. Aber es gab keinen Grund und er wollte keinen Ärger, niemand wollte das, also sagte er nichts, ging nur langsamer und blieb schließlich stehen. Er sah zu, wie sich die beiden Männer auf dem Fußweg begegneten und die Hände auf Brusthöhe verschränkten, als wollten sie sich im Armdrücken messen.

Patrice wünschte, er hätte eine Zigarette. Er hatte mit dem Rauchen aufgehört, um seiner Frau zu beweisen, dass auch er Opfer brachte, weil sie doch so litt.

Er liebte es zu rauchen, ganz besonders draußen in der Sonne. Dabei kam er sich vor wie Clint Eastwood. Patrice legte einen Finger an die Lippen, atmete die heiße trockene Luft ein und tat, als würde er rauchen. Eine Zeile aus einem französischen Roman, den er vor Jahren gelesen hatte, fiel ihm wieder ein. Dass bei Männern das Selbstbewusstsein wächst, wenn sie Zigaretten rauchen oder am Steuer eines Wagens sitzen. Andererseits, dachte Patrice, war der französische Schriftsteller bei einem Autounfall ums Leben gekommen, so viel zum Thema Selbstbewusstsein.

»Bruder, verdammte Scheiße, wieso hast du so lange gebraucht?«, fragte Carson den Großen.

Der zuckte mit den Schultern und zischte, legte den Kopf leicht schief, »Diese verfluchten Arschlöcher, mein Bruder, die haben mich einfach verarscht.«

»Wo bist du?«, fragte Carson.

»Die haben mich da drüben in den Zweier gesteckt.«

»Und wo kommst du jetzt her?«, wollte Carson wissen.

»Von der Gartenarbeit«, der Große nickte mit dem Kopf in die Richtung, aus der er gekommen war. »Die haben einen Job für mich, eine Ausbildung.«

»Voll organisiert, erst einen Tag drin und schon ganz vorne dabei, was?« Carson grinste und wieder packten sie sich an den Händen, zogen sich enger aneinander heran.

»Alles klar, Bruder, komm mich besuchen, wenn du kannst, wir bringen dich im Dreier unter, gute Jungs sind das da.«

Carson wollte das Gespräch abschließen. Patrice wusste, dass er wahrscheinlich dasselbe dachte wie er selbst.

»Und du? Wohin gehst du?«, fragte der Große.

»Assessment, Bruder, ich muss zur Sicherheitseinstufung, damit ich rauskomme.«

»Demnächst, oder was?«

»Nee, dauert noch, Bruder. Noch 'ne ganze Weile, wir sehen erst mal zu, dass du dich gut einlebst, keine Angst.«

Wieder lachten beide, schoben sich auf dem Weg aneinander vorbei und entfernten sich rückwärts voneinander. Patrice sah zu, wie der Große sich langsam umdrehte und den Pulli über den Kopf zog, damit er ihm Schatten spendete. Er ging weiter Richtung Trakt Zwei und sah dabei aus wie ein Boxer auf dem Weg in den Ring.

Patrice folgte Carson, der sich nun wieder Richtung Assessment in Bewegung setzte.

Er schwankte ein bisschen beim Gehen, federte leicht, ein Schritt schien direkt zum nächsten überzuleiten. Er wirkte ganz fröhlich. Patrice konnte das nie verstehen. Er zündete sich eine weitere imaginäre Kippe am Feuerzeug eines imaginären Freundes an und sog den Rauch tief in die Lungen.

Debbie

»Debbie, halt seine Füße fest.«

Graham schrie jetzt. Er presste einem Gefangenen sein Knie ins Genick. Er hatte ausgetreten und sich beinahe losgerissen, dabei nur knapp ihr Gesicht verfehlt. Debbie spürte, wie sich der Schweiß in ihren Plastikhandschuhen sammelte, ihr Herz raste und sie hatte Schwierigkeiten, seine Füße zu fixieren. Graham hatte ihr von dem Kerl hier erzählt, auch dass er das letzte Mal in Einzelhaft eine Kollegin bewusstlos geschlagen hatte. Er lag auf dem Boden, stöhnte fürchterlich, hatte kein Hemd an. Sie wusste nicht, ob sie ihn sich so geschnappt hatten oder ob sie es ihm ausgezogen hatten. Er machte Geräusche wie ein Kind, wie ein kleiner Junge, der um Hilfe schreit, er kam ihr ganz anders vor, als Graham ihn beschrieben hatte. Gar nicht so gefährlich. Im Moment jedenfalls nicht.

»Halt still, hast du gehört, rühr dich nicht, sonst gehen wir nochmal.«

Debbie presste seine Beine auf den Boden; sie kniete jetzt auf seinen Fersen, so wie sie es in der Ausbildung gelernt hatte. Der Raum füllte sich mit Beamten, ungefähr ein Dutzend mussten es inzwischen sein, zu viele, dachte Debbie. Sie erinnerte sich an den alten Sergeant aus Neuseeland, der sie auf Situationen wie diese vorbereitet hatte. Er hatte behauptet, zu viele Kollegen auf einem Haufen können es auch schlimmer machen. Zu viele Leute, zu viel Chaos und zu wenig Platz, um mit dem Schlagstock auszuholen.

Sie saß jetzt mit ihrem gesamten Gewicht auf dem unteren Teil seiner Waden, packte diese mit beiden Händen, seine weite Jeans rutschte ihm allmählich über den Hintern. Sie spürte das Fleisch unter der Jeans, er versuchte auszutreten, aber sie hatte ihn, er war fett und hörte nicht auf, sich zu wehren. Graham flüsterte ihm etwas ins Ohr und er grunzte etwas als Erwiderung.

Einer der anderen packte ihn an den Handschellen, die seine Hände auf den Rücken fesselten. Der Kollege zog daran, sie waren jetzt ziemlich hoch in seinem Rücken. Noch höher war nicht gut. Er stöhnte noch einmal laut, krümmte sich und hob den Bauch und sie konnte ihm in den Mund sehen, dann fiel er wieder auf den Boden und stöhnte noch einmal. Anscheinend hob er seinen Körper, um seinen Händen zu folgen.

»Okay, du bist oft genug verwarnt worden.«

Graham gab das Signal, Debbie ließ sofort los, sie wusste, sie hatte nur ungefähr zwei Sekunden Zeit. Alle traten ein paar Schritte zurück und Graham betätigte erneut den Taser. Debbie hatte aufgehört mitzuzählen, wie oft inzwischen schon. Sie hörte das Knacken, als ihn der Stromstoß durchfuhr und sah, wie er sich auf dem Boden wand, hörte sein kehliges Stöhnen.

»Ihr verfluchten Dreckssschweine«, rief jemand aus der Zelle hinter ihnen.

Die beiden waren zusammen festgenommen worden – der andere hatte sich ohne Widerstand einliefern lassen, der auf dem Boden war sein Onkel. Alle hörten das Knacken des Tasers und das schreckliche Stöhnen, die Beschimpfungen von Graham und dem anderen Wärter.

»Ihr verfluchten beschissenen Dreckssschweine«, der andere trat von innen gegen die Tür.

Graham schlug den am Boden erneut und schrie an Debbie vorbei in Richtung der Zelle hinter ihr: »Du regst dich jetzt ab, sonst bist du der Nächste, du dummes Arschloch.«

»Fick dich«, brüllte es hinter der Tür.

Debbie sah auf die weiße Wanduhr über dem Schreibtisch. Zwei Uhr fünfzig, mitten in der Nacht. Sie würde noch eine Weile bleiben müssen, bis sie nach Hause durfte. Vielleicht hatte ihre Schwester doch recht gehabt.

Ariel

Ariel war angewidert von sich selbst. Er hatte die 120 Kilo überschritten. Er hatte sich in der Umkleide des Fitnessraums, in dem die Beamten trainierten, auf die Waage gestellt. 120 Kilo. Dabei war er hier, um gute Ratschläge zu geben und Vorträge über eine vernünftige Lebensweise zu halten.

Er zwängte sich in seinen Bürostuhl, sein Fett wölbte sich unter dem Hemd und quoll über den Hosenbund. Wer zum Teufel wollte sich von ihm beraten lassen? Er war Angestellter im öffentlichen Dienst, absoluter Durchschnitt, und er redete den ganzen Tag mit diesen verfluchten Schwachköpfen. Besprach jeden Tag denselben Blödsinn, Gelaber über großartige, tolle Vorhaben. Jedes einzelne dieser Schwanzhirne hatte einen Plan und Ariel tat nichts anderes, als sich Hirngespinste über künftige Imperien und phantastische Chancen anzuhören.

Er selbst wollte eigentlich an nichts anderes als leckeres, gutes, unkompliziertes Essen denken. Schon vor ungefähr vier Jahren hatte er aufgehört, sich für irgendetwas anderes zu interessieren. Während seiner Zeit im Gefängnis war er knapp tausend solcher Typen begegnet. Vielen davon mehr als einmal. Sie saßen zum zweiten oder dritten Mal, pflanzten sich vor ihn und erzählten ihm alle dieselbe Geschichte. Über den Reifenhandel, den sie mit ihrem Cousin aus Geraldton aufmachen wollten, das Freizeitzentrum für die Jugendlichen in den nördlichen Vorstadtgebieten. Sie würden den Laden zum Laufen bringen. Die Servicewerkstatt. Den Zeitungskiosk. Die Tankstelle. Einer meinte sogar, er wolle Chinesisch lernen, um einen Job in einem Restaurant zu bekommen.

Die Männer und ihre Geschichten verschwammen allesamt miteinander und Ariel hatte viel zu viel gehört, als dass es ihn noch interessierte. Jetzt hatte er nichts mehr als die Erinnerung an das Frühstück und die Vorfreude auf das Mittag- und Abendessen. Damit rettete er sich über den Tag. Wenn sich sein Bauchspeck über den Hosenbund wälzte, hätte er am liebsten ein Teppichmesser genommen und sich das Fleisch in Scheiben vom Körper geschnitten. 120 Kilo.

Er war fetter als Charles Barkley, der Basketballer, der nur eins fünfundachtzig groß war und immerhin 100 Kilo wog. Vielleicht sogar 115. Noch auf dem Höhepunkt seiner Basketballkarriere hatte er schon die 110 überschritten, und Ariel, der jetzt hier im Licht der Neonröhren saß, war acht Zentimeter kleiner und zehn Kilo schwerer als der verdammte Charles Barkley. »The Round Mound of Rebound« hatte man ihn genannt, als er noch für Philadelphia spielte. Ariel fragte sich, welche Bezeichnungen sich die Leute hier wohl für ihn ausdachten.

Er hörte einen weiteren Gefangenen darüber sprechen, wie er sich seine Zukunft vorstellte. Die Typen hatten alle nicht weiter als bis zum heutigen Nachmittag gedacht, ganz zu schweigen vom übernächsten Jahr. Sie waren wie Tiere. Von einer Woche zur nächsten, von einem Augenblick zum nächsten. Er hatte in Israel in einem Kibbuz gelebt, Herrgott noch mal. Das alles passte gar nicht zu ihm. Er war ein starker Mensch mit einem großen Herzen, eigentlich sollte er in seinem Alter in der Forschung tätig sein, in der ernsthaften Forschung. Er musste raus aus dem Gefängnis. Raus aus dem System. Die Arbeit war nichts, gar nichts. Er war faul. Er war ein fauler Fettsack geworden. Das war unerträglich. Aber einfach.

Knapp 1300 pro Woche netto, für absolut gar keine Anstrengung. Wieder dachte er an das Frühstück vom Morgen.

Zwei pochierte Eier, ein bisschen Malzessig in heißes Wasser geben, warten bis es simmert, dann noch eine Minute warten, nacheinander die Eier aufschlagen, rein mit dem Löffel und im Wasser kreisen lassen. Sieben Mal, das reichte. Er hatte über den Herd gebeugt zugesehen, wie sich die Eier in zwei weiche weiße Tränen verwandelten.

Das kleine Licht an der Dunstabzugshaube war das einzige, das ihm geblieben war. Ansonsten stand er in der Küche im Dunkeln. Er hatte so eine vierreihige, titanbeschichtete Lampe von IKEA, aber alle Glühbirnen waren hin. Er musste erst wieder zu IKEA fahren und neue besorgen, aber er wusste, dass er sich dazu wahrscheinlich nicht würde aufraffen können, bevor nicht auch noch das Licht an der Dunstabzugshaube den Geist aufgab. So klein, wie es war, konnte das noch ein paar Jahre dauern.

Das meiste kochte er sowieso vor Sonnenuntergang. Ariel dachte, wenn es in der Küche dunkel war, würde das vielleicht abschreckend auf ihn wirken und er würde sich auch mal vom Kühlschrank fernhalten. Das wäre nicht schlecht. Während die Eier durchs heiße Wasser wirbelten, steckte er eine Scheibe Sauerteigbrot in den Toaster. Seine Mutter hatte ihm vor ungefähr drei Geburtstagen einen neuen Toaster gekauft. Drei Jahre hatte er unter seinem Bett gelegen. Warum hatte sie ihm einen Toaster gekauft, wo sie doch wusste, dass er einen hatte, der wunderbar funktionierte?

Als er ihn endlich in Betrieb genommen hatte, merkte er, was für ein Arschloch er war. Der Toaster war toll, verfügte über super Einstellungen und ein Gitter zum Ausklappen, auf dem man Waffeln toasten konnte, ein großartiges Gerät. Gleichzeitig hatte sie ihm auch einen neuen Wasserkocher geschenkt. Das Wasser kochte in der Hälfte der Zeit und er verbrauchte damit auch viel weniger Energie. Als seine Mutter ihn fragte, warum er immer noch den alten Toaster benutzte, war er ausgewichen und hatte gesagt, Geschenke seien doch sowieso irgendwie absurd. Er war armselig. Seine Mutter hatte es gelassen hingenommen. Genickt, gelächelt und nichts gesagt. Er war ein richtiges Arschloch. Aber inzwischen ein Arschloch mit einem sehr schönen Toaster und einem superschnellen Wasserkocher.

Das Brot sprang heraus. Ariel bestrich es mit Butter. Er hatte zwei Scheiben Räucherlachs bereitgestellt, die er direkt darauf gab, anschließend die pochierten Eier, und dann wurde das Ganze mit der Sauce Hollandaise übergossen, die er Anfang der Woche in einer Riesenportion vorgekocht und in einem alten Speiseeisbehälter im Kühlschrank aufbewahrt hatte. Er hackte noch ein paar Frühlingszwiebeln, gab etwas frisch gemahlenen schwarzen Pfeffer drauf und trank einen starken schwarzen Kaffee dazu.

Am Abend zuvor, kurz vor dem Schlafen, hatte er alles durchgeplant. Er war ein bisschen betrunken gewesen von dem Pinot, den er sich gegönnt hatte. Vier riesige Portionen Nudeln mit cremiger Pilzsauce, Sahne und Weißwein hatte er mit dem Wein runtergespült, nach dem Essen hatte er die zweite Flasche schon zur Hälfte ausgetrunken und sich dabei auf YouTube Stephen Hawking angesehen, der über Wurmlöcher sprach. Als er schließlich ins Bett gegangen war, hatte er die elektrische Heizdecke auf Stufe drei gestellt. Er benutzte sie das ganze Jahr, sogar im Sommer, irgendwo hatte er mal gelesen, man würde durch Hitze im Schlaf abnehmen. Kurz nach eins haute er sich aufs Ohr, gerade mal noch vier Stunden Schlaf, bis der Wecker klingeln würde.

Er hörte seine Bronchien pfeifen, sein Bauch fühlte sich voll an, dick und rund, gefüllt mit Wein, Sahne und Pilzen. Als er dort lag und die Wärme an seinem Rücken spürte, merkte er, wie die Sahne langsam in seinem Magen gerann. Schmerz stach ihm in die Brust, vermutlich störte der Alkohol seine Verdauung. Er überlegte, sich am Morgen ein paar Eier zu pochieren und dazu die Reste der Hollandaise im Kühlschrank zu verbrauchen. Er rollte mit seinen halbgeöffneten Augen und träumte von noch mehr Essen, sein Mund war klebrig und er murmelte vor sich hin, während er sich betrunken und gefräßig in Gedanken der Völlerei ergab. Um halb vier Uhr morgens wachte er auf. Er hatte sich auf der Heizdecke gebraten. Jetzt war er gar. Er fuhr sich mit den Händen über den Bauch, der fühlte sich immer noch voll an. Dann wälzte er sich aus dem Bett, fühlte sich ausgetrocknet, erledigt und erschöpft. So wie fast jede Nacht. Das Salz, der Alkohol und die Hitze hatten ihn von innen heraus langsam mürbe gemacht. Er ging in die Küche und trank Wasser, um sich wieder zu hydrieren. Noch zwei Stunden, bis er zur Arbeit musste.

»Weil ich mich allein durchschlagen muss, ich kann mich auf niemanden verlassen.«

Der Kerl redete immer noch. Ariel hatte längst abgeschaltet, er zählte die Stunden bis zum Mittagessen. Ein Hackbällchensandwich, das er sich am Morgen noch schnell nach den Eggs Benedict gemacht hatte, mit dem allerletzten Rest der Hollandaise über den Hackbällchen, köstlich. Der Mann erzählte ihm, dass er sich einen eigenen Wagen kaufen und einen fahrbaren Pizzaofen als Anhänger hinter sich herziehen wolle, von einem Konzert oder Jahrmarkt zum nächsten.

»Jeder mag Pizza«, sagte er immer wieder.

Er war um die 50, langes dichtes Haar, schmutziger ergrauender Bart, er sah aus, als hätte er sich in Asche gewälzt, bevor er hier reinkam. Abfall, ein schrecklicher Mensch. Ariel hatte ihn im Network Offender Management System aufgerufen, im NOMS, wie es im Gefängnis genannt wurde. Der Typ war ein Pädophiler. Er hatte seine fünfjährige Enkeltochter mitten in der Nacht geweckt, als sie bei ihm zu Hause übernachtet hatte, und ihr seinen Schwanz in den Mund gesteckt. Ariel hatte Hunderte Fälle gelesen. Opferaussagen, Berichte über den Tathergang, alles Mögliche. Die Hälfte davon war unendlich langweilig oder einfach nur dumm, wie die Geschichte mit den Idioten, die den Getränkemarkt bei ihm im Viertel überfallen hatten, aber nicht mal maskiert waren, oder der Typ, der direkt draußen vor einer Polizeiwache Dope aus seinem Wagen verkauft hatte. Andere Geschichten dagegen waren verstörend, wie die von dem, der jetzt vor ihm saß, aber es gab auch welche, die ihn sogar ein bisschen anmachten, wenn er ehrlich war.

Der Bericht über den Mann zum Beispiel, der seine Exfrau besucht, sie auf den Küchentisch gepresst und vergewaltigt hatte. Er hatte vier Jahre bekommen. Ariel erinnerte sich an seine Aussage und die Beschreibung, wie sie ihm einen geblasen hatte, kaum dass er durch die Tür getreten war. Sie hatte ihm gesagt, wie sehr sie ihn vermisse und zurückhaben wolle. Er behauptete, sie hätten es wie die Tiere miteinander getrieben, die ganze Nacht, und sie hätte immer wieder verlangt, dass er in ihren Mund abspritzen solle, und als er dann am nächsten Morgen nach Hause fuhr, warteten schon drei Detectives in der Auffahrt und wollten ihn zur Vernehmung mitnehmen. Ariel dachte, den Mann könne er verstehen.

»Pizza wird schon seit tausend Jahren gebacken, wissen Sie, eigentlich braucht man ja auch nur drei Zutaten.«

Ariel sah durch das Bürofenster in den Gang, der französische Wärter Patrice kam gerade mit einem Gefangenen. Der Mann war jung, vielleicht Mitte zwanzig, dünn und muskulös. Sein Gang wirkte stark und selbstbewusst. Ariel sah auf die Uhr, es wurde Zeit. Er konnte das Gespräch hier beenden, mit dem Papierkram beginnen und dann ein bisschen früher Mittag machen.

»Es heißt immer wieder, dass es auf den Teig ankommt, aber ich denke, das Wichtigste ist die Sauce, wissen Sie, man muss Romatomaten nehmen, nicht diese Scheißdinger, die man bei Coles bekommt, man muss schon bis rauf nach

Wanneroo und die guten Romatomaten kaufen, ganze Kisten, wissen Sie, ich habe einen Cousin, der …«

»Turnbull«, fiel ihm Ariel ins Wort, »wollen wir's erst mal dabei belassen? In zwei Wochen kommen Sie wieder, dann besprechen wir die Formalitäten, die Sie erledigen müssen, wenn Sie rauskommen. Danach sehen wir weiter, ja?«

»Ja, kein Problem. Danke, dass Sie sich Zeit für mich genommen haben, aber können Sie das nächste Mal bitte in meiner Abteilung anrufen, weil wir da ein paar verflucht hirnamputierte Schließer haben, ganz besonders so ein neues junges Arschgesicht. Der hätte mich heute fast nicht herkommen lassen. Ich hab mich mit dem Grünschnabel gestritten und musste ihm den Unterschied zwischen einem außerordentlichen Termin und einem regulären Tagesablaufsplan erklären. Hätte Mr Chalmers nicht eingegriffen und ihm gesagt, dass er auf dem Holzweg ist, hätte ich glatt noch einen Verweis kassiert. Mr Chalmers arbeitet jetzt schon fast 30 Jahre in dem Trakt und ist trotzdem ein bescheuertes Arschloch, aber irgendwie echt in Ordnung, wissen Sie?«

»Ich kann niemanden herbestellen, Turnbull«, erklärte Ariel, »aber wenn ich hier einen Termin mit Ihnen vereinbare und Sie tauchen nicht auf, merken das die Mädchen im Büro meistens. Die halten mich mit den ganzen Terminen auf dem Laufenden, wenn es also irgendwo Ärger gibt, klären die das.«

»Ist nur, dass ich's richtig machen möchte, ich meine, das ist doch hier mein Assessment. Ich will nicht, dass Sie denken, ich tauche einfach nicht auf, ich will hier raus, mein Leben in den Griff bekommen und ich will nicht, dass das wegen so einem kleinen Arschgesicht schiefgeht. Der hat nicht mal einen Stern auf der Schulterklappe, nicht einen einzigen, die neuen da laufen mit einem Stück goldener Pappe rum. Persönlich finde ich's ja ein bisschen hart, aber wir treffen alle unsere Entscheidungen …«

Turnbull verstummte. Ariel hatte sowieso nicht zugehört. Er hatte gewartet, dass er endlich die Klappe hielt, damit er ihn aus seinem Büro rausbekam. Ariel sah Turnbull an, ob noch was kommen würde. Beide saßen schweigend im Büro, starrten einander an, keiner hatte eine Ahnung, was als Nächstes passieren würde. Ariel dachte die ganze Zeit nur an Turnbulls kleine Enkeltochter.

»Einer noch, Ariel.«

Turnbull und Ariel sahen gleichzeitig zur Tür und waren dankbar für die Störung.

»Schicken Sie ihn rein, Patrice. Wir sind fertig.«

Dean

»Was ist das?« Dean betrachtete die Unterlagen vor sich.

»Das ist der Sicherheitskurs.«

»Das ist doch Blödsinn, Mann.«

»Ich weiß.«

»Aber du willst trotzdem, dass wir das ausfüllen?«

»Ist nicht auf meinem Mist gewachsen. Das Gefängnis verlangt, dass ich mit euch darüber spreche; wenn ihr nicht wollt, dürft ihr gerne gehen, aber dann bekommt ihr nur den nächsten Termin reingedrückt und werdet so lange immer wieder hergeschickt, bis ihr das ausgefüllt habt.«

»Verflucht, Mann, das ist doch Scheiße.«

»Ich verstehe dich, glaub mir, aber ihr bekommt keinen Job auf Stufe eins, wenn ihr den Sicherheitskurs nicht macht.«

»Was kriegt man denn jetzt auf Stufe eins?«

»53 Dollar die Woche.«

»Soll das ein Witz sein?«

»Pass auf, wir müssen es halt einfach machen, stellt euch vor, es gehört zur Einarbeitung.«

»53 Dollar die Woche?« Dean sprach das letzte Wort mit Verachtung aus.

»Nicht gerade großzügig, ich weiß.«

»Das verdiene ich draußen in zehn Minuten.«

»Also bringen wir's hinter uns, dann könnt ihr hier raus.«

»53 Dollar die Woche, die Schweine wollen uns verarschen.«

»Also, machen wir das jetzt?«

Dean sah sich zu den anderen um, die alle schweigend auf ihren Plastikstühlen saßen. »Ja, okay, dann machen wir's halt. Scheiß drauf.«

»Na schön, wenn ihr alle mal auf Seite drei der Broschüre umblättert, wo es um die Risikominimierung am Arbeitsplatz und deren Bedeutung für die Sicherheit geht, was glaubt ihr, welche Inzidenz pro Monat ideal wäre? Wir haben entweder a) fünfzehn, b) null oder c) zehn Prozent der Belegschaft?«

Aleisha

Sie trug ihre enge graue Hose und fuhr langsam mit den Fingern darüber. Sie hatte schöne lange Beine, die in der schwarz melierten Hose noch länger und schlanker wirkten. Der hohe Bund reichte ihr bis knapp unter den Bauchnabel. Sie sah sehr gut aus. Ihr Bauch war so flach wie eh und je, das Koks wirkte Wunder, und das Tabatatraining hatte auch geholfen. Wieder fuhr sie mit den Händen über ihre Oberschenkel, dann über ihren Bauch, ihr schwarzes T-Shirt saß eng und setzte sich ausgezeichnet von der Hose ab. Sie schaute auf ihre Brüste runter, sie waren straff und prall unter dem Shirt, nicht zu groß und nicht zu klein, einfach genau richtig.

»Deshalb gebe ich so viel Geld für Klamotten aus, du fette Kuh«, dachte sie still bei sich.

Ihre Handrücken waren noch immer glatt. Ihre Mutter hatte ihr geraten, sie jeden Tag einzucremen.

»Sieh zu, dass deine Hände jung bleiben, sonst verraten sie dein Alter.«

Sie waren wunderbar glatt. Ihre olivfarbene Haut trug außerdem dazu bei – die blasseren Mädchen, die sie kannte, sahen aus wie Schweinekoteletts, besonders an heißen Tagen. Schweinekoteletts mit lackierten Acrylnägeln. Fleckig, verschwitzt, picklig und insgesamt einfach fertig nach zu viel Weißwein und Weichkäse. Sie klapperte mit den Fingernägeln auf dem Schreibtisch und fragte sich, ob sie immer noch schöner werden würde, oder ob es das jetzt gewesen war. Sie sah scharf aus und sie wusste es. Aber sie wusste auch, dass es eine Zeit in ihrem Leben geben würde, einen Punkt, einen Scheitelpunkt, den sie gar nicht als solchen wahrnehmen würde, sondern erst, wenn er lange vorbei wäre und es mit ihrem guten Aussehen wirklich und wahrhaftig bergab ginge.

Ihre Mutter war gut gealtert. Oder zumindest ganz okay. Auch sie zog sich gut an, aber nicht mehr so gut wie früher. Sie hatte ihre Mutter im Lauf der Jahre faltig werden sehen. Unter dem Kinn hing die Haut schon ein bisschen. Gerade genug, so dass man es sah. Wenn sie ihrer Mutter morgens begegnete, fiel es ihr kaum auf, aber später am Abend schon, besonders nach ein paar Drinks war es nicht zu übersehen. Spätnachts, wenn sie mit einem Glas Wein auf dem Sofa saß, erinnerte ihre Mutter an einen kleinen Frosch, der nur darauf wartete, die Hängebacken aufzublasen und loszuquaken. Sie selbst würde sich Botox spritzen lassen, wenn es an der Zeit war. Die Welt hatte sich inzwischen verändert, war eine ganz andere geworden.

Aleisha sah auf die Uhr. Eigentlich müsste er längst hier sein. Normalerweise kam er nicht zu spät, normalerweise war er immer pünktlich. Er tat ihr gut. Seit ungefähr drei Monaten erlaubte sie ihm, zu ihr nach Hause zu kommen. Und inzwischen verlangte er auch kein Geld mehr von ihr. Dafür ließ sie sich ficken. Und zwar so richtig. Sie war immer sehr laut dabei, und wenn er trotzdem nicht auf Touren kam, fasste sie ihn ein bisschen gröber an. Er war netter als ihr Ehemann. Und hatte einen viel besseren Körper. Bevor sie ihn in ihr Bett ließ, schickte sie ihn unter die Dusche. Wenn er sich wusch, sang er laut.

Sie wusste nicht, was er da sang, aber sie hörte auch nicht richtig hin. Er brachte ihr immer Vorrat für ungefähr eine Woche. Am Anfang hatte sie's nur an den Wochenenden geschnieft, aber nach ein paar Monaten auch noch montags und donnerstags, und dann machte es auch keinen großen Unterschied, wenn sie's dienstags und mittwochs auch noch tat. Von dem, was Carson ihr daließ, konnte sie ungefähr sechs Tage bestreiten und mit dem, was ihr Mann noch für sie kaufte, reichte es für alle sieben Tage. Ihr Mann dachte, sie wäre nur samstags drauf. Ganz so schlau war er eben nicht. Auch Carson war nicht der Hellste, aber er fickte gut. Hochgewachsener Körper, Bauchmuskeln, volles Haar, alles was dazugehört. Außerdem war er schwarz. Aboschwarz, nicht Lebron-schwarz, aber lieb, und sauber. Jedenfalls wenn er frisch geduscht war.

Das erste Mal bei ihr zu Hause war noch ganz unverfänglich gewesen, nur ein bisschen Zunge. Sie hatte mit seinem Schwanz gespielt, als sie in der Küche standen. Er war viel größer als sie und hatte ihr seine Hände ins Höschen geschoben. Als sie fast durch waren, hatte sie ihn ins Gesicht gebissen, sich an ihn geklammert und plötzlich war er voll dabei gewesen. Jedenfalls war er in der Woche drauf pünktlich erschienen. Und wieder hatte sie ihn ein bisschen angemacht, immer vorher bezahlt. Aber bevor er gehen wollte, hatte sie ihm auf dem Wohnzimmerboden einen geblasen. Er hatte sie ein bisschen dabei befingert. Danach hatten sie's ausnahmslos jede Woche gemacht und ungefähr einen Monat später hatte er dann kein Geld mehr von ihr verlangt. Er kam zu ihr, sie tranken ein bisschen was, fickten eine Stunde lang, er gab ihr den Stoff und verschwand wieder.

Sie sah zur Tür. Sie hörte ihn klopfen. Sie prüfte noch einmal ihr Gesicht im Spiegel und schob ihre Haare zurück, wuschelte sie ein kleines bisschen auf, damit sie voller aussahen. Sie war kribbelig, hätte sich am liebsten sofort auf ihn gestürzt, aber sie musste vorsichtig sein. Wie ein Freak durfte sie nicht rüberkommen. Er hatte ihr gesagt, dass ihm das an ihr gefiel; sie war anders als die anderen, hatte er ihr erklärt, sie hatte Klasse.

»Wurde auch Zeit, verdammt, Cars.«

»Baby, Baby, Baby.«

»Ein Uhr, hast du gesagt.«

»Leisha, Baby, das ist ein Dschungel da auf der Straße.«

Carson nahm sie sanft in die Arme. »Die Welt hat sich verändert.« Carson kicherte beim Sprechen, anscheinend spielte er gerne den Gangster für sie.

»Ich hab dich vermisst.« Sie schlang ihre Arme um seinen Hals, zog sich an ihm hoch und spürte seine Kraft, als er ihr Gewicht mühelos hielt. Dann schob sie ihm ihre Zunge in den Mund und presste ihren Körper an seinen.

»Hast du noch mehr vermisst, hm?«, fragte Carson.

»Ich hab alles vermisst, Cars.«

Sie küssten sich noch ein bisschen, sie trat einen Schritt zurück und schob seine Hand zwischen ihre Beine. Sie ließ ihn nicht zu nah an sich heran, rieb sich an seiner Hand, starrte dabei zu ihm hinauf. Sie wollte ihn auf Touren bringen, je schneller desto besser.

»Leish, wieso machst du mich an?« Carson sprach leise, schaute auf sie runter, ihre Brüste hoben und senkten sich unter seinen Blicken, als sie stöhnte.

»Ich will sehen, wie sehr du mich willst«, sagte sie und bewegte sich schneller.

»Wie sehr willst du mich denn, Leish?«

»Du weißt, dass ich dich will.«

»Allerdings.«

Sie sah den Blick in seinen Augen. Den Blick, den alle Männer bekommen, wenn sie anspringen – wenn sich der Schalter erst mal umgelegt hat, spielt nichts auf der Welt mehr eine Rolle. Jegliche Beherrschung weicht dem Milliarden von Jahren alten Bedürfnis, animalisch zu ficken und Babys zu machen. Hunde, Affen, Karnickel und Stiere haben genau denselben Blick, es fängt mit wie im Rausch weit aufgerissenen Augen an und endet mit besinnungsloser Wollust. Das war der Blick, mit dem er sie jetzt ansah. Sie hatte ihn am Haken, damit kam sie über eine weitere Woche.

Sie lag im Bett und starrte an die Decke. Ihr Mann hatte darauf bestanden, einen Deckenventilator ohne Lampe anzubringen, weil er damit Geld sparen würde.

»Lampen haben wir doch schon, Aleisha«, sagte er immer wieder und wieder, der fette Blödmann, der er war.

Ein Ventilator mit Lampe kostete ungefähr zwanzig Dollar mehr als einer ohne, aber er hatte sie nicht locker machen wollen. »Wir haben doch genug Lampen, verfluchte Scheiße, wie viele Lampen brauchen wir denn?« Verfluchter, bescheuerter Fettsack.

Carson stand unter der Dusche. Er sang wieder. Und redete beim Duschen weiter mit ihr, sie lag schon auf dem Bett. Er sang ein bisschen, sagte etwas, dann sang er weiter. Ihr Mann machte das auch, rief ihr ständig was aus dem Badezimmer zu, nur dass er nicht sang, er redete einfach nur, redete und redete. Meistens über Geld.

Sie verstand nie, worüber er sprach, er machte sie wahnsinnig. Wenigstens erwartete Carson keine Antwort, er war zufrieden damit, einfach zu singen. Lange hatte er heute nicht durchgehalten. Kam ihr vor, als wär's nach fünf Minuten schon vorbei gewesen, aber unter der Dusche ließ er sich jetzt Zeit.

Sie konnte nicht mehr warten.

Ariel

»Und was ist dann passiert?«

Carson war zum zweiten Mal bei Ariel. Er war vergangene Woche erst spät bei ihm aufgetaucht, als vom Tag schon nichts mehr übrig war. Ariel fühlte sich nicht gut an diesem Vormittag, er hatte gestern Abend noch ganz spät einen Cheesecake verputzt. Kiwi und Zitrone. Die großen kosteten im Sonderangebot gerade unter zehn Dollar, wie sollte man da widerstehen? Um Mitternacht hatte er Kaffee aufgesetzt und sich ein paar ordentliche Stücke vom Kuchen abgeschnitten. Er hatte sich auf YouTube einen kleinen Schlagzeug spielenden Koreaner angesehen, um die fünf Jahre alt war der wohl. Ariel trank vier Tassen Kaffee, bis der Kuchen alle war, dann machte er sich über die Zigarren her, die ihm sein Schwager aus Malaysia mitgebracht hatte, und rauchte bis zwei Uhr morgens.

Der kleine Koreaner war gut. Als er endlich ins Bett fiel, konnte er nicht schlafen wegen dem Kaffee. Stundenlang warf er sich hin und her, brachte es auf vielleicht gerade mal eine halbe Stunde, bis um fünf Uhr der Wecker klingelte. Als er sich aus dem Bett quälte, hatte er immer noch den Zigarrengeschmack im Mund.

»Also, ich hatte den Wagen von der Schlampe, so einen XR6, richtig schöner Subaru, der war einfach zu geil, gelb mit blauen Streifen, hat ausgesehen wie ein Rennwagen und geglänzt hat er, Bruder, voll geglänzt.«

»Der Wagen gehörte also dem Opfer?«, fragte Ariel.

»Naja, kommt drauf an, was Sie unter einem Opfer verstehen. Wie würden Sie das finden, wenn jemand Sie drei

Monate lang antanzen und für sich arbeiten lässt, Ihnen die Zeit stiehlt und Ihnen hinterher erklärt, nach drei Monaten, dass Sie gar nicht bezahlt werden?«

Ariel sah ihm ins Gesicht, er erwartete tatsächlich eine Antwort.

»Aber Sie saßen in dem Wagen der Frau«, erwiderte Ariel.

»Nein, nein, nein, ich saß in meinem Wagen und ich hab Papiere, die beweisen, dass es mein Wagen ist ...«

»Ihr Wagen, Carson, weil Sie die Frau genötigt haben, ihn auf Sie zu überschreiben.«

»Ich hab sie zu gar nichts genötigt, die war mir Tausende schuldig, und wie ich so bin, hab ich gesagt, kein Problem, bezahl mich, wenn du kannst, weil wir ja so ein gutes Verhältnis hatten. Wir sind uns echt nah gekommen und dann war ich bei ihr zu Hause, was man normalerweise nicht macht. Die Leute kommen zu mir, wenn sie mich brauchen, ich renne den Weibern nicht hinterher, aber wir hatten so ein besonderes Verhältnis, deshalb hab ich eine Ausnahme gemacht.«

»Warum genau haben Sie eine Ausnahme gemacht?« Ariel wusste, warum er eine Ausnahme gemacht hatte, er hatte die Akte gelesen, aber er wollte noch mehr Einzelheiten, irgendwas Konkretes.

»Manchmal lässt man halt anschreiben. Man kann ja nicht ständig den Leuten hinterherrennen wegen dem Geld, also lässt man sie manchmal anschreiben. Hören Sie, Mann, ehrlich gesagt, es werden ständig Ausnahmen gemacht.«

Ariel war ein bisschen enttäuscht.

»Aber Sie haben ihren Wagen gestohlen.«

»Vierzig Gramm«, sagte Carson und beugte sich vor, »das ist verdammt viel, wissen Sie, ich hab auch meine Leute, die ich bezahlen muss, und die fackeln nicht lange, die kommen nur einmal bei einem zu Hause vorbei, wenn Sie verstehen, was ich meine.«

»Aber sie sagt, sie hat Sie längst bezahlt«, widersprach Ariel und versuchte, lässig zu klingen.

»Okay, passen Sie auf, ich komme aus der Dusche und die weiße Schlampe sitzt da über den Nachttisch gebeugt und hat meine Scheine zusammengerollt, denkt, sie ist im Film, hat mein Geld zusammengerollt und zieht Lines vom Nachttisch.«

»Aber Sie waren doch dort, um ihr Drogen zu verkaufen«, sagte Ariel.

»Ich hatte ihr doch noch nichts verkauft. Verstehen Sie, das versuche ich doch zu sagen. Die hat einfach meine Klamotten durchsucht, als ich unter der Dusche stand, und hat sich selbst bedient.«

»Deshalb haben Sie den Wagen gestohlen?«

»Als ich da rausgekommen bin und gesehen habe, dass sie sich an meinen Klamotten vergriffen und sich selbst bedient hat, dachte ich, dass sich da was zwischen uns verändert hat. Weil da vorher immer Respekt war, die hatte eigentlich Klasse, bis sie mich beklaut hat.«

»Und was ist dann passiert?«

»Das kann ich Ihnen sagen, ich bin ausgeklinkt. Ich stand immer noch nur mit einem Handtuch um die Hüfte da, mit dem Handtuch von ihrem Mann, da waren seine Initialen drauf, echt komische Situation. Auf jeden Fall komme ich aus der Dusche und stehe halbnackt da und sehe, wie die Frau den Stoff wie ein Staubsauger vom Nachttisch zieht, und sehe die kleinen Tütchen, die ich am Vormittag abgefüllt hatte, alle aufgereiht daliegen, als wollte sie die sich alle eine nach der anderen reinziehen. Ich bin total irre abgegangen und wir haben uns gestritten, ich stand da, hab sie angeschrien und sie fing an zu zetern. ›Ich konnte es nicht abwarten, konnte nicht warten.‹ Erst redet sie so, als wäre alles cool, gar kein Problem, dann sieht sie mich und merkt, dass ich gleich ausraste, also kriecht sie auf Knien zu mir, weil sie vor dem Nachttisch gekniet hat.

Ich sehe, wie sie auf mich zukommt, auf mein Handtuch zukriecht. Ich hab gesehen, dass sie scharf ist. Ihr hängt noch ein bisschen Koks an der Nase und sie kriecht auf Knien zu mir und will mir an den Schwanz. Ich wusste, so konnte es nicht weitergehen.«

»Und da haben Sie ihr den Wagen abgenommen?«

»Na zuerst zieht sie mich zu sich aufs Bett und fickt mich um den Verstand, sie denkt, dann vertragen wir uns wieder, deshalb hat sie's wie wild mit mir getrieben. Wie ein Schraubstock war die, irgendwann hat sie meine Eier gepackt, ich dachte, sie will die entsaften, scheiße echt, das war ganz schön heftig. Als wir fast soweit waren, war sie so heiß, dass sie's noch ein bisschen in die Länge ziehen wollte, aber ich wollte sie runter haben von mir, weil ich über die Situation nachgedacht habe und ja sowieso ein Auge auf ihren Wagen geworfen hatte, weil ich längst wusste, dass sie auf keinen Fall so viel Geld flüssig hat, also wollte ich sie runterschieben, aber sie hat mich festgehalten und mir ins Gesicht geschlagen und mich gebissen. Dann hat sie geschrien, ich soll sie ficken, erst so und dann anders, also haben wir's wieder gemacht, und unter uns gesagt, sie ist eine schöne Frau und das Beißen und Schlagen hat mich ganz schön angemacht, also haben wir's beide noch ein bisschen getrieben und sie ist einfach voll abgegangen. Wir haben es einfach wahnsinnig wild miteinander getrieben, Mann.«

Ariel merkte, dass er selbst anschwoll. Seine Hose war zu eng, er brauchte eine neue, in dieser war nicht mal mehr Platz für eine Erektion, ohne dass es wehtat. Er stellte sich vor, wie eine kleine Menge Blut in seinen Ständer pumpte und dieser gegen seinen Oberschenkel und die billige Baumwollhose rieb.

»Und dann haben Sie den Wagen genommen?«, fragte Ariel. »Oder war sonst noch was?«

»Naja, dann hab ich erst mal auf cool gemacht, hab gesagt, sie kann erst mal nur ein Tütchen nehmen und am nächsten Tag komme ich mit mehr wieder.«

»Wieso am nächsten Tag?«

»Naja, ich brauchte ja das Formular von der Zulassungsstelle, sonst hätte sie mir den Wagen ja nicht überschreiben können, also bin ich am nächsten Tag dorthin, kurz vor halb zehn am Vormittag, und hab mich mit noch ein paar anderen in die Schlange draußen gestellt, der Laden hat aufgemacht, ich sofort rein, hab mir das Formular für die Übertragung der Eigentumsrechte aus dem Ständer vorne geholt, ich musste nicht mal ein Ticket ziehen, und bin wieder raus. Um zehn war ich wieder bei ihr und das war's. Sie hat geheult, aber das Formular unterschrieben.

Außerdem hab ich ihr noch ein kleines Tütchen dagelassen, als so eine Art Abschiedsgeschenk. Sie hat geheult und gesagt, dass es ihr leidtut, dann hat sie mich angefleht, nicht den Wagen mitzunehmen, und hat mir die Hose runtergezogen, mein Cousin saß draußen in seinem Wagen und hat gewartet, und sie lässt sich von mir in der Küche auf der Anrichte ficken, hat dabei aber immer noch weiter wegen dem Wagen geheult und gleichzeitig gestöhnt, weil wir gevögelt haben, aber ich war nicht so richtig bei der Sache, wissen Sie. Wenn ich ehrlich bin, hat sie mir ein bisschen leidgetan, sie schien mir ganz schön am Arsch zu sein, aber ich wollte nicht bleiben, mein Cousin hat gewartet und ich hab ihm gesagt, es würde nicht lange dauern ...«

»Also sind Sie gegangen?«, fragte Ariel.

»Naja, nicht sofort, wir haben noch ein paar Mal gefickt, aber das war's dann. Ich wusste, wenn ich jetzt nicht gehe, bleibe ich den ganzen Tag und sie hat wieder ihre Finger überall an mir und ich komme nie raus. Ich hab die Schlüssel genommen, ihr gesagt, sie soll mich nicht mehr anrufen und mir auch nicht nachlaufen, ich hab ihr noch ein kleines Tütchen zusätzlich zu dem anderen geschenkt, nur damit sie was zu tun hat. Sie war so halb froh und halb traurig, hatte immer noch das Höschen unten und hat sich's selbst mit dem Finger gemacht und gebettelt, ich soll bleiben und sie richtig ficken. Das war eine ziemlich wilde Szene, wissen Sie? Ich bin einfach gegangen, in den Subaru gesprungen und mein Cousin ist mir bis nach Hause hinterhergefahren.«

»Und warum haben Sie den Wagen so lange behalten?« Ariel lehnte sich zurück. Das Thema Sex war jetzt abgeschlossen, er fand sich damit ab und zupfte unter dem Tisch seine Hose zurecht, schob sein Bein ein Stück mehr nach links, um nicht so eingeengt zu sitzen.

Er fragte sich, was die junge Frau jetzt wohl machte. Ob er vielleicht auch dealen sollte? Wie würde er an die Drogen kommen, und wo würde er die Leute finden, die sie kaufen wollten? Wenn er dahinterkäme, würde er es aber schlauer anstellen als Carson und vermutlich ungestraft davonkommen. Wahrscheinlich würde er selbst auch ein bisschen Speed nehmen.

Er erinnerte sich an die Zeit vor einigen Jahren, als ein Freund seinem kleinen Bruder, der die Medikamente verschrieben bekam, einmal eine Handvoll Ritalin geklaut und Ariel gegeben hatte. Er hatte tagelang keinen Hunger mehr gehabt, erinnerte er sich. Das wäre ein gutes Leben, dachte Ariel. Ein bisschen gefährlich, aber gut. Er wäre schlank, müsste nicht mehr so viel arbeiten und hätte Sex mit Frauen.

»Nur aus Neugierde, Carson ... wie lange würde es dauern, 1300 Dollar zu verdienen mit Stoff, so wie Sie ihn verkauft haben?« Ariel hörte die Worte, aber irgendwie klangen sie komisch aus seinem Mund.

»Kommt ganz drauf an, wie viel man dafür getan hat, aber im Prinzip kann man das locker an einem halben Tag reinholen, zwei Stunden vielleicht, wenn man's drauf anlegt, aber wissen Sie, wenn man die richtigen Leute kennt und es richtig anstellt, kriegt man's auch in fünf Minuten hin. Das ist wie in jedem anderen Geschäft auch. Man muss es beschaffen, dafür sorgen, dass die entsprechenden Leute wissen, dass man's hat. Man muss praktisch Werbung machen, nur dürfen halt die Falschen nichts davon mitbekommen, sonst sind sie gleich hinter einem her. Und man muss es vor der eigenen Familie geheim halten, was praktisch unmöglich ist, aber wenn die das mitkriegen, wollen sie alle was auf Pump und plötzlich schuldet einem die eigene Familie Geld. Da kommt ganz schön was zusammen und man schuldet es ja auch den Leuten, von denen man den Stoff bezieht, deshalb muss man sehen, dass man sein Geld bekommt, sonst kann man diejenigen nicht bezahlen, von denen man's hat. Wenn man die letzte Fuhre nicht bezahlt hat, bekommt man nichts mehr.

Und mit den harten Drogen, ich sag's Ihnen, das ist echt ein anderes Universum, als wenn man bloß Gras vertickt. Früher hab ich nur Gras gedealt. Fast fünfzehn Unzen die Woche, was nicht schlecht ist, bei knapp 350 Dollar für eine Unze, das ist gutes Geld. Ich meine, die muss man auch erst mal bezahlen, aber trotzdem macht man da noch über einen Tausender die Woche nur mit ein bisschen Dope. Aber Koks, Heroin und Meth, scheiße Bruder, das ist ein anderes Universum. Da versteht keiner mehr Spaß. Da geht's um richtig viel Geld, alle gucken ernst.

Und alle sind nervös, voll angespannt, weil da so viel Kohle fließt. Ich denke, mir persönlich ist Gras lieber, viel entspannter. Die Leute kommen bei einem zu Hause vorbei, man muss nicht mal raus, hat das Zeug auf dem Küchentisch bereitliegen. Man spielt den ganzen Tag Xbox, guckt Filme und ständig kommen und gehen Leute. Man raucht selbst ein bisschen, verkauft was, manche wollen eine Unze, andere mehr, aber eigentlich sind alle gelassen, wissen Sie. Je kleiner die Menge, um so mehr verdient man dran. Leider kann das nach einer Weile verdammt langweilig werden, man kann am Tag halt nur soundsoviele Stunden Gears of War spielen und zum Schluss raucht man dann selbst fast eine ganze Unze die Woche. Manche Jungs qualmen das auch an einem Tag weg, aber so viel hab ich nie gebraucht. Trotzdem, wenn man zwölf, vierzehn oder sechzehn Stunden am Tag raucht, auch wenn's immer nur ein bisschen ist, hat man ganz schnell eine Unze in die Luft geblasen. Aber 1300 Dollar? Klar, mit hartem Stoff verdient man das ehrlich gesagt in Nullkommanichts.«

Ariel hatte aufmerksam zugehört, Carson sah ihn an, ohne eine Miene zu verziehen.

»Und was hatten Sie mit dem Wagen vor, Carson? Dachten Sie wirklich, Sie könnten ihn verkaufen?«

»Ich wollte damit zu einem Händler in der Scarborough Beach Road, den Typen da ist scheißegal, wo was herkommt. Wenn man Papiere hat, nehmen sie den Wagen, da kennen die nichts. Man kann auch mit einem Sack voller Geld auf den Parkplatz marschieren, die finden schon einen Weg, es einem abzunehmen.«

Ariel beugte sich vor, seine Erektion war inzwischen Geschichte.

Er hörte sich gerne an, wie das alles funktionierte.

»Aber Carson, das ist sicher nicht ganz so einfach wie Sie sagen.«

»Mein Onkel Dessie, er ruhe in Frieden, war vor ungefähr vier Jahren bei denen, weil er ein Auge auf einen Commodore oder einen VN geworfen hatte, weiß nicht mehr. Das war der Wagen, in dem er ums Leben gekommen ist, ich sollte eigentlich wissen, was es für einer war, das ist nicht gut. Er ist da bei denen auf den Parkplatz marschiert, hat erklärt, was er will. Der Wagen hat fast 20000 gekostet, war gebraucht, aber erst ein paar Jahre alt und er hat noch brandneu ausgesehen. So ein dunkles Orange, Spoiler, Felgen, alles. Scheiße, war's jetzt der Commodore oder VN, auf jeden Fall sagt er zu dem Verkäufer, wie viel kostet der bei

Barzahlung, und Dessie sieht aalglatt aus, der könnte auch als Italiener durchgehen mit seiner olivfarbenen Haut und der starken Nase, der hat was von einem alten Römer. Manchmal wird er tatsächlich für einen Spanier oder einen Italiener gehalten. Auf jeden Fall sagt der Verkäufer, er kann Barzahlung nur entgegennehmen, wenn sie's so organisieren, dass er meinen Onkel zur Bank fährt und im Wagen wartet, während mein Onkel Dessie das Geld abhebt.

Onkel Dessie hat zu dem Verkäufer gesagt, dass er gar kein Konto auf irgendeiner Bank in der Nähe hat, weil er nämlich direkt dasteht mit dem ganzen Grasgeld in einer Plastiktüte. Onkel Dessie ist zu seiner Zeit früher ganz schön rumgekommen und der Verkäufer weiß, dass er das Geld dabei hat, weil Onkel Dessie die ganze Zeit mit der Tüte fuchtelt. Der Verkäufer sagt also, er fährt meinen Onkel zur Bank die Straße runter und dort kann er's ja am Automaten abheben, auch wenn er eigentlich bei einer anderen Bank ist, der Verkäufer wartet dann so lange im Wagen. Danach fahren sie zusammen zurück und weil er dann weiß, dass das Geld von der Bank kommt, kann er es bar entgegennehmen.

Mein Onkel kommt also endlich dahinter, was da läuft und er spielt mit und sie fahren zur Bank unten an der Straße, er setzt sich auf einen der Stühle im Wartebereich und guckt aus dem Fenster, sieht den Verkäufer im Wagen warten. Dessie bleibt ungefähr zehn Minuten da drin, eine Kassiererin kommt raus zu ihm und fragt, ob er Hilfe braucht und er sagt, er wartet nur auf seine Frau. Sie bietet ihm einen Kaffee an, weil er da im Geschäftskundenbereich wartet, wo die ganzen Pisser sitzen, die dann in so einen kleinen Raum gehen, um mit jemandem von der Bank zu sprechen und sich sagen zu lassen, wie's aussieht. Dessie sitzt also da und wartet, trinkt einen Kaffee und guckt aus dem Fenster. Der Verkäufer sitzt draußen im Wagen und wartet, und es ist gar nicht Dessies Bank und er hat auch sonst nirgends ein Konto und das weiß der Verkäufer auch, aber trotzdem sind sie da und spielen das Spiel.

Er lässt sich also Zeit, trinkt seinen Kaffee. Geht raus zu dem Verkäufer, der inzwischen ungefähr fünfzehn bis zwanzig Minuten gewartet hat, Dessie steigt wieder in den Wagen und der Verkäufer fragt ihn direkt, ob alles geklappt hat. Mein Onkel sagt, ›alles gut‹ und sie fahren zurück zum Gebrauchtwagenhandel. Dessie gibt dem jungen Mädchen an der Rezeption vorne das Geld, sie zählt es nochmal vor ihm und dem Verkäufer. Dessie erklärt, er kommt vom Land und ist mit dem Auto nach Perth gefahren, das hat aber auf der Strecke schlappgemacht und er will jetzt sofort mit dem neuen Wagen vom Gelände fahren. Sie lassen ihn noch eine weitere halbe Stunde warten, weil sie noch mehr Papierkram erledigen müssen, aber dann bekommt er den Schlüssel und fährt mit einem vier Jahre alten Commodore vom Platz.

Also ja, ehrlich, ich wusste ja, dass die einem da keine Probleme machen und wenn Dessie nicht den Unfall mit meinen kleinen Cousins gebaut hätte, möge Gott sich der kleinen Engel annehmen, wäre ich mit dem Subaru runter nach Scarborough gefahren und hätte den Wagen dort verkauft. Tatsächlich musste ich dann aber zurück nach Hause, zur Beerdigung, wissen Sie? Wegen der Jungs, denen musste ich meine Ehre erweisen, also bin ich direkt dahingefahren, weil die Beerdigung ja schon am nächsten Tag war.«

»Wann haben Sie Ihren Termin bei der Psychologin, Carson? Wir brauchen immer noch das psychologische Gutachten, um das Assessment abzuschließen. Gehen Sie heute Nachmittag noch zu Jennifer?«

Jennifer

Seine Gesichtszüge wirkten so sanft. Am Morgen hatte er seine Haare gebürstet und es irgendwie hinbekommen, dass es aussah, als hätte er Gel drin. Gel gab's im Gefängnis nicht zu kaufen, das konnte sie sich nicht vorstellen. Sie wusste, dass man dort mit allem Möglichen vorsichtig sein musste. Sie hatte mal eine Geschichte über zwei Aboriginals gehört, die zur Urteilsverkündung aus Kimberley nach Perth gekommen waren und literweise Conditioner getrunken hatten, weil da Alkohol drin ist, das hatte einer von ihnen gelesen. Die Beamten hatten sie in einer der Putzkammern erwischt, wo sie einander im Schneidersitz gegenübersaßen und die Flasche hin- und herwandern ließen, die cremige rosa Flüssigkeit tröpfelte von ihren Bärten. Beide wurden in die Krankenstation gebracht, weil sie zusammen ganze vier Flaschen vernichtet hatten. Am nächsten Tag verbot die Gefängnisleitung Conditioner jeglicher Art. Wie's mit Gel aussah, wusste sie nicht. Aber sie hatte schon mitbekommen, dass sich manche Gefangene Kondome aus dem Automaten holten und sich das Gleitmittel in die Haare schmierten. Vielleicht hatte dieser das ja auch gemacht. Sie fragte sich, ob wohl ihretwegen.

»Haben Sie heute noch was vor, Carson?«

»Nein, Miss, ich war heute Morgen schon bei Assessments, bei dem großen Dicken, und wenn wir hier fertig sind, geht's zurück in den Trakt. Ich hab wegen dem Termin hier meine Putzschicht getauscht, aber abgesehen davon hab ich heute frei. In der Kantine gibt's Fish and Chips, dann kommt das lange Wochenende. Das Footballspiel wurde abgesagt, wegen der Sache mit den beiden aus dem Vierer gestern Abend. Die wären die Kapitäne gewesen, aber egal.«

Carson senkte den Kopf und verstummte, kratzte sich im Nacken. Sie staunte immer wieder über die vielen Traditionen und Gepflogenheiten im Gefängnis. Footballspiele an den Wochenenden, freitags Fisch und sonntags Gottesdienst. Sie kannte einige, die sogar hingingen. Manches davon war beruhigend, zum Beispiel, dass sie Miss genannt wurde, einige der älteren sagten sogar Ma'am zu ihr. Die jüngeren, wie Carson, von denen sie das niemals erwartet hätte, nannten sie immer Miss. Fast als würden sie wieder zur Schule gehen, aber in eine Schule aus den fünfziger Jahren in einer amerikanischen Kleinstadt im Mittleren Westen. Manchmal rechnete sie fast damit, dass sie den Arm hoben und sich meldeten, bevor sie sprachen. Die männlichen Kollegen wurden allesamt als Mister, Sir oder Boss angesprochen. Das Förmliche daran wirkte ebenfalls beruhigend. Vielleicht bürstete und frisierte er seine Haare ja tatsächlich ihr zuliebe.

»Na schön, warum fangen wir nicht mit der Beerdigung an, Carson? Ich denke, wir sollten uns erst mal ein besseres Bild davon machen, was im Vorfeld passiert ist. Ich denke, es ist wichtig, dass wir die Ereignisse in einen Zusammenhang stellen, damit das Geschehene nicht isoliert bleibt, sondern alles einen schlüssigen Ablauf ergibt. Können Sie das nachvollziehen oder gibt es da zu viele Ambivalenzen?«

Carson nickte ihr zu. Er schien sich wohlzufühlen, sie nickte zurück. Sein Trainingsanzug spannte über seinen breiten Schultern, er sah gut aus, sogar in den grünen Gefängnisklamotten. Vielleicht hätte sie nicht »Ambivalenzen« sagen sollen. Vielleicht wusste er nicht, was das bedeutet. Sie musste vorsichtig sein. So was passierte ihr immer wieder.

»Was wollen Sie denn wissen?«, fragte Carson und grinste sie an, sein Lächeln war aufrichtig, hatte eine gewisse Herzlichkeit. Sie hatte das Gefühl, er könnte auch ihr Sohn sein, beide waren ungefähr in demselben Alter. »Also, ich weiß, dass Sie zu einer Beerdigung nach Hause gefahren sind«, sagte sie.

»Drei Beerdigungen«, korrigierte Carson sie.

»Verzeihung, drei Beerdigungen.«

»Schon gut.« Carson blieb ganz ruhig, nur seine Schultern wurden noch etwas breiter, als er fortfuhr. »An dem Montagmorgen habe ich erfahren, was passiert ist, also haben wir am Vormittag noch ein paar Sachen fertig gemacht und sind dann gleich hingefahren. Ist ja eine lange Strecke.«

»Wie nah standen Sie den Jungs?«

»Verdammt, das waren *meine* kleinen Hosenscheißer. Verzeihen Sie meine Ausdrucksweise, das waren tolle Jungs. Ein bisschen wild vielleicht, aber die hatten ein gutes Herz. Wäre mein bescheuerter Cousin bloß nicht mit ihnen losgefahren ... aber ja, wir standen uns sehr nah, ich hab ihnen alles Mögliche beigebracht, als sie noch ganz klein waren, wir sind Fish and Chips essen gegangen und ich hab ihnen gezeigt, wie man sich prügelt. Der Kleine, der war erst ...«

Carson sprach den Satz nicht zu Ende, dachte an das Geschehene.

Jennifer wollte ihn nicht unterbrechen, sie ließ ihn noch einmal alles Revue passieren. Es dauerte nicht lange, dann war er wieder voll da.

»Aber er war ein guter kleiner Kämpfer, in dem hat einiges gesteckt. Das sah man schon daran, wie er den Kopf bewegt hat. Ich hab ihm ein paar Haken versetzt, aber nie richtig wehgetan. Wir haben uns so ein bisschen gekeilt und er konnte sich ohne weiteres wehren, er war gut und der andere, der war auch in Ordnung, hatte nicht ganz so viel Feuer, aber alle beide waren gute Jungs. Mein bescheuerter Cousin dagegen, das war echt ein ausgewachsener Vollidiot. Wir haben uns nie gut verstanden, aber andererseits hatte er's in seiner Kindheit auch schwer gehabt. Sein Vater war ein fieser alter Sack, der hat ihm echt zugesetzt, als er noch klein war, ich meine richtig klein, wenn Sie verstehen, was ich meine.«

Jennifer dachte an die letzte Beerdigung, die sie selbst besucht hatte. Es war die ihres Cousins gewesen, der vor ungefähr fünf Jahren von einer Leiter gefallen war. Seine Frau hatte ihn die Fenster im zweiten Stock putzen lassen und er war blöd aufgekommen, hatte sich mit gerade mal 50 Jahren das Genick gebrochen. Sie erinnerte sich, dass sie sich extra ein neues Kleid dafür gekauft hatte und dort allen möglichen Verwandten begegnet war, die sie seit Jahren nicht mehr gesehen hatte und seitdem auch nicht wieder. Nach der Beerdigung hatte sie aufgehört, die oberen Fenster bei sich zu Hause zu putzen und irgendwann auch die, die sie problemlos erreichen konnte. Wenn jetzt die Sonne zu unterschiedlichen Tageszeiten schien, konnte man durch ein oder zwei kaum noch gucken, weil sie so dreckig waren. Die Mischung aus Fingerabdrücken und schlichtem Schmutz ließ sie im Sonnenlicht gelb wirken. Eine der Schiebetüren hinten war so schlimm, dass sie schon gedacht hatte, der Hund hätte sie abgeschlabbert, sie würde sich darum kümmern müssen.

»Und wie war das für Sie, wieder nach Hause zu kommen?«, fragte sie.

»Naja, ist schon sehr anders. Manche von den Jungs sind in die Stadt gezogen, einige kommen ganz gut klar, leben sich ein, andere schlagen über die Stränge und wieder andere ziehen nie weg. Wissen Sie, zu Hause ist nicht viel los, wenn es also eine Beerdigung gibt, kommen plötzlich alle zusammen. Die geblieben sind, sind sowieso da, und die, die weg sind, die's geschafft haben, kommen alle zurück.

Und die, die's nicht geschafft haben, kommen auch. Also sind alle da, alle auf einem Haufen. Alle sind da, und da liegt immer was in der Luft und alle wissen es, ganz egal, wer da unter die Erde gebracht wird, ein kleiner Engel oder sonst wer. Eigentlich ist es so, je trauriger der Tag, umso dicker ist die Luft. Wenn Sie verstehen, was ich meine, Miss.«

»Was haben Sie gemacht, als sie angekommen sind?«

»Ich bin direkt zu meiner Mum, das Wichtigste zuerst. Sie steckt ja voll drin in der ganzen Sache, die beiden Jüngsten waren in dem Basketballverein, den sie geleitet hat. Jahrelang hat sie jede Woche viele Stunden mit denen verbracht, hat ihnen das Spielen beigebracht. Aber das war schon eine Weile her. Irgendwann hat sie aufgehört, als Trainerin zu arbeiten und sich nur noch um den Papierkram gekümmert. Aber sie hat trotzdem noch alle im Verein gekannt, sie war ja diejenige, die die Verträge gemacht hat. Sie hat den Verein vor dreißig Jahren gegründet und die Jungs waren ja zwei von ganz vielen Kindern, mit denen sie über die Jahre zu tun hatte. Aber meine Mum hat sie alle geliebt, besonders die Kleinen. Sie hatte so eine Energie wie manche Frauen sie halt haben. Die zieht es immer wieder zu den Kleinen hin, besonders zu den kleinen Jungs. Für die hatte sie immer viel Zeit, für Babys und Kleinkinder. Mit denen hat sie sich auf den Boden gesetzt, hat ihnen stundenlang was erzählt, als hätten die antworten können. Sie hat ihnen vorgelesen und sie dazu gebracht, dass sie die Bücher selbst in die Hand nehmen. Jedenfalls bin ich erst mal zu meiner Mum nach Hause, hab nachgesehen, wie's ihr geht.«

»Gewöhnen Sie sich eigentlich daran, Carson?« Jennifer bereute sofort, die Frage gestellt zu haben.

»Ob ich mich dran gewöhne?« Carsons Miene erstarrte.

»Verzeihung«, sagte Jennifer rasch.

»Man gewöhnt sich schon daran, Miss. Es ist einem nicht

egal. Aber man gewöhnt sich schon daran, nach einer Weile wundert man sich nicht mehr, wissen Sie?«

»Tut mir leid, Carson«, sagte Jennifer erneut.

»Ist ja nicht schlimm, Miss.«

Jennifer biss sich auf die Lippe und nickte ihm zu, er möge fortfahren.

»Als ich nach meiner Mum gesehen hatte, bin ich ein bisschen durch die Stadt getigert. Ich hatte den Subaru und wollte damit angeben, das Ding war heiß. Meine Mum war ganz schön am Boden zerstört, aber ich wusste, dass sie's übersteht, so wie immer. Nach dem Besuch bei ihr bin ich zu ein paar Cousins. Als wir klein waren, haben wir immer hinter der Kneipe zusammen abgehangen, und wenn wir jetzt was zusammen trinken gehen, treffen wir uns irgendwie immer noch erst mal hinter dem Haus. Früher wurden da die ganzen leeren Fässer gelagert. Aber mit den Fässern war das so eine Sache, da war immer noch ein bisschen Gas drin, auch wenn sie leer waren, und wir haben Stöcke oben reingeschoben und dann kam ein bisschen was raus, auch ein bisschen Schaum und es hat tierisch gestunken. Wir haben das dann vom Fass abgeleckt und so getan, als wären wir besoffen und haben uns auf dem Boden gewälzt.

Da war immer noch ein kleines bisschen Bier drin, Schaum oder so, und das roch man. Das hat gestunken wie dein eigener Vater oder einer von den Onkeln. Wir dachten, wir würden das Gas aus vollen Bierfässern lassen, haben uns für voll dreist gehalten und geglaubt, wir würden was Verbotenes machen. Jedenfalls Jahre später treffen wir uns immer noch erst mal hinter dem Pub, bevor wir reingehen. Ich bin also mit dem Subaru da hin, dachte, ich erwische ein paar von der alten Gang an den Bierfässern, aber ich war der Einzige dort.«

»Und wen genau wollten Sie treffen, Carson?«

»Meinen Kumpel Vincent, der wohnt noch zu Hause. Er leitet das Gartencenter dort, wir waren zusammen auf der

Schule, haben Football gespielt. Er hat sich bei mir gemeldet und gesagt, wir treffen uns da mit seiner Freundin und er meinte, er sieht zu, dass sie noch eine Freundin mitbringt.«

»Aber als Sie dort ankamen, war niemand da?«

»Nein, also bin ich einfach rein und hab drinnen gewartet, dass die auftauchen.«

»Hatte sich das Pub denn sehr verändert seit Ihrem letzten Besuch zu Hause?«

»Nein, das ist einfach eine ganz normale Kneipe, bisschen Teppichboden, so wie in der Schule, ein paar Zapfhähne am Tresen. Die Tische im ganzen Raum verteilt, man holt sich was an der Bar und setzt sich. Teilweise haben die solche Tischläufer, wissen Sie? Aus Stoff, alles ganz normal, nichts Besonderes.«

»Und was ist dann passiert, Carson?«

Len

Len wusste, die Woche würde gut werden. Immer wenn eine Beerdigung anstand, machte er einen Monsterumsatz. Das war wie Weihnachten, nur zirka fünf Mal im Jahr. Er bestellte vier zusätzliche Paletten Swan und drei Export für den Getränkekiosk. Fässer für die Bar hatte er noch genug auf Lager. Einer von seinen Mitarbeitern beklaute ihn allerdings. Einer der jüngeren. Phil war in Ordnung, der war fast genauso lange im Geschäft wie er selbst. Phil konnte man vertrauen. Einem, der pleite ist, kann man immer vertrauen. Vielleicht war's sein Neffe, den seine Schwester ihn gezwungen hatte einzustellen.

Blödes kleines Arschloch. Ständig sorgte er für Zoff, schrieb niemals etwas auf und nahm nach seiner Schicht immer ein paar Flaschen mit. Die Kladde zum Anschreiben war eine gute Idee. Lens Dad hatte ihm das schon früh beigebracht, lange bevor Len das Pub übernommen hatte, vierzig Jahre musste das her sein. Die Mitarbeiter bekamen ihr Geld immer erst am Donnerstag und die meisten waren spätestens am Sonntag schon wieder blank. Blank und durstig. Dann griff das Kreditsystem. Sie schrieben auf, was sie an Alkohol mitnahmen und Len gab ihnen einen Durchschlag mit, auf dem die Summe stand, die sie ihm schuldig waren. Ende der Woche hatten manche ihren halben Lohn schon versoffen und dann enthielt der Umschlag, den sie ausgehändigt bekamen, nur die Hälfte ihres Geldes, sowie einen Haufen Quittungen.

Len ging die Bücher durch, er machte immer noch einen Riesenreibach, auch wenn ihn sein bescheuerter Neffe bestahl. Vielleicht würde er Phil bitten, ihn im Auge zu behalten, aber wenn es am Ende doch Phil war, würde er selbst wie ein Trottel aussehen. Vielleicht tat Phil ja nur so, als wäre er pleite. Hatte man alles schon erlebt. Len schlug die Kladde zu und legte das große schwarze Buch zurück in den Bürosafe. Er sah auf die Armbanduhr, halb. Er hatte Phil gesagt, er würde um halb hinter dem Tresen stehen. Phil stritt sich mit seinem Nachbarn vor Gericht. Er hatte behauptet, der Nachbar würde ihm seit zwei Monaten 100 Dollar schulden, weshalb Phil an dessen Tür geklopft, ihn als das Allerletzte beschimpft und ihm direkt was auf die Fresse gehauen hatte. Dummerweise hatte der Allerletzte aber die Polizei gerufen und jetzt musste Phil sich gegen den Vorwurf der Körperverletzung verteidigen. Blöde Wichser alle miteinander.

Len stand auf und betrachtete sich in dem kleinen Spiegel, den er in seinem Büro hängen hatte. Ein Kalgoorlie Stout Spiegel, den er vor Jahren von der Brauerei bekommen hatte. Len war seit Jahren nicht mehr in Kalgoorlie gewesen, ein entsetzliches Drecksnest. Jedes Mal kam er krank zurück, weil er sich irgendwas bei irgendwem geholt hatte. Er blickte in den Spiegel, er war gut gealtert. Seine Haare waren schon seit einiger Zeit silbergrau, aber dafür hatte er sie auch noch alle. Er trug sie zurückgekämmt, so wie auch schon in seinen Dreißigern. Morgens Conditioner, kein Shampoo, und auch nicht ausspülen, das war das Geheimnis. Sein roter Pulli mit V-Ausschnitt stand ihm, seine Schultern waren nicht mehr so breit wie früher, aber er hatte eine gute Figur, schlank, aber nicht dürr.

Er zog eine Benson and Hedges Special aus dem Päckchen und steckte sie sich unangezündet in den Mund, während er sich selbst im Spiegel bewunderte. Nicht schlecht. Er hatte sich im Lauf der Jahre nicht verausgabt, sein Körper war gut in Schuss. Zwei Mal die Woche schaffte er immer noch achtzehn Löcher zu Fuß und wenn er wollte, konnte er sich einen Buggy leisten. Auch mit seiner Haut hatte er Glück, obwohl er so viel rauchte, ein paar Falten waren da, aber nicht zu viele. Einige seiner Kumpels wirkten vergleichsweise fix und fertig. Die Hälfte von ihnen war Schafscherer, die andere Hälfte Immobilienmakler, und alle waren sie ständig besoffen, fett und verdammt dämlich. Len trank nie zu viel, passte immer auf. Auch das war Teil seines Geheimnisses. Er war jetzt schon lange im Geschäft, hatte es immer geschafft, sich nicht unterkriegen zu lassen. Nicht wie so manch anderer. Len zündete die Zigarette an und zog, betrachtete sich im Spiegel, wie er den Rauch ausblies.

»Len«, rief es durch die Bürotür.

»Ich komme, Phil«, erwiderte Len leise genug, um nicht gehört zu werden. Er fuhr sich erneut langsam mit der Handfläche übers Haar, die Zigarette steckte zwischen den Zähnen.

»Komm schon, Len. Ich muss zum Gericht«, rief es erneut von der Bar.

Len trat aus der Bürotür, vorbei an der Eismaschine in dem kurzen Flur und hinaus hinter den Tresen. Phil schien ein bisschen neben der Spur; er trug seinen besten Anzug für seinen Auftritt vor Gericht und versuchte, sich möglichst nicht zu bekleckern, während er die Mittagsgäste bediente. Noch herrschte kein großer Andrang, es war noch früh.

»Also, Len, bis später.« Phil schob sich an Len vorbei, wollte nach hinten raus. »Viel Glück, Phil! Ruf an, wenn du mich brauchst.« Len betrachtete die Jungs, die seitlich an der Bar standen und tranken.

Die Bar war ein Hufeisen und schon lange in zwei Lager geteilt. Die rechte Seite war Weißen vorbehalten, die Linke war für die Schwarzen und der Platz in der Mitte gehörte ein paar ganz bestimmten alten Säufern. Es war Freitag und die Beerdigung fand erst am Samstagvormittag statt. Die würden sich heute bestimmt schon mal warmtrinken, aber das eigentliche Besäufnis würde erst morgen um die Mittagszeit beginnen. Im Moment waren nur ein paar Schwarze hier. Len war fast sicher, dass drei von ihnen Brüder waren. Sie waren seit ungefähr einer Stunde hier und tranken ganz schön was weg.

Schon besser, wenn er hin und wieder hinter dem Tresen arbeitete, mindestens einmal die Woche, und sei's nur, damit seine Jungs nicht vergaßen, wer hier das Sagen hatte. Er beobachtete alle seine Angestellten hinter dem Tresen und wie sie mit den Gästen umsprangen. Phil war ziemlich gut, wahrscheinlich der Beste, den er hatte. Seinen Neffen würde er nicht hinter den Tresen stellen, der blieb im Getränkekiosk. So dämlich wie der war, würden sie gleich am ersten Abend Hackfleisch aus ihm machen. Alle standen auf die Mädchen, wenn überhaupt welche arbeiteten. Die Mädchen kosteten ihn doppelt so viel und eigentlich kamen die Typen sowieso her, um zu trinken. Schade eigentlich, dass keiner von denen Phil oben ohne sehen wollte.

Die drei, die er für Brüder hielt, blieben unter sich, was gut war. Hin und wieder begegnete er dem Blick von einem, nickte ihm bedächtig zu und der andere nickte zurück. Je später es wurde, umso lebhafter würden sie werden. Ab drei Uhr nachmittags würden sie mit ihm reden, als wäre er einer von ihnen. Um fünf würden sie laut, ihm Witze erzählen, um sieben würden sie Witze über ihn reißen und um elf müsste er Phil anweisen, ihnen nichts mehr auszuschenken. Phil ließ sich eine Menge gefallen, aber das ist der Vorteil, wenn einem der Laden gehört, man kann arbeiten, wann man will.

»Alles klar, Len?«

»Tag, Charlie.« Len nahm Charlies leeres Glas und schenkte ihm erneut ein. Charlie war einer von den alten Säcken in der Mitte. Im Niemandsland. Charlie hatte hier schon getrunken, als Lens Vater noch die Kneipe führte. Er trank immer dasselbe, saß immer auf demselben Hocker und war immer dasselbe langweilige, beschissene Arschgesicht.

»Warst du auf dem Platz, Len?«, fragte Charlie.

»Gestern Morgen«, erwiderte Len, nahm das Geld entgegen, das Charlie vor sich abgezählt hatte, und stellte ihm sein Bier hin.

»Wie hast du gespielt?« Charlie nahm sein Glas und schob es einen Zentimeter weiter nach links.

»Hatte einen Scheißtag, Charles. Hab nur neun Löcher gespielt und gerade mal 45 Punkte geholt.«

»Du liebe Güte, Len. Du hättest mich auch anlügen können, wenn du gewollt hättest.«

»Hatte schon lange keinen so schlechten Tag mehr, aber wie heißt es doch so schön, Charlie? Ein schlechter Tag beim Golf ist immer noch besser als ein guter bei der Arbeit.«

Charlie schmunzelte kraftlos und trank. Len führte seit vierzig Jahren immer wieder dieselbe Unterhaltung mit ihm. Der alte Arsch trank so langsam, dass er ihm pro Woche höchstens 200 Dollar einbrachte. Aber mit so einem alten Sack in der Kneipe kam's seltener zu Handgreiflichkeiten und von den 200 Dollar konnte er eine von den jüngeren Aushilfen bezahlen. Mit oder ohne Anschreiben.

Len verfolgte die Pferderennen im Fernseher hinter der Bar, hatte heute aber keine Wette laufen und interessierte sich eigentlich gar nicht besonders dafür. Er wartete immer noch auf die Bewilligung seines Antrags durch die zuständige Behörde, um die Öffnungszeiten seines neuen Standorts in Perth zu verlängern. In den letzten beiden Jahren waren die Geschäfte so gut gelaufen, dass er draußen vor der Stadt ein zweites Hotel eröffnen konnte. Dort sollte es allerdings anders aussehen, näher an der Innenstadt, weniger aggro, mehr Geld, aber insgesamt ein kleinerer Laden.

Er überlegte, ob er Phil die Geschäftsführung des Standorts hier anbieten sollte, vorausgesetzt, alles klappte wie geplant. Dann würde er ein neues Hotel aufmachen, sich erst mal selbst darum kümmern und später dann ein paar Jahre im Ausland leben. Aber das würde noch dauern. Bis jetzt hatte ihn sein Vorhaben schon mehr als 15 000 Dollar an Gebühren gekostet und wenn der Antrag durchging, würde er noch mal 25 000 Dollar für die Sanierungskosten aufbringen müssen. Vergangene Woche hatte er denen praktisch täglich hinterhertelefoniert. Diese Woche hatte er's allerdings bleiben lassen, keine Lust mehr. Nach dem Wochenende würde er sich nochmal dahinterklemmen und denen ein bisschen Dampf unter dem Hintern machen. Aber er musste aufpassen, wenn sie wollten, konnten sie einem alle möglichen Stöcke zwischen die Beine werfen.

Die Tür hinten im Raum schlug auf und ein junger Typ, den Len vage wiedererkannte, kam zum Tresen. Len ging zur Kasse, ließ sie aufspringen und zog die Zehn-Dollar-Scheine heraus, zählte sie ab. Er würde den Kerl erst mal eine Weile warten lassen. Er drehte die Scheine um, so dass die Zahlen alle in dieselbe Richtung zeigten, dann legte er sie wieder in die Kasse und schob die Lade zu.

Der junge Typ wartete immer noch.

»Hey, Len.«

»Tag«, Len nickte langsam und ging auf ihn zu, wusste aber immer noch nicht, woher er ihn kannte.

»Wie geht's? Gut?«, fragte der junge Kerl.

»Gut, gut, lange nicht gesehen.« Len spielte mit, hoffte, dass es ihm wieder einfiel.

»Einen Krug Bier, bitte, Len. Mit zwei Gläsern.«

»Kommt sofort.«

Len nahm einen kalten Glaskrug unten aus dem Kühlschrank, hielt ihn unter den Zapfhahn und schenkte ein. Er sah zu, wie sich der Krug mit herrlich kaltem Bier füllte, es war so sehr runtergekühlt, dass sich eine dünne

Eisschicht an den Zapfhähnen bildete. Len war stolz auf seine Bierleitungen und dass alles so schön kalt war, auch das gehörte zum Geheimnis seines Erfolgs. Len betrachtete den wartenden jungen Mann, Ende zwanzig, vielleicht sogar jünger. Konnte Jahre her sein, dass er ihn zum letzten Mal gesehen hatte, vielleicht war er nur wegen der Beerdigung hier. Len wünschte, er könnte sich an den Namen erinnern. Wenn man die Namen wusste, machte das einen Riesenunterschied.

»Zwei Gläser?«, fragte Len, schloss den Hahn und stellte den Krug auf den Tresen.

»Ja bitte, Len, zwei Gläser.«

Len gab es auf, er wusste nicht, woher er ihn kannte. Er beugte sich runter und holte zwei frische Gläser aus dem Kühlschrank. Eigentlich hatte er sämtliche Gläser weiter oben in die Kühlschränke stellen wollen, damit er sich bei der Arbeit nicht immer so bücken musste. Die ganzen vorgemischten Getränke und kleinen Flaschenbiere konnten stattdessen nach unten, aber er arbeitete nicht häufig genug hinter dem Tresen, dass sich das Umräumen lohnen würde, und die Männer sahen es am Wochenende gerne, wenn sich die Mädchen nach den Gläsern ganz unten bückten.

Len brachte die Gläser rüber, nahm den Zwanzig-Dollar-Schein vom Tresen und gab Wechselgeld raus.

»Danke, Len«, sagte der junge Mann und ließ das Wechselgeld liegen.

»Wohl bekomm's.«

Charlie schob sein Glas über den Tresen und sich selbst vom Hocker, schlurfte langsam zur Tür. Die Pferderennen waren für heute durch und für Charlie wurde es Zeit sich zu verziehen. Len behielt den jungen Kerl im Auge. Sein Name war ihm immer noch nicht eingefallen, wer er auch war, in den letzten beiden Stunden hatte er sich ständig mit seinem Telefon beschäftigt. Auf wen auch immer er wartete, derjenige war nicht aufgetaucht. Inzwischen trank er seinen vierten Krug Bier ganz allein, das zweite Glas stand unbenutzt daneben. Erst hatte er Nachrichten bekommen und jetzt beobachtete Len aus dem Augenwinkel, wie seine Laune immer schlechter wurde und er Antworten ins Handy tippte. Dann versuchte er zu telefonieren, wurde aber anscheinend immer an die Mailbox weitergeleitet.

Ein paar von den anderen Schwarzen beobachteten ihn ebenfalls, besonders die drei Brüder. Vor ungefähr einer Stunde waren sie zum Bourbon übergegangen und lachten jetzt alle ein bisschen lauter. Len befand sich in Sicherheit hinter dem Tresen. Wenn es hart auf hart käme, musste er nur durch die Tür in sein Büro verschwinden und das Gitter runterlassen. Aber meist hatten die viel zu viel damit zu tun, sich gegenseitig fertigzumachen, um auch nur einen Gedanken an ihn zu verschwenden.

»Blöder Arsch.« Der junge Kerl knallte sein Handy auf den Tresen, nahm es dann wieder und sah aus, als wollte er es quer durch den Raum werfen. Im letzten Moment konnte er sich aber dann doch noch beherrschen. Wahrscheinlich nur Show, dachte Len.

»Hey, Alter«, rief einer von den Schwarzen, die ihn beobachtet hatten.

Len sah, wie der junge Typ darauf reagierte. Die ganze vergangene Stunde hatte er sich über sein Handy gebeugt, die Augen zusammengekniffen und mit sich selbst geredet. Jetzt richtete er sich auf, seine Schultern waren breit und er sah zum Tisch.

»Was ist?«

»Hör auf, Stunk zu machen, Cars. Wir wollen uns hier verdammt noch mal unterhalten.«

»Hab ich euch gestört, oder was?«

»Ein bisschen, Bruder.«

»Ach was?«

»Nur ein kleines bisschen, Bruder. Nur ein bisschen.«

Len bewegte sich ein paar Schritte auf die Bürotür zu. Er wollte nicht voreilig handeln, vielleicht war es ja auch nur ein Spiel für sie und er wollte nicht den Eindruck machen, allzu nervös zu sein. Konnte auch sein, dass einfach einer zu lachen anfing. Nach all den Jahren wusste Len noch immer nie genau, was los war mit denen.

»Naja, ich versuch hier nur was per Telefon zu organisieren, und wenn ich dazu reden muss, dann mach ich das.« Seine Stimme wurde jetzt fester.

»Also, wer immer sie ist, Cars … sieht nicht aus, als würde sie heute noch hier auftauchen.« Darüber mussten alle drei am Tisch lachen.

»Ich fang hier am Wochenende nichts an, Chester.« Len sah, wie der junge Typ den anderen am Tisch den Rücken zukehrte und den Rest aus seinem Krug in sein Glas schenkte.

»Du bist doch gerade erst aus dem Knast raus, Cars. Du bist auf Bewährung, Bruder, du fängst besser ganze achtzehn Monate lang nichts an, du Wichser.«

Len sah, dass der, der gesprochen hatte, jetzt aufstand. Die anderen beiden neben ihm taten es ihm gleich. Len machte einen weiteren Schritt Richtung Büro, jetzt war es nur noch eine Frage der Zeit.

»Die verfluchte Schwuchtel kommt hier übers Wochenende her und markiert die große Nummer, dabei hat er einfach bloß Schiss vor dem Gefängnis und will am Wochenende nichts anfangen, fick dich in deinen schwulen Arsch.«

Der junge Typ drehte sich um und sah Chester in die Augen. Chester blieb auf halbem Wege stehen, seine Brüder taten es ihm wie auf ein Stichwort gleich. Len hatte bereits einen Fuß in der Tür zum Büro und verfolgte das Duell. Der junge Typ schob jetzt die Ärmel seiner Trainingsjacke hoch, sagte aber kein Wort zu den anderen, die ihn anstarrten.

»Zieh dich aus, du Wichser. Hey, seht euch an, wie die Pussy ihre Ärmel hochschiebt.«

Der junge Typ nahm den Bierkrug und zerschlug ihn am Tresen, hielt den Henkel mit den schartigen Resten fest in der linken Hand.

»Du blödes beschissenes Arschloch«, sagte Chester und trat kopfschüttelnd auf ihn zu. Seine Brüder folgten ihm. Sie wollten auf den jungen Typen losgehen, halb misstrauisch, halb drohend fächerten sie sich auf und kreisten ihn ein. Wenn es ihnen gelänge, ihn zu packen und ihm die Krugscherbe abzunehmen, wäre er ernsthaft in Schwierigkeiten. Wenn es so weit käme, könnten sie morgen gleich noch einen Toten begraben. Der junge Kerl hob den scharfkantigen Henkel, sah die drei an, die ihn ihrerseits anstarrten, und ritzte sich damit an der Innenseite seines Arms, einmal, zweimal, dreimal, immer und immer wieder an derselben Stelle. Mit jedem Mal spritzte mehr Blut heraus. Len sah die Gesichter der anderen, sie rissen die Augen auf und wichen zurück beim Anblick des Bluts, das sich jetzt auf dem Boden verteilte.

»Du verfluchtes irres Arschloch, Bruder, du irres Arschloch!« Chester grinste und schüttelte den Kopf, bewegte sich rückwärts zur Tür.

Carson hielt die Scherbe über seinen Arm, ritzte sich wieder und wieder, während die anderen auf ihrem Rückzug fast an der Tür angekommen waren, hinter sich danach tasteten und sie aufstießen.

»Wir sehen uns noch«, rief Chester und verschwand nach draußen.

Der junge Typ drehte sich zur Bar um, legte den Rest des Krugs neben die Kasse und schüttelte seine Hand. Dann zog er seinen Ärmel wieder runter und presste den Stoff fest auf seinen Arm, den er jetzt angewinkelt ganz eng am Körper hielt. Als er sich schwer atmend auf den Hocker setzte und den Arm so hielt, fiel es Len ein. Jetzt wusste er wieder, wer der Kerl war.

Jodie

Ihr gefiel, wie schmal sein Schnurrbart über der Oberlippe war. Er wirkte immer irgendwie grüblerisch, man sah ihm das Gefängnis an. Einem wie ihm war sie vorher nie begegnet. Er war so stark und sah so gut aus. Sie hatte gewollt, dass er zu ihr nach Hause kam, wenn ihre Mutter arbeiten war, aber er sagte, das ginge nicht. Sie sollte sich mit ihm in der Kneipe treffen, aber ihre Mutter hatte ewig gebraucht, bis sie endlich zur Arbeit gegangen war, und vorher hatte sie nicht weggekonnt. Jetzt waren sie endlich zusammen.

Sein Arm hatte aufgehört zu bluten, aber sicherheitshalber ließ er den festen Verband noch dran, den sie ihm angelegt hatte. Es war schon der dritte, bei den anderen vorher war alles durchgekommen. Sie dachte, dass er vielleicht sogar ins Krankenhaus sollte, aber er meinte, es ginge schon und sie solle sich keine Sorgen machen. Sie küssten sich noch ein bisschen, saßen vorne in seinem Wagen. Er war mit ihr aus der Stadt rausgefahren und sie hatten oben auf dem Hügel mit Blick auf den Fluss geparkt. Die Aussicht war herrlich und die Jahreszeit schön, hier draußen waren sie weit weg von allen anderen.

Sie fand, es machte keinen Unterschied, ob sie hier draußen waren oder zu Hause, wenn ihre Mutter auf der Arbeit war. Zu Hause wäre es gemütlicher gewesen, aber sie wollte ihn nicht zu sehr drängen, wollte ihm gegenüber nicht dumm wirken.

Immer mal wieder zog er beim Küssen sein Gesicht weg von ihr und lächelte sie an. Sie lächelte zurück, er war so sanft, schob ihre Haare hinter ein Ohr und beugte sich zu ihr vor. Er schmeckte nach Bier, aber nicht so wie Onkel Phil nach Bier roch. Carson roch stark und beherrscht. Sie nahm seine gesunde Hand und wollte sie zwischen ihre Beine schieben, aber er glitt jetzt damit unter ihre Bluse und sagte ihr, sie solle sich benehmen. Er machte sie ganz verrückt. Das war vielleicht einer, sie griff nach seiner Hand und versuchte es erneut.

Patrice

Patrice saß allein im Dunkeln. Er hatte die Füße auf den Schreibtisch gelegt und bewunderte seine Schuhe. Normalerweise musste er Stiefel tragen, aber zur Nachtschicht brachte er gerne mal ein paar schöne Slipper von zu Hause mit, damit hatte er das Gefühl, eigentlich ganz woanders zu sein. Sie waren aus weichem schwarzen Leder, hatten goldene Schnallen. Mit diesen Schuhen kam er sich vor wie ein Golfer, so einer mit Klasse, wie er sie früher gesehen hatte, als er klein war. Sie trugen schwarze Wollpullis und dazu passende Hosen. Faldo, Ballesteros, Player, all diese Gentlemen. Er versetzte sich zurück in seine Kindheit, saß mit seinem Vater zu Hause und guckte Sportsendungen im Fernsehen. Immer Golf. Das war zwar ein englisches Spiel, aber sie guckten es trotzdem. Patrice erinnerte sich an die Füße seines Vaters, die in sauberen Socken auf dem Fußhocker neben ihm ruhten. Golf zog sich immer über mehrere Tage hin, aber das brachte eine gewisse Ruhe ins Haus, die Patrice sehr gefiel.

Seine Mutter kam ab und zu rein und brachte ihnen Limonade oder Brote mit Rillettes. Sie erkundigte sich nach dem Spiel und sein Vater antwortete stets mit einem Lächeln. Er sagte, wie schön es doch wäre, wenn sie dem Club beitreten und dort zusammen als Paar spielen würden. Am Abend roch das Haus nach dem Pastis seines Vaters, der inzwischen auf der Couch eingeschlafen war, während seine Mutter Radio hörte, still unter ihrer Leselampe saß und in einer Zeitschrift blätterte. Das alles schien tausend Jahre her zu sein.

»Ich mach mir ein Brot, Pat. Willst du auch eins?«

Patrice blickte auf. Derek hielt die schwere Stahltür zum Überwachungsraum auf. Er wollte wieder zurück in die Küche, um noch ein paar Brote zu schmieren. Derek stammte aus Nordengland. Patrice fragte sich, was er wohl an den Vormittagen gemacht hatte, an denen er selbst mit seinem Vater Golf im Fernsehen geguckt hatte. Er stellte sich Derek in England vor, wie er mehr oder weniger dasselbe machte, nur standen er und sein Vater vielleicht eher auf Snooker oder Darts.

»Nein, danke, Derek«, sagte Patrice leise.

Derek konnte laut werden, am besten ermutigte man ihn nicht. Heute Abend hatte er bereits drei Mal Brote geschmiert, Patrice hatte ihm dabei zugesehen ... und zugehört. Derek nickte schweigend und latschte zurück in die Küche.

Patrice dachte nach. Im ganzen Trakt war es heute ganz besonders dunkel, der Strom war abgestellt und sie wurden nur über die Notstromgeneratoren versorgt. Die Computer waren heruntergefahren, das Licht in den Gängen blieb aus, nur auf den Laufgängen war noch Licht und das Kontrollpult, über das unter anderem die Haupteingänge zum Trakt kontrolliert wurden, war noch mit Strom versorgt.

Als Derek mit den Küchenschränken klapperte, Brot, Butter und Branston Pickle wegräumte, hörte man einen der Gefangenen aus einer Zelle weiter unten rufen, er solle gefälligst leise sein. Patrice stellte sich Derek vor, wie er mit vollem Mund vor sich hin nickte und die Arbeitsfläche wischte. Derek wusste bestimmt, welcher Gefangene gerufen hatte, genauso wie Patrice und alle anderen im Trakt ihn kannten.

Vom Kontrollpult aus sah Patrice Derek jetzt mit zwei vollen Papptellern lässig in den Kontrollraum zurückschlendern. Als er an der Tür des Gefangenen vorbeikam, der gerufen hatte, blieb er stehen, stellte seine Teller vorsichtig auf dem Boden ab und trat ohne ein Wort zu verlieren mit der flachen Schuhsohle an die Tür. Derek trat rhythmisch gegen die Zellentür, eine ganze Weile lang. Es dauerte nicht lange, bis der Gefangene in der Zelle losbrüllte und von innen gegen die Tür trat. Kaum hatte er damit angefangen, hörte Derek auf, nahm seine Teller, biss in eins der Brote und ging zu Patrice zurück.

Drei Stunden später, nach seinem Rundgang durch den Trakt, bei dem er sich vergewissert hatte, dass alle noch am Leben waren, was sie zwei Mal pro Nacht tun mussten, sah Patrice Derek erneut in die Küche trotten. Er hatte breite Schultern, aber seit er mit den langen Zwölf-Stunden-Schichten angefangen hatte, hatte er auch ganz schön an Gewicht zugelegt. Er war über die gesamte Länge seiner Arme bis zum Hals hinauf tätowiert, hauptsächlich Ethnomotive, ineinander verschlungene mittelalterliche Äxte, dunkel, schwarz und bedrohlich.

Derek rasierte sich inzwischen auch den Schädel. Ende vergangenen Jahres hatte er viele Haare verloren und allmählich waren ihm die Tricks ausgegangen. Eines Tages erschien er schließlich kahlrasiert zum Dienst. Am Anfang hatte er noch richtig fies damit ausgesehen, aber seit er so zugenommen hatte, sah er eher lustig aus, wie ein komisches Ungeheuer. Auf jeden Fall gab es schlimmere Kollegen, mit denen man zur Nachtschicht eingeteilt werden konnte, so viel stand mal fest.

Patrice zog eine imaginäre Schachtel Rothmans aus seiner Brusttasche und betrachtete seine Schuhe auf dem Schreibtisch, dann zündete er sein Feuerzeug an und nahm einen langen Zug, bevor er unsichtbaren Rauch an die Decke und aus dem Gefängnis hinausblies.

Das kleine grüne Lämpchen auf dem Kontrollpult leuchtete. Jemand verlangte Hilfe, aber nichts Dramatisches. Irgendwo am oberen Laufgang ganz hinten im Trakt. Patrice überlegte, wer da oben war. Könnte der Alte sein, der vorletzte Woche eingeliefert wurde, der mit der Kinderpornografie auf dem Computer. Er hatte im Bergbau gearbeitet, tagsüber gegraben und nachts in seiner kleinen Kammer gehockt und im Dunkeln über dem Laptop gebrütet.

Patrice hoffte, er war nicht dabei, sich aufzuhängen. Er stieg aus seinen weichen Lederslippern und zog die schweren Stiefel über, die er unter den Schreibtisch geschoben hatte. Die Stiefel waren kalt, steif und neu und mussten erst noch eingelaufen werden. Er zog fest an den Schnürsenkeln. Der alte Mann hatte eigenartige, dichte Augenbrauen, die komisch fächerartig nach oben abstanden. Ein Hinweis auf die Unruhe in seinem Inneren. Patrice fragte sich, ob er wohl nackt wäre, wenn sie zu ihm reinkamen, ob er nackt am vergitterten Fenster baumelte, sein Schwanz aufgeschlitzt und der Boden voller Blut. Patrice stand auf, meldete Derek über Funk, dass er einem Ruf auf dem oberen Laufgang folgte. Derek bestätigte verstanden zu haben und sagte, er sei schon unterwegs.

Patrice schob das Funkgerät in sein Holster. Er dachte an seine Frau, die in Frankreich neben ihrer Mutter im Bett saß, sie lachten oder weinten, guckten einen Film, tranken, waren eher wie Schwestern miteinander, weniger wie Mutter und Tochter. Er sah sich in dem dunklen Flügel um, es war kalt, sie waren umgeben von Stahl und hartem Bodenbelag aus Vinyl. Er hörte Derek mit schweren Schritten zurückkommen. Das grüne Lämpchen blinkte immer noch still in der Dunkelheit vor sich hin. Patrice starrte es an, der Rücken tat ihm weh vom langen Sitzen.

Sie stiegen gemeinsam die Treppe hoch, Derek kaute etwas. Dem Trakt wurden täglich ein paar Kantinenbehälter Salat für die Gefangenen und die Angestellten geliefert. Einer mit Kopfsalat, Tomaten, Käse, Rote Bete, kaltem Fleisch in Scheiben, manchmal gab es sogar kalten Braten so wie heute. Manchmal aber auch nur Aufschnitt, der, wie jemand behauptet hatte, aus Eselsfleisch bestand. Patrice aß ihn nie. Auf der Polizeischule hatte man ihm erklärt, die Gefangenen würden Essen bekommen, das sie dick macht, jede Menge Weißbrot, unendlich viele Kohlenhydrate, unzählige Brotlaibe aus der Gefängnisbäckerei. Und auch das warme Essen steckte voller unnötiger Kohlenhydrate. Suppen, Eintöpfe und Aufläufe wurden stets mit Mehl angereichert. Die Gefangenen wussten das ganz genau, weil sie in der Küche arbeiteten, sie kippten das Zeug ja selbst rein.

In der Ausbildung bekamen die Wärter erklärt, wenn im Gefängnis eine Situation aus dem Ruder zu laufen drohte, wär's besser, wenn sie sich mit einer fetten, ungesunden Gefängnispopulation herumschlagen müssten. Die vielen Kohlenhydrate und der überschüssige Zucker vergifteten sie. Wer länger als sechs Monate einsaß, verließ den Knast meist um zehn Kilo schwerer. Besonders die älteren Schwarzen gingen teilweise auf wie Hefeteig, verdoppelten sich vom Umfang her. Patrice wunderte sich nicht. Jedenfalls nicht mehr, seit er nach Australien gekommen war und gesehen hatte, was die Leute hier aßen. In seiner ersten Arbeitswoche hatte er eine Fleischpastete vorgesetzt bekommen, die ihm fast wieder hochgekommen wäre. Definitiv Eselsfleisch.

»Meinst du, das ist der Alte?«, fragte Derek mit seinem breiten nordenglischen Akzent.

»Die 29 war's, ich glaube, das ist er«, sagte Patrice.

»Kann sein. Ich hab eher gedacht Brody, aber ich weiß nicht mehr«, erwiderte Derek und hielt sich am Handlauf des Treppengeländers fest, während er versuchte, mit Patrice Schritt zu halten.

»Brody?«, fragte Patrice.

»Ja, der junge Typ, weißt du?«

»Der ohne Zähne?«

»Genau der.«

Patrice wog die Möglichkeiten ab, entweder hatte sich die alte Schwuchtel aufgehängt oder es war Brody, der dann höchstwahrscheinlich ebenfalls nackt auf dem Boden lag, den eigenen Schwanz im Mund. Brody kehrte regelmäßig ins Gefängnis zurück, aber immer nur für jeweils ein paar Monate. Er stellte nie was an, wofür er richtig lange aus dem Verkehr gezogen werden konnte, aber andererseits bekam er's auch nicht auf die Reihe sauber zu bleiben. Brody war einer von denen, vor denen man ihn gewarnt hatte, als er hier angefangen hatte. Einer von den älteren Beamten hatte ihn im Duschraum vom Vierer erwischt, wo er mit Hilfe eines Besenstiels eine Show vor ein paar anderen Gefangenen veranstaltete. Brody schob sich den Stiel in den Arsch, während die anderen Gefangenen, die alle für ein Päckchen Tabak zusammengelegt hatten, auf einer Bank hockten und sich einen runterholten.

Vielleicht ja doch der Typ mit den Augenbrauen, dachte Patrice.

Sie erreichten die Tür und blieben stumm davor stehen, lauschten, ob sie etwas hören konnten. Derek klopfte fest, er wollte nicht reingucken, wenn er's vermeiden konnte. Er hatte schon genug gesehen.

»Alles klar da drin?«

Beide starrten zu Boden, pressten jeweils ein Ohr an die Tür. Nichts. Derek versuchte es erneut.

»Alles klar da drin oder müssen wir reinkommen?«

Wieder warteten sie, nichts. Derek ging zum Spion, hob die Klappe und starrte in die Zelle.

»Er hat den Spion verdeckt«, sagte Derek, das Gesicht an die Tür gepresst.

Patrice sah ihn von hinten, Derek war fast genauso breit wie die Tür. Er starrte immer noch durch den Spion, versuchte an dem vorbeizugucken, womit es verhangen war. Manchmal klebten die Gefangenen ein Blatt Papier vor das Loch, wenn sie aufs Klo oder sich einen runterholen wollten und normalerweise ging das auch in Ordnung, sofern sie's wieder runternahmen, wenn sie fertig waren und der

Spion nicht zu lange blockiert war. Manchmal vergaßen sie's oder wollten einfach noch ein bisschen länger ungestört bleiben.

Derek drehte sich zu Patrice um, schüttelte den Kopf und gestikulierte Richtung Tür, hämmerte fest dagegen und hob die Stimme.

»Okay, wenn Sie die Sichtblende nicht entfernen, kommen wir rein. Sie haben fünf Sekunden lang Zeit, um der Aufforderung Folge zu leisten.« Derek drehte sich zu Patrice um, lauschte, ob eine Antwort kam.

Patrice hörte nichts aus der Zelle. Ein paar andere Gefangene in den umliegenden Zellen rührten sich und zwei fingen an, die angekündigten fünf Sekunden herunterzuzählen. Einer fing bei eins an und zählte weiter, der andere bei fünf und zählte runter. Patrice machte sich gefasst. Normalerweise war so was kein Anlass zur Sorge, falls es ein Drama gab, hatte er einen Pieper mit Alarmfunktion am Gürtel, aber noch wirkte das Adrenalin. Er hatte keine Ahnung, was sie da drin erwarten würde. Das waren die Momente, in denen es bei der Arbeit ernst wurde. Das Ganze konnte eine Falle sein. Vielleicht war der Gefangene hinter der Tür kurz davor durchzudrehen. Vielleicht hatte er alles geplant, den Spion mit Papier zugeklebt, dann den Hilfeknopf gedrückt und kauerte jetzt neben der Tür mit irgendeiner Waffe, die er sich in den vergangenen Wochen zurechtgeschnitzt hatte. Damit würde er wen auch immer attackieren, der als Erster durch die Tür trat. Er würde mindestens verlegt werden und möglicherweise war das auch schon alles, was er damit bezweckte.

»Okay, wir kommen jetzt rein.« Derek entriegelte die Tür.

Das bedeutete, Patrice musste als Erster rein. Anscheinend war Derek doch nicht so dämlich wie er aussah. Patrice zog seinen Schlagstock und atmete tief durch. Derek fingerte an seinen Schlüsseln herum, es dauerte länger als sonst. Patrice trat einen Schritt näher heran und umklammerte den Schlagstock noch fester, sein Herz beschleunigte, als Derek aufschloss und die Tür ganz weit aufriss.

Patrice trat ein.

»Hallo, Chef.«

Hatten sie die falsche Tür erwischt? Es war weder Brody noch die Schwuchtel. Es war Gerry. Gerry war einer von den älteren, vielleicht Mitte sechzig, vielleicht auch schon siebzig, schwer zu sagen, wenn man die Akte nicht kannte. Er hockte mit Kopfhörern auf den Ohren auf seiner Pritsche und spielte Xbox. Als er Patrice durch die Tür hereinkommen sah, zog er die Ohrstöpsel aus den Ohren und rutschte ein paar Zentimeter auf seinem Bett zurück.

»Sie haben den Rufknopf betätigt«, sagte Patrice ruhig, spürte sein Herz rasen.

»Oh, 'tschuldigung, Chef. Das muss aus Versehen passiert sein.«

»Aus Versehen?«

»Ich reg mich manchmal so auf beim Spielen«, sagte Gerry und zeigte auf die Xbox.

Patrice drehte sich um und zog das Papier vom Spion ab. Jetzt fiel ihm wieder ein, dass Gerry am Vortag verlegt worden war, um Ärger mit einem anderen Gefangenen zu vermeiden. Bevor Patrice die Zelle verließ, warf er noch einmal einen Blick in den winzigen Raum, in dem der Alte mitten in der Nacht zusammengekauert auf seiner Pritsche hockte und spielte wie ein Kind. Über ihm, oben auf dem Stockbett lag ein jüngerer Aboriginal, der von all dem nichts mitbekam. Gerry steckte seinen Ohrstöpsel wieder ins Ohr und behielt Patrice misstrauisch im Auge.

»Achten Sie drauf, dass der Spion frei bleibt, Gerry«, sagte Patrice sanft.

»Klar Chef, mein Fehler.«

Patrice ging zurück in den Überwachungsraum, die Kanten seiner Stiefel schnitten in seine Knöchel, nach Vorfällen im Gefängnis fühlte er sich immer unwohl. Falscher

Alarm war am schlimmsten, weil es danach kein Ventil für das angestaute Adrenalin gab. Statt dass es verbrannte, brodelte es im Inneren weiter. Er würde mindestens eine Stunde lang keine Ruhe finden. Seine Hände würden zittern, seine Haut war feucht und er musste sich bewegen, ein paar Schritte gehen und sich ablenken. Er dachte an seine wunderschönen Schuhe, keine Chance mehr heute Abend. Als er die Treppe zum Überwachungsraum hinaufging, hörte er Derek die Zellentür hinter sich schließen und Gerry noch ein bisschen ermahnen. Seine Stimme mit dem starken Akzent hallte durch den Trakt.

»Und zieh dir gefälligst was an, Gerry! Du bist hier nicht zu Hause.«

Daniel

Daniel kam seit ein paar Wochen wieder in Vollzeit. Nach seinem Abschluss in Kunst hatte er noch ein Pädagogikstudium drangehängt und sich zum Lehrer ausbilden lassen, so dass er in den Ferien das festangestellte Lehrpersonal vertreten konnte. Er hatte sich geschworen, keine Vollzeitstelle mehr anzunehmen, aber wenn er seine flexible Stelle hier halten wollte, wurde das von ihm erwartet. Wenn er drei Tage die Woche arbeitete, kam er mit einem Gehalt nach Hause, von dem er fast schon leben konnte. Bei fünf vollen Tagen kamen allerdings die Wände auf ihn zu. Dann kam er sich vor, als säße er selbst im Gefängnis. Als der Gedanke ihm das erste Mal in den Kopf schoss, hatte er darüber gelacht, aber das war inzwischen schon ein paar Jahre her. Inzwischen versuchte er, nicht mehr so viel darüber nachzudenken.

»Und Charlie, der war noch von der alten Schule, weißt du, wenn du dem einen Dollar geklaut hast, gab's was hinten drauf ...«

Aaron laberte drauflos. Er kam nur zwei Mal die Woche, aber wenn er da war, beherrschte er jedes Mal den ganzen Raum. Eine Geschichte nach der anderen, bis alle in Hörweite völlig eingeschüchtert waren. Er war komplett irre, ein durch und durch labiler und verstörter Wahnsinniger, der seit seiner Teenagerzeit immer wieder im Knast gelandet war, insgesamt mehr Zeit drinnen als draußen verbracht hatte. Er erzählte allen möglichen Blödsinn über seine Abenteuer, wobei Daniel ihm aber das meiste glaubte. Sein Bezug zur Realität war derart flüchtig, dass Daniel ihn ununterbrochen im Auge behielt, stets darauf achtete, dass er selbst zwischen Aaron und der Tür stand.

Aaron hatte Leute angezündet, Menschen halb totgeprügelt, weil sie ihm Geld schuldeten, Exfreundinnen mit gestohlenen Autos überfahren und im Drogenrausch seine eigenen Kinder terrorisiert. Zur Zeit ging er's eher gelassen an, saß zehn Jahre ab wegen eines Einbruchs, der in Vergewaltigung und Folter gipfelte. Aarons Irrsinn war die schlimmste Art von Irrsinn überhaupt, weil er gar nicht wusste, dass er irre war. Er war so irre, wie man es nur durch die eigene Familie oder in einer staatlichen Einrichtung wird.

Als Daniel Aaron vor ein paar Jahren kennenlernte, hatte dieser gerade den Antrag für die Teilnahme am Kunstunterricht ausgefüllt, was Daniel mit einem lässigen »cool« kommentiert hatte. Daraufhin hatte Aaron den Stift weggelegt und Daniel verboten, so etwas noch einmal zu ihm zu sagen, weil es klingen würde wie »schwul«, und wenn jemand mithörte, würde er glauben, Aaron hätte nichts dagegen, sich offen als schwul bezeichnen zu lassen und das könnte für ihn zu Problemen führen.

Daniel erinnerte sich, Aaron angesehen zu haben, als sei seine Sorge vollkommen nachvollziehbar und als würde man im Verlauf eines ganz normalen Lebens ständig solchen Problemen begegnen. Zuerst hielt Daniel es für angeraten und gut, mit Menschen wie Aaron zu reden, mit ihnen zu kommunizieren und ihnen gegenüber Anteilnahme zu zeigen, aber mit der Zeit führten ihn die Gespräche immer tiefer in die Abgründe des Wahnsinns und er bekam das Gefühl, nur noch größeren Schaden dadurch anzurichten, dass er solche Typen wie normale Menschen behandelte. Aaron und andere wie er waren nicht normal, sie waren von der Gesellschaft ausgestoßen, irrational, unvernünftig und gefährlich, und hatten es verdient, von der Gesellschaft ausgestoßen zu werden. Sie waren süchtig nach einer bestimmten Vorstellung von sich selbst und verdrehten die Welt stets genau so, dass sie in ihre eigene verstörende, unaufgeklärte Realität passte.

Je mehr Daniel diese Typen wie normale Menschen behandelte, wie Menschen, die zumindest so viel Respekt verdient hatten, dass man ihnen zuhörte, umso mehr verzerrte sich seine eigene Sicht auf die Welt. Jedes Mal, wenn er sein Entsetzen über ihre Geschichten unterdrückte, jedes Mal, wenn er ihnen erklärte, dass schließlich jeder einmal Fehler machte und sie deshalb kein schlechtes Gewissen haben mussten, wenn es ihm gelang, ihre Gründe nachzuvollziehen, warum sie getan hatten, was sie getan hatten, folgte er ihnen ein Stück weit auf ihrem Weg. Mit jedem Schritt, den er gemeinsam mit ihnen ging, entfernte er sich von sich selbst. Inzwischen betrachtete er die Welt nicht mehr wie früher und allmählich hasste er diese Menschen dafür. Sie machten ihn krank. Hin und wieder, wenn es im Kunstraum ruhig war und tatsächlich alle malten, sah er sich unter den Anwesenden um und vergaß ihre Namen, ihre Geschichten und ihre Ausreden, dann sah er nur noch ihre Taten. Er ging von links nach rechts durch den Raum und identifizierte sie: den Mörder, den Dealer, den Vergewaltiger, den Frauenschläger, den bewaffneten Räuber, den Kinderficker, den Kindermörder, so lange, bis er wieder bei sich selbst ankam.

Wenn er ehrlich war, arbeitete er in einem Irrenhaus. In einer Klapsmühle, die nur vorgeblich ein Gefängnis war. Das alles war eine Farce, in der die Insassen bereitwillig jeweils eine Rolle übernahmen. Inzwischen arbeitete er schon viele Jahre hier und hatte es nie erlebt, dass sich tatsächlich mal einer gebessert hätte, geschweige denn zu so etwas wie Normalität und geistiger Gesundheit zurückgefunden hätte. Sie alle schienen rettungslos irre zu sein, bewaffnet nur mit einem unerbittlichen Hang zur Selbstzerstörung und der unantastbaren Entschlossenheit, ihr kleines aus dem Ruder gelaufenes Leben bis an sein trauriges Ende fortzusetzen.

Jodie

Sie beobachtete ihn vom Rücksitz des Wagens aus. Er hatte sein Hemd ausgezogen und lehnte an der Motorhaube, rauchte und blickte über den Fluss. Die Aussicht hier war toll, besonders zu dieser Tageszeit am Abend, wenn die Sonne unterging. Er hatte wunderschöne breite Schultern, glatte Haut und er war sehr sanft zu ihr gewesen, genau wie sie es sich vorgestellt hatte. Er drehte sich leicht nach links und sie betrachtete seinen Oberkörper im Profil. Er hatte einen sehr schönen Körper. Als es vorhin auf dem Rücksitz zur Sache ging, hatte sie mit einem seiner Nippel gespielt und er hatte gelacht und sie gebeten, es zu lassen, aber sie hatte trotzdem weitergemacht. Anscheinend gefiel es ihm.

Sie hatte noch nie was mit einem Aboriginal gehabt. Sie fragte sich, wie oft sie's wohl noch miteinander machen würden. Er lehnte sich auf der Haube zurück, streckte die Arme zur Seite aus. Fast reichten sie über die gesamte Breite des Wagens. Sie sah die Bewegung seiner Muskeln, sie spannten an, als er sich umsetzte. Er sah aus wie ein Adler vor dem Hintergrund der untergehenden Sonne. Sein Arm blutete jetzt nicht mehr und der Verband, den sie ihm angelegt hatte, hielt gut, hatte nicht gelitten, als sie sich gegenseitig auf dem Rücksitz die Kleider vom Leib gerissen hatten. Sie fragte sich, was ihre Mutter davon halten würde, wenn sie wüsste, dass sie mit ihm in seinem Wagen da oben auf dem Hügel war. Sie fragte sich, was sie sagen würde, wenn sie mit ihm am Arm nach Hause spazieren würde.

Sie rieb sich über den flachen Bauch, ihre Haut war zart. Er hatte ihn nicht schnell genug rausgezogen, vielleicht hatte sie ihn mit den Nippeln abgelenkt. Sie fragte sich, ob etwas von ihm reingekommen war. Sie hatte erst vor wenigen Tagen ihre Periode gehabt, also dürfte eigentlich nichts passiert sein, aber man wusste ja nie. Ihre Mutter erzählte ihr ständig Geschichten. Eine Freundin von ihr aus der Grundschule war mit zwölf Jahren schwanger geworden, aber sie hatte es nicht mal gewusst, und das Baby war unter ihrem Herzen herangewachsen. Irgendwann bekam sie Brustschmerzen und ging damit zum Arzt. Sie kam mit der Nachricht zurück, dass sie ein Kind erwartete.

Wieder betrachtete sie ihn, eine Zigarette steckte zwischen seinen Lippen und er rieb sich den Nacken mit seiner unverletzten Hand. Sie dachte, dass sie eigentlich nichts dagegen hätte, ein Kind von ihm zu bekommen. Ein wunderschönes Kleines, ein zuckersüßes kaffeebraunes Ding. Sie könnte mit ihm in die Stadt ziehen, eine Wohnung mieten, endlich raus aus dem Haus ihrer Mutter. Er würde arbeiten und sie würde sich ums Baby kümmern. Sie klopfte sich noch ein paar Mal auf den Bauch. Das könnte richtig gut werden.

Sie zog sich fertig an und stieg aus dem Wagen, die Sonne thronte jetzt heiß am Horizont, bald würde es dunkel werden. Als sie auf ihn zuging, drehte er sich um. Sie schob sich neben ihn und er legte seinen Arm um ihre Schulter. Sie schmiegte sich an ihn. Er roch nach Sex und Tabak, seine nackte Haut war warm, sie spürte ihn durch ihr Hemd.

»Du gehst ganz schön ab.« Sie sah lachend zu ihm auf, zwickte ihn erneut in die Brustwarze.

»Benimm dich, Mädchen«, grinste Carson zurück und wandte seinen Oberkörper von ihr ab.

Er packte sie am Arm und zog sie an sich, küsste sie langsam, beide lächelten. Sie hatte ihm auf dem Rücksitz einen geblasen, aber das schien ihm nichts auszumachen. Seine Zunge war langsam und warm, und als er sie ihr in den Mund schob und wieder herauszog, schmeckte sie die Zigaretten. Sie fuhr ihm mit der Hand zwischen die Beine und beugte sich über ihn, küsste ihn, schloss die Augen. Vorsichtig knöpfte sie seine Jeans auf und er ihre, sie fühlte sich sicher mit ihm, als würde er auf sie aufpassen. Sie merkte, dass er ein bisschen zögerte und sich zurückzog, sie öffnete die Augen und sah, dass er über ihre Schulter und auf die Straße blickte. Sie drehte sich um und sah ein Auto langsam an ihnen vorbeifahren, ein alter Ford mit verschiedenfarbigen Karosserieteilen am Kotflügel und der Fahrertür. Im schwindenden Licht erkannte sie weder den Wagen noch den Fahrer.

»Sind das Freunde von dir, Jodie?«, fragte er, ohne den Blick vom Wagen zu nehmen. Sie presste sich immer noch an ihn, spürte aber, dass er das Interesse verlor. Seine Miene veränderte sich, sein Körper spannte an. Er folgte dem Wagen mit Blicken, er kroch langsam über die Straße an ihnen vorbei.

»Nein, Carson«, sagte sie, ein bisschen erschrocken über seinen Gesichtsausdruck. Sie sahen, dass der Wagen ein Stück weiter beschleunigte und schließlich außer Sichtweite über den menschenleeren Highway in Richtung Stadt verschwand.

»Wir fahren besser zurück«, sagte er, ohne sie anzusehen.

»Okay, Babe?«, sie wollte sich vergewissern, dass alles in Ordnung war. »Kannst du mich zu Hause absetzen, ich muss vor zehn zurück sein.«

»Dann los.«

Auf der Rückfahrt sagte er nicht viel, er saß am Steuer und sie legte ihre Hand auf sein Bein. Er fuhr schnell, die Autoscheinwerfer beleuchteten die Straße, aber es war trotzdem dunkel und um die Uhrzeit sprang oft irgendetwas über die Straße. Sie dachte an den Wagen, der am Aussichtspunkt an ihnen vorbeigefahren war. Sie fragte sich, ob auch er daran dachte. Falls sie tatsächlich zusammenkamen, würde sie sich wahrscheinlich daran gewöhnen müssen, dass er so still war. Wenn sie schwanger war und sie zusammen nach Perth zogen, gemeinsam eine Familie gründeten und sie bei ihrer Mutter auszog, dann würde er wahrscheinlich immer mal wieder so sein.

»Du fährst ganz schön schnell, Cars«, sagte sie freundlich.

»Ist schon okay.« Er nickte, sah geradeaus auf die Straße und hielt das Lenkrad mit beiden Händen fest. Sie sah aufs Armaturenbrett, der Tacho zeigte über 140. Er sah gut aus am Steuer, als hätte er alles unter Kontrolle. Er hatte sein Hemd wieder angezogen und der weiche Stoff lag eng an seiner Haut, brachte seinen Körper zur Geltung.

»Hast du einen Mann, Jodie?«, fragte Carson, ohne den Blick von der Straße abzuwenden.

»Nein, Cars.«

»Bist du sicher?«

»Nur dich, Babe.«

Als sie in ihre Sackgasse einbogen, sahen sie Jakes Wagen vor dem Haus. Sie hatte mal was mit ihm gehabt, als sie ihrer Mutter beim Spendenbasar im Footballverein am Würstchengrill geholfen hatte. Aber das war nichts Ernstes. Er war ein Cousin von Stacy, der Freundin ihrer Mutter. Sie hatten ein paar Mal miteinander geschlafen, einmal bei ihr zu Hause und zweimal bei Stacy, einmal sogar in Stacys Bett. Stacy arbeitete mit ihrer Mutter als Putzkraft im Krankenhaus. Wenn sie beide dieselbe Schicht hatten, war es kein Problem, sich heimlich zu treffen.

Jake hatte vor ein paar Wochen im Bergbau angefangen und sie hatte nicht damit gerechnet, ihn so bald schon wiederzusehen. Als sie zum Haus fuhren, öffnete Jake seine Wagentür und tippte gleichzeitig eine Nachricht in sein Handy.

Als Carson in die Auffahrt einbog, stieg Jake aus und ging zu Jodies Seite an den Wagen.

Carson klopfte aufs Lenkrad, sah aus dem Fenster, als Jake um die Motorhaube ging. Als er näher kam, ließ Carson das Fenster noch ein Stückchen weiter runter.

»Was machst du denn hier, Jake?«

»Ich hab einen Anruf bekommen und mir sagen lassen, dass du am Aussichtspunkt stehst und an einem verdammten Nigger dranhängst. *Das* mache ich hier, du verfluchte Schlampe!«

Carson stieg aus dem Wagen und ging durch die Kegel des Scheinwerferlichts auf Jake zu.

»Was willst du, du Arschloch?« Jake drehte sich zu Carson um.

Carson rammte Jake seinen Ellbogen ans Kinn. Jodie hörte ein lautes Knacken und sah, dass Jakes Kinn nachgab. Er ächzte laut und taumelte über die Auffahrt, stolperte rückwärts, eine Hand im Gesicht. Carson packte ihn am Kragen, hielt ihn fest und drosch auf seinen Kopf ein. Jodie vernahm die dumpfen Schläge im Wagen und sah Jake mit jedem Treffer kleiner werden. Sein Hemd riss im Rücken, weil Carson es so fest gepackt hielt, ihn knapp über dem Boden baumeln ließ. Dann schlug er noch ein letztes Mal zu und ließ Jake in der Auffahrt liegen.

Jake rührte sich nicht, aber Jodie hörte ihn stöhnen und wimmern. Carson ging zurück zum Wagen, er war voller Blut. Die alten Verletzungen an seinem Arm waren wieder aufgeplatzt, sein Blut hatte den Verband durchweicht und lief ihm jetzt über den Arm. Mit seinem gesunden Arm zeigte er auf sie und anschließend aufs Haus. Sie stieg aus, als er einstieg. Weiter sagte er nichts, legte nur den Rückwärtsgang ein und wartete, bis sie die Tür zugeschlagen hatte, dann fuhr er aus der Auffahrt auf die Straße und schließlich mit quietschenden Reifen um die Ecke.

Sie stand wie gelähmt oben an der Auffahrt und betrachtete das winzige Häuschen ihrer Mutter. Es war dunkel und still, drinnen brannte kein Licht. Jake wand sich jetzt, versuchte aufzustehen, sein leises Stöhnen erhob sich in die frische Landluft, mischte sich mit dem fernen Motorengeräusch von Carsons Wagen, der sich immer weiter entfernte.

Jennifer

I

»Was ist an dem Abend passiert, als Sie wieder zu Hause bei Ihrer Mutter waren?«

»Sie war bei meiner Tante, um ihr beim Kochen fürs Wochenende zu helfen, deshalb war ich allein zu Hause. Ich hab draußen auf der Veranda gewartet, ich wusste ja, dass sie kommen würden«, sagte Carson und nickte Jennifer zu.

»Warum sind Sie nicht weg oder wenigstens über Nacht erst mal woandershin, wenn Sie gewusst haben, dass die es auf Sie abgesehen haben?« Sie runzelte ernst die Stirn, versuchte dabei aber entspannt zu wirken.

»Woher kommen Sie, Miss?«

»Carson, Sie wissen doch, dass wir nicht ...«

»Nein, ich meine nicht, wo Sie wohnen, ich meine, wo kommen Sie her? Nicht aus welchem Viertel, aber kommen Sie aus der Stadt? Sind Sie in Perth geboren? Sind Sie in Perth aufgewachsen?«

»Ja, bin ich.« Jennifer hatte sich geschworen, keine Einzelheiten zu verraten, aber manchmal ging es nicht anders.

»Naja, wissen Sie, in der Kleinstadt kennt jeder jeden, meine Mutter lebt immer noch dort in ihrem Haus, meistens ist sie allein. Wenn irgendwas in Ordnung gebracht werden muss, dann am besten, wenn ich da bin.«

»Aber die Situation ist ganz schön eskaliert.«

»Wegen denen, Miss. Die sind in zwei Autos vorgefahren und ich hab sie aufs Haus zukommen sehen, einer war so ein Geländewagen und der andere war derselbe, der am Aussichtspunkt langsam an uns vorbeigefahren ist. Und ich hab auf sie gewartet, mich vorbereitet. Hatte eine Flasche da und hab ein paar gute Schluck genommen. Mum hat immer ein bisschen Bourbon im Haus, also hab ich gewartet. Ich wusste, dass ich den anderen ganz schön fertiggemacht hatte, aber der hat mich ja auch als Nigger beschimpft und so. Ich hab kein schlechtes Gewissen, aber ich wusste ja, dass die wiederkommen würden. Jodie hatte denen bestimmt gesagt, wer ich bin. Nicht damit die mir was tun, aber Mädchen sind halt so. Ein paar Stunden später kamen zwei Autos an, vier Jungs sitzen im ersten und aus dem anderen steigen zwei mit Baseballschlägern.

Jake, der mich Nigger genannt hat, ist nicht mal dabei. Ich hab später gehört, dass sie ihn ins Krankenhaus gebracht hatten, das waren seine älteren Brüder und seine Kumpels. Zu dem Zeitpunkt hatte ich schon ungefähr die halbe Flasche Bourbon getrunken, pur. Ich war nicht sternhagelvoll, aber kurz davor. Wenn's hart auf hart kommt, darf man nicht zimperlich sein.«

»Mir sind die Umstände bekannt, Carson, in der Hinsicht ist es nur …«

»Miss, ich bin zu den Beerdigungen nach Hause gefahren, hab meine Mum besucht, aber das war's. Alles andere ist dann einfach passiert.«

Jennifer wusste, was als Nächstes passiert war. Sie hatte Carsons Akte gelesen, die Aussagen der Opfer und den Polizeibericht. Was er sagte, war die Wahrheit.

Die beiden Autos waren kurz nach zehn Uhr vor dem Haus von Carsons Mutter vorgefahren. Er hatte berauscht auf der Veranda gesessen, vorher hatte er praktisch den ganzen Tag lang getrunken. Zuerst das Bier im Pub und dann fast eine ganze Flasche Bourbon, außerdem hatte er vor der Ankunft seiner Opfer vor dem Haus auch noch Cannabis geraucht. Schließlich waren sie aus den Autos gestiegen und zusammen auf das Haus zugegangen, die beiden Männer mit den Baseballschlägern allen anderen voran. Carson war ihnen entgegengegangen, um sie zur Rede zu stellen, und hatte sie auf dem Rasen vor dem Haus abgefangen. Den Zeugenaussagen zufolge hatte die Auseinandersetzung ein bis zwei Minuten gedauert.

»Vier von diesen jungen Männern mussten ins Krankenhaus, Carson. Einer ist immer noch dort.«

»Naja, Miss, die wollten mich verprügeln. Hätte ich mich nicht gewehrt und sie einfach machen lassen, läge ich jetzt im Royal Perth und die würden hier sitzen und mit Ihnen reden.«

»Sie hätten die Polizei rufen und sie bitten können, mit Ihnen zu warten.« Jennifer kam sich blöd vor, kaum dass sie es gesagt hatte. Sie erlaubte sich ein zaghaftes Lächeln. Carson war es nicht entgangen, er lächelte mit und zeigte scherzhaft mit dem Finger auf sie.

»Also Miss, ich merke schon, Sie wissen es selbst besser.«

Alles, was er sagte, leuchtete ihr ein. Sie dachte an ihren eigenen Sohn. Er hatte gerade seinen Uni-Abschluss gemacht und arbeitete in Teilzeit auf dem Cricketplatz in East Perth. Er hatte jetzt ein abgeschlossenes Studium in Sportwissenschaften vorzuweisen und wollte im Bergbau als Gesundheitsberater arbeiten. Damit würde er mehr verdienen als sie jetzt. Wenn er drei bis vier Jahre arbeitete, würde er ein Haus kaufen können. Er lebte noch zu Hause und sie wusste, sie würde traurig sein, wenn es so weit wäre und er auszog. Die Dienstpläne für Berufseinsteiger sahen teilweise vier Wochen Arbeit am Stück vor, dann eine Woche frei, aber vielleicht hatte er ja Glück und bekam kürzere Blöcke. Sie hatte ihm gesagt, er könne so lange zu Hause wohnen, wie er wolle, mietfrei, auf jeden Fall solange er noch auf ein eigenes Haus sparte. Sie freute sich nicht auf die ersten Wochen, in denen sie ohne ihn allein zu Hause sein würde. Er war ein guter Sohn. Sie hatte einen wunderbaren Jungen großgezogen, sie hatte großes Glück gehabt.

Sie betrachtete Carsons Akte auf dem Computerbildschirm vor sich, dabei war auch das Bild, das bei seiner Festnahme, wenige Tage nach dem Vorfall, gemacht worden war.

»Lassen Sie mich hier nur kurz was nachsehen, Carson.« Jennifer tat mehrmals, als würde sie etwas auf dem Bildschirm mit der Maus anklicken, dann sah sie über den Schreibtisch zu ihm, er hatte immer noch die Reste eines Lächelns im Gesicht. Er schien sich hier in ihrem Büro wohlzufühlen. Seit er wieder im Gefängnis war, hatte er ein bisschen zugenommen, nicht viel, er war immer noch schlank und stark und sah recht gut aus. Sie betrachtete das offizielle Polizeifoto auf dem Bildschirm. Es strahlte Chaos aus. Carson hatte ein dickes blaues Auge, das bis an die Nase geschwollen war, außerdem Platzwunden auf der Stirn und an der linken Wange. Den Kopf hielt er leicht zur Seite geneigt und das Kinn ein bisschen erhoben, als wollte er die Kamera genau betrachten, die das Bild aufnahm.

Seine Augen waren dunkel und tief eingesunken. Er sah aus wie ein anderer Mensch. Sie stellte sich vor, was das für eine Nacht für ihn gewesen sein musste, als sie ihn eingeliefert, seine Fingerabdrücke genommen, das Foto gemacht und alle Personenangaben in den Computer eingegeben und ihn anschließend in eine Zelle gesperrt hatten. Er sah aus wie ein Gefangener da auf dem Polizeifoto. Wie einer, der hinter den feindlichen Linien erwischt wurde, aufgeschreckt, verängstigt, kampfbereit, aber auch niedergedrückt von der Situation insgesamt. Er wirkte stark, aber so, wie ein Überlebender stark wirkt. Wie jemand, der einiges durchgemacht und überstanden hat.

Das Gesicht auf dem Bildschirm strahlte eine Art Klugheit aus, als wüsste er, was ihm bevorstand und was von jetzt an von ihm erwartet wurde. Am unteren Rand des Polizeifotos befand sich ein kleines, schwarzes Pfeilsymbol. Wenn man es anklickte, konnte man die Fotos des Gefangenen aus vorangegangenen Jahren sehen, sofern er schon einmal festgenommen wurde.

Jennifer klickte auf den Pfeil und per Drop-down-Menü erschienen Daten aus sieben Jahren:

6.9.12
1.4.11
15.2.09
30.12.08
22.3.08
6.2.07
12.2.06

Sie klickte 2011 an und es erschien das Bild eines etwas jüngeren Carson, die Schürfwunden waren verschwunden, ebenso wie das blaue Auge, er wirkte etwas härter im Gesicht, hatte Bartstoppeln. Sie klickte 2009 an. Noch ein Bild, auf diesem war er bedeutend jünger, grinste breit und wirkte sauberer als auf den anderen Fotos. Die Haare waren sehr kurz und mit Gel nach vorne gekämmt. Wieder klickte sie und mit jedem Klick erschien das jeweils ältere Foto, das Gesicht auf dem Bildschirm wurde immer jünger, strahlender und gesünder. Die Frisur änderte sich, mal waren die Haare nach vorne gekämmt, mal blond gefärbt, dann lugte ein Rattenschwänzchen hinter einem Ohr hervor oder er hatte ein frisch rasiertes Babyface. Auch die Kleidung änderte sich. Jogginganzug, schwarzes Jackett, weißes Hemd, Tanktop, Basketballtrikot.

Jennifer klickte das letzte Foto an, 2006. Sie sah einen kleinen Jungen vor sich. Er war erwischt worden und lächelte nicht, hielt den Kopf leicht gesenkt, die Augen blickten aber hoch in die Kamera und er tat, wie ihm geheißen. Er ließ die Schultern hängen, hielt sich ein bisschen gebückt, wirkte sehr dünn. Am Kinn hatte er ein paar Pickelnarben und eine üppige Mähne fiel ihm in sein trauriges kleines Gesicht. Sie betrachtete ihn jetzt, wie er dort saß auf dem Stuhl ihr gegenüber. Er sah sich in dem Büro um und wartete, bis sie fertig war.

Von außen betrachtet war das alles furchtbar trostlos. Sie wusste, dass sie ihm nie wirklich würde helfen können, jedenfalls nicht auf irgendwie bedeutsame nachhaltige Weise.

Daniel

Freitags war es immer ruhig, der Tag im Gefängnis war zweigeteilt. Morgens kamen die gewöhnlichen Gefangenen zum Unterricht, dann war Einschluss bis drei, so dass die unter Sonderschutz stehenden Insassen malen konnten, ohne Gefahr zu laufen, auf dem Weg zum Unterricht ermordet zu werden.

Daniel fühlte sich gut. Er näherte sich dem Ende seiner Vertretungszeit und würde im nächsten Schulhalbjahr wieder nur drei Mal die Woche arbeiten. Die Klasse am Freitagvormittag war klein, nur eine Handvoll Jungs nahm das Malen so ernst, dass sie an ihrem freien Tag zum Unterricht kamen.

Die Gefangenen aus Trakt Sechs am Nachmittag machten auch nie Ärger. Sie wirkten immer eher gedämpft, still und höflich, anders als die gewöhnlichen Gefangenen. Eine eigenartige Mischung aus gutmütigen Kinderschändern und Drogenfreaks, denen es nicht gelang, ihre sexuelle Gier auf ein vernünftiges Maß herunterzuschrauben oder ihre Schulden bei den anderen Häftlingen zurückzuzahlen. Die Verachtung, die diesen Rock Spiders, wie die anderen Gefangenen sie nannten, entgegengebracht wurde, färbte auch auf das Lehrpersonal ab, und Daniel bildete keine Ausnahme. Sie waren eine ganz besondere Untergruppe von Untermenschen, die so unfassbare Dinge getan hatten, dass sie von niemandem mehr anständig behandelt wurden. Sie taten, was ihnen gesagt wurde. In einer Welt voller Menschen, die anderen nur zu gerne sagten, was sie zu tun hatten, waren sie die perfekten Untergebenen.

Sie würden später kommen. Im Moment hatte Daniel erst einmal mit Carson zu tun, der erneut den Ton im Kunstraum angeben wollte.

»Keine Ahnung, wo der am Ende gelandet ist, aber ich hab das Arschloch erst mal plattgemacht, Alter. So hat der sich vor mir aufgebaut …« Carson spielte jemanden, der mit einem Baseballschläger ausholt und sich bereit macht, damit zuzuschlagen. Dazu hob und senkte er die Schultern und tat, als wollte er auf jemanden losgehen.

Daniel dachte an das Versepos, das ihn sein Professor für Kunstgeschichte hatte lesen lassen, in dem in aller Ausführlichkeit große Schlachten besungen wurden, *A Day Upon the Bloody Green, When Hades Came to Hastings*.

»Und ich hab dem Typen am Blick angesehen, dass der im Leben noch keinen Baseballschläger geschwungen hat. Ich geh einfach auf ihn zu, er holt aus, ich hebe den linken Arm.« Carson hob seine Schulter und zog den Kopf ein. »Er erwischt mich da«, Carson schlug sich fest auf den Unterarm. »Junge, ich packe den Schläger mit der Linken und spüre nichts, weil ich total blau bin, Bruder.« Er tut, als würde er trinken. »Dann hab ich's ihm gegeben, wumm, wumm, wumm.« Carson warf seine rechte Faust mehrfach ins Leere. »Der Junge geht zu Boden, Bruder, ich hab noch nie gesehen, dass einer so schnell einknickt. Ich meine, er hat einfach aufgegeben und ist liegen geblieben, Alter. Und jetzt hatte ich seinen Baseballschläger und sein Kumpel will mir an den Kragen. Dem hab ich's vielleicht besorgt.«

Carson schlägt einen Home Run auf seinem Hocker im Kunstraum. »Dann war der bewusstlos. Ich hab bloß so ein lautes beschissenes Knacken gehört, feucht und so, echt krass, krasser Schlag, Bruder. Er hat ihn einfach nur kassiert, also war der jetzt auch weg vom Fenster. Die anderen vier Arschlöcher stürzen sich auf mich, aber sie haben ja gesehen, wie's den beiden vorher ergangen ist.« Carson zeigt mit den Füßen auf den Boden: »Der eine kommt also so halb zuversichtlich an und ich hab ihn einfach nur fertiggemacht, Junge, zack, zack. Ich meine, der kriegt einfach so hart was aufs Maul und sein Kumpel schlägt wie wild auf mich ein und ich merk's auch ein bisschen da seitlich am Kopf, aber eigentlich nicht schlimm, und der Arsch vor mir sackt einfach in sich zusammen, als lass ich ihn fallen, drehe mich um und verpasse dem anderen Wichser was mit dem Ellbogen. Die fallen einfach alle um, ich geb ihm nur ein paar mehr, stell ihm ein Bein. Noch was aufs Dach, krach, plötzlich hab ich dem Drecksack den Kiefer gebrochen.«

Carson demonstriert es langsam, ein langer Schlag Richtung Boden. So wie er guckt, befindet er sich wieder vor Ort. »Ich hab noch einen, der springt mir auf den Rücken und wir wälzen uns herum und er attackiert mich wie ein tollwütiger Köter, wie ein kleiner gemeiner Wirbelsturm drischt er auf mich ein, will mir eine Kopfnuss verpassen und so. Ich denke, die Typen wissen einfach nicht, wie man sich prügelt, also zwing ich ihn zu Boden, halte seinen Kopf auf dem Boden fest und dann immer direkt drauf. Sein Kopf bleibt, wo er ist, liegt da im Gras. Ich glaube, dabei hab ich mir die Hand gebrochen. Jedenfalls fängt der Junge an zu heulen und zu dem Zeitpunkt seh ich nur noch rot, ich will denen einfach nur noch wehtun. Aber der ist schon fix und fertig, nichts mehr übrig von ihm. Er heult sogar, verdammte Scheiße, und deshalb bin ich aufgestanden. Inzwischen lagen fünf von den Jungs am Boden. Zwei haben sich nicht mehr bewegt, einer hat geheult, zwei andere sind weggekrochen und dann ist da noch ein letztes Arschloch gewesen, das sich noch gar nicht getraut hat. Er steht am Wagen und sieht sich die Show an, das ganze Massaker, und ich stehe auf und gehe auf ihn zu und, das war wie im Kino … wenn das Monster kommt und alle erstarren und die Augen aufreißen.« Carson stand auf, riss die Augen weit auf, schaute zur Decke und streckte die Hände aus.

»Genau so guckt der Arsch, und ich bleibe kurz vor ihm stehen. Ich weiß, er macht nichts mehr und ich stehe da und starre den Typen an und sage, wenn ihr euch dem Haus noch einmal nähert, zünde ich euch Arschgesichter an und lasse euch bei lebendigem Leib verbrennen.«

Carson wiederholte seine Drohung vor einem unsichtbaren weißen Jungen im Kunstraum. Mit loderndem Blick und verkniffenem Mund beugte er sich der Erscheinung entgegen, als wäre sie so real wie Daniel, der auf seinem Stuhl weiter weg saß. Reine Gewalt, reiner Hass, ausgespuckt auf den Linoleumboden.

Carson drehte sich um und ließ ein kurzes Grinsen in Daniels Richtung aufblitzen. »Alter, der hat sich an Ort und Stelle in die Hose gekackt.«

Ariel

»Ist mir scheißegal, echt jetzt …« Dean saß still, sein Hemd spannte über seinen breiten Schultern, entblößte sein Schlüsselbein und ein Stück seiner Brust.

»Na gut, dann schreibe ich einfach, dass im Moment kein Interesse an einer Teilnahme an dem Programm besteht, zumindest solange Sie keine klarere Vorstellung davon haben, wann Sie entlassen werden.« Ariel wandte sich wieder dem Bildschirm zu und tippte die Information ein. Dean war schon einmal bei ihm gewesen.

»Ich hab die sowieso alle durch.« Dean schniefte und sah sich geistesabwesend in Ariels Büro um.

»Ach so? Dann schreibe ich lieber das, sieht besser aus.« Ariel tippte erneut.

»Es gibt den Drogenkurs, den hab ich gemacht. Den Alkoholkurs hab ich auch hinter mir, Grundlagen für den Neustart, Aggressionsbewältigung, sogar einen Workshop zu häuslicher Gewalt hab ich besucht«, Dean zählte die Kurse und Workshops an seinen Fingern ab, »einen über Vater-Sohn-Beziehungen, gerade habe ich eine beschissene Arbeitsschutzfortbildung hinter mir, Suchtprävention, zwei Kochkurse, Gesundheit und Ernährung, Scheiße, Mann, ich hab sie alle gemacht und jetzt wollen die, dass ich noch einen mache?«

»Ja, hören Sie, wird schon werden, Dean. Ich schreibe, dass Sie sämtliche Angebote wahrgenommen haben, lasse mir Kopien der Teilnahmeurkunden von der Schule schicken und lege sie der Akte bei, so dass der Richter, wenn er sich das ansieht, gleich kapiert, dass Sie alles richtig gemacht haben.«

»Scheiß Staatsanwalt«, Dean rieb sich, in dem Versuch, seine Lebensgeister zu mobilisieren, mit beiden Händen über das Gesicht. »Der ganze scheiß Laden hier.«

»Haben Sie eine Ahnung, wie lange Sie noch hier bleiben werden, Dean? Haben Sie überhaupt schon einen Rechtsberater bekommen?«

»Nein, ich hab die falsche Hautfarbe. Heute Morgen hab ich telefoniert und die Frau, mit der ich gesprochen habe, hat gesagt, sie schicken mir jemanden Ende des Monats.«

»Das geht doch noch, Dean. Das ist sogar gar nicht schlecht.« Ariel war ehrlich.

»Wenn ich zur Familie gehören würde«, Daniel drückte sich die Nase mit dem Zeigefinger platt, »sähe das ganz anders aus, oder?«

Ariel nickte kurz und widmete sich wieder seinem Computerbildschirm. Er wollte Dean bei Laune halten, die nötigen Anträge für ihn ausfüllen und ihn dann so schnell wie möglich aus seinem Büro haben.

OUT

Ben

Er zog sich den Rasierer fest über das Gesicht. Er sah gut aus. Er hatte das gute Aussehen von seiner Mutter und die Haare vom Vater geerbt. Schön dick, genau wie der Alte. Sein Vater war ein Drecksack gewesen, aber wenigstens hatte er schönes Haar und von seinen Söhnen immerhin genug gehalten, um es ihnen zu vererben. Inzwischen war sein Vater weit über sechzig, hatte aber immer noch einen dichten Schopf. Der Alte sah aus wie ein Wolf, so wie er's oben immer zurückkämmte und an den Seiten strubbelig ließ. Ben kämmte seines immer ganz streng zurück. Da hing nichts herum oder zerzauste, im Nacken und an den Seiten war es ausrasiert, oben auf dem Kopf mit Gel gebändigt. Auch seine Bartstoppeln rasierte er immer kurz, jeden Abend, und zwar so spät wie möglich, damit es am nächsten Morgen, wenn er das Haus verließ, genau richtig aussah.

Sein Handydisplay zeigte zehn nach sieben. Greg hatte gesagt, er wollte um acht da sein. Er hatte also noch eine Menge Zeit.

In den letzten Tagen hatte er fünfzehn Unzen für Greg verkauft. Er hatte ihm 200 Dollar pro Unze gezahlt und eine ganze jeweils für 350 verkauft. Wenn er die Unze in Fifties aufteilte, konnte er auch 400 Dollar aus einer schlagen. Mit Twenty-fives sogar noch ein bisschen mehr, aber das lohnte den ganzen Aufwand nicht, da kamen viel zu viele junge Leute ins Haus und er musste viel zu viele beschissene Gespräche führen. Ben machte das nichts aus, er gab dann den Drogenkönig, stolzierte in seinem Basketballtrikot und der Jogginghose durchs Haus und rauchte Marlboro Lights.

Die Mädchen waren ganz hübsch, auch wenn er gar nicht wissen wollte, wie jung die teilweise wirklich waren. Auf jeden Fall ging er lieber auf Nummer sicher und verkaufte die Unze im Ganzen, was meistens funktionierte. Manchmal wollten die Jungs nur eine halbe, aber das war auch kein Problem, dann packte er den Rest eben in Fifties ab und sah zu, dass er die fünfzehn Unzen schnell los wurde.

Meistens machte er 3000 Dollar die Woche, hin und wieder auch 4000, aber da musste er sich schon anstrengen und mehr Leute treffen, womit natürlich auch ein größeres Risiko verbunden war. Er dachte, es würde länger gut gehen, wenn er den Ball schön flach hielt, dann konnte er was verdienen, ohne erwischt zu werden. 3000 die Woche waren immerhin eine ganze Menge.

Er kam aus dem Bad, fühlte sich super, leicht und beweglich. Die Morgensonne erfüllte das kleine Wohnzimmer, und wenn er regelmäßig Staub saugte und nicht so viel herumliegen ließ, sah das Haus einigermaßen anständig aus. Er überlegte, ob er umziehen sollte, vielleicht irgendwo in einer besseren Vorstadtgegend was mieten, aber die meisten seiner Kunden wohnten in der Nähe und er wollte die Fahrerei auf ein Minimum beschränken, möglichst unauffällig bleiben. Er hatte einen Teil von seinem Geld in einem Bankschließfach in der Stadt deponiert und überlegte, wie er es anstellen könnte, sich davon ein Haus oder eine Wohnung zu kaufen.

Er sah sein Messeretui auf dem Küchentresen liegen, seit Monaten hatte er nichts mehr gekocht und er fragte sich, ob er je wieder anfangen würde. Inzwischen konnte er sich nicht mehr vorstellen, zwölf Stunden am Tag in einer Küche zu schwitzen. Nicht mehr, seit er wusste, wie er 3000 die Woche auf andere Art verdienen konnte. Er nahm seine Zigaretten von oben auf der Mikrowelle, zündete sich eine an und wickelte die Messer auf dem Tresen aus. Er nahm das Ausbeinmesser und strich es ein paar Mal über das Schleifeisen. Das Geräusch versetzte ihn direkt zurück in die Zeit seiner Ausbildung und der Gedanke deprimierte ihn zutiefst. Er steckte das Messer wieder in die Tasche. Sein Vater war ein echter Arsch. Er legte das Etui oben auf den Kühlschrank, damit er es nicht mehr im Blick hatte, er wollte seine Messer nicht mal mehr sehen.

Er setzte einen Kaffee auf, Greg trank immer gerne einen, wenn er vorbeikam. Er blieb nie lange, pflanzte sich aber ungefähr zwanzig Minuten an den Tisch und plauderte über irgendwas, was gerade so los war. Normalerweise hatte es mit seiner kaputten Ehe zu tun oder er hatte eine neue Horrorgeschichte von einem seiner Kumpels gehört. Greg meinte, es sei ganz gut, wenn er eine Weile blieb, falls das Haus beobachtet wurde. Nur Drogendealer haben Dutzende von Freunden, die nie länger als sechzig Sekunden lang bei ihnen reinschauen.

Greg verkaufte ausschließlich Gras, nichts anderes. Er sagte, alles andere sei zu heftig. Er war älter als Ben, ungefähr vierzig. Greg kam ganz gut klar, aber auch nur gerade so, er wohnte in einer beschissenen Zwei-Zimmer-Wohnung in Scarborough direkt am Highway. Er war den ganzen Tag stoned, jeden Tag, und allmählich machte sich das in den Gesprächen mit ihm auch bemerkbar.

Manchmal hatte er mittendrin Aussetzer. Er schaltete ab, nickte aber, als würde er weiter folgen. Das letzte Mal, als er da war, hatte er über Magnete gesprochen, er hatte sich Magnetuhren angesehen, die man online aus Amerika bekommen könnte. Man zog sie ans Handgelenk und dann machten sie irgendwas mit dem Blutkreislauf, zogen Eisenpartikel aus der Blutbahn. Irgendwie entgifteten sie einen. Ben wusste es nicht so genau, er hatte abgeschaltet, als Greg davon anfing.

Ben hatte sich ausgerechnet, dass Greg wahrscheinlich fünfzig Dollar an jeder Unze verdiente, die er ihm überließ. Er zahlte 150 Dollar für eine, manchmal vielleicht auch nur

100, so dass er pro Pfund 800 bis 1600 verdiente. Wahrscheinlich hatte Greg drei oder vier Typen wie ihn, die jeweils ein bis zwei Pfund pro Woche für ihn dealten. Ben wäre gerne ein bisschen weiter aufgestiegen, aber Greg hatte die Kontakte und behielt sie für sich. Ben hatte schon einmal ganz beiläufig gefragt, ob Greg sich bei seinen Zulieferern erkundigen könnte, ob sie noch jemanden brauchten, der direkt für sie verkaufte. Aber Greg hatte erklärt, das würde er nicht machen, selbst wenn sie ihn bitten würden, jemanden für sie zu suchen. Greg hatte Schiss vor der ganzen Szene.

»Das ist nicht lustig, Benny«, sagte er immer, wenn das Thema aufkam.

Zur Abschreckung erzählte Greg ihm Geschichten über Leute, die ihre Schulden nicht bezahlen konnten. Leute, die von vier Schlägern vom Fließband weggezogen wurden und gleich an Ort und Stelle an ihrem Arbeitsplatz beide Beine gebrochen bekommen hatten. Leute, die von der Straße abgedrängt, aus dem verunglückten Wagen gezerrt und verprügelt wurden, wobei man ihnen außerdem noch gedroht hatte, ihre Kinder zu ermorden. Er beschrieb das Geräusch brechender Knochen, ausgekugelter Arme und zertrümmerter Nasen, das ganze Geschrei und das Geheul, das damit einherging.

Greg hob und senkte sein Bein, zog es mit den Händen an sich heran, und machte dabei ein Geräusch, wie wenn einem armen Schwein der Oberschenkelknochen zersplittert.

Normalerweise war Ben stoned, wenn Greg ihm diese Geschichten erzählte, genauso wie Greg selbst auch, was die Geschichten umso schwerer verdaulich machte. Ben redete sich immer wieder ein, dass nur diejenigen Ärger bekamen, die's verbockten, die anderen verdienten einen Haufen Geld, das sie in ihren Bankschließfächern bunkerten.

Heute erzählte ihm Greg von einem Freund, den er lange nicht mehr gesehen hatte und der plötzlich bei ihm aufgetaucht war, weil er einen Platz suchte, wo er ein paar Tage pennen konnte. Travis arbeitete in einer Fabrik in Rockingham, die Boote baute, die später als Luxusjachten an Japaner verkauft wurden. Den lieben langen Tag bekam er Funken aus glühend heißem Glasfaserkunststoff ab, die hinten aus der Bandsäge spritzten. Er sparte sein Geld, um sich irgendwann selbst eine Jacht zu kaufen, und laut Greg hatte er bereits einiges zusammen. Travis wohnte seit einigen Jahren mit zwei anderen Typen in einer WG in einem Haus mit vier Zimmern und Meerblick am Westcoast Highway.

Die drei waren eigentlich ein eingespieltes Team. Einer besaß ein Café, das er in Schwung bringen und dann verpachten wollte, der andere ging den lieben langen Tag surfen, war arbeitslos und überlegte, ob er nochmal die Schulbank drücken und Weinbau studieren sollte, um anschließend in den Süden zu ziehen und auf einem Weingut zu arbeiten. Eines Nachts, spätnachts, sitzen die beiden zusammen und trinken, der mit dem Café war eher ein kleiner Typ und sein Café lief nicht so gut wie er gehofft hatte. Sie sitzen stundenlang zusammen und trinken. Travis steht um vier Uhr morgens auf, weil seine Schicht in der Bootsfabrik um fünf Uhr anfängt.

Travis geht durchs Wohnzimmer und sieht, dass die beiden noch auf sind. In einer Ecke steht eine Lampe, beide sitzen auf dem Sofa und auf dem Tisch stehen ungefähr sechs leere Flaschen Wein, ein paar leere Bierdosen und sonst noch alles Mögliche. Der Surfer hängt schlapp auf dem Sofa, der kleine Typ mit dem Café sitzt vornübergebeugt und beide sind offensichtlich sternhagelvoll. Sie schwanken und lallen so besoffen wie man nur um vier Uhr morgens sein kann, aber sie sehen aus, als wär's ein guter Abend gewesen. Der Typ mit dem Café wirkt ganz entspannt, wahrscheinlich dauert es noch zehn Minuten, bis einer von beiden einpennt. Travis sagt Hallo, verabschiedet sich, kein Problem, er kommt sowieso nicht vor sechs am Abend zurück. Er lässt sie da sitzen und das war's.

Kurz nach sechs am Abend kommt er zurück und der Surfer steht in der Küche, trinkt einen Tee und sieht aus wie einer, der die ganze Nacht durchgesoffen hat, aber auch noch irgendwie anders als sonst. Travis hat ihn schon oft genug nach einem Gelage gesehen, aber dieses Mal stimmt was nicht. Travis setzt sich an den Tisch und fragt, wie's ihm geht, du weißt schon, langer Abend gestern, wie geht's? So was in der Richtung. Der Surfer guckt Travis an und erzählt, dass der Typ mit dem Café, kurz nachdem Travis am Morgen weg war, auf dem Sofa umgekippt ist, mit dem Gesicht voran in den Schoß von dem Surfer. Aber er war nicht ohnmächtig. Zuerst haben sie beide gelacht, weil sich der Typ mit dem Café kaum noch bewegen konnte, er hat kaum noch den Kopf hochbekommen. Nachdem sie sich ausgekichert hatten, fing er an, sein Gesicht an dem Surfer zu reiben. Der Surfer war genauso blau wie der andere, sitzt da im Dunkeln und lässt sich von seinem besten Freund einen rubbeln und der Surfer sagt, wegen dem ganzen Alk und weil's so spät war, hat sich das alles ziemlich gut angefühlt. Irgendwann hat der Typ mit dem Café seinen Schwanz ausgepackt und ihm auf dem Sofa einen geblasen.

Travis guckt den Surfer an, der da im Bademantel vor ihm steht und seinen Tee trinkt, guckt rüber zum Sofa, um das es geht, und weiß nicht so richtig, was er sagen soll. Er ist ja bloß ein Arbeiter in einer Bootsfabrik, also sitzt er da, sagt nichts und der Surfer starrt in seinen Becher. Der Typ mit dem Café hat einfach immer weitergemacht, hat sich schwer ins Zeug gelegt, und dann hat's der Surfer auch nicht mehr ausgehalten und der Typ mit dem Café hat sein Sperma geschluckt, hat den Kopf gehoben und ist seitwärts bewusstlos auf die Couch gekippt.

Der Surfer meinte, er habe nicht gewusst, was er machen sollte, also ist er einfach ins Bett. Als er am nächsten Morgen aufgewacht ist, war der Typ mit dem Café schon los zur Arbeit und jetzt wusste er nicht, ob sich sein Freund überhaupt noch daran erinnern konnte. Das alles war einfach nur total komisch und er hatte keine Ahnung, was er machen sollte, weil er in ein paar Stunden aus dem Café nach Hause kommen würde. Travis sitzt mit versteinerter Miene da und hat keine Ahnung, was er sagen oder machen soll, also sagt er schließlich, er geht und lässt die beiden allein, damit sie das unter sich klären. Er verschwindet und pennt bei Greg. Das ist jetzt ein paar Tage her.

Als Travis wieder nach Hause fährt, ist das ganze Haus voller Bullen. Der Typ mit dem Café war zurückgekommen und hatte vier oder fünf Mal mit dem Gewehr seines Vaters auf den Surfer geschossen. Danach hatte er sofort die Polizei verständigt und als die eintraf, saß der Cafétyp da und hat schon auf sie gewartet. Er hatte eine Plane über seinen Surferfreund geworfen, der immer noch in seinem Bademantel und seiner Unterhose tot auf dem Küchenboden lag. Travis meinte, der Surfer habe ihm gesagt, es sei der beste Blowjob seines Lebens gewesen.

Abgesehen von seinen irren Geschichten hatte Greg natürlich recht, eine Dealerkarriere war nicht lustig. In Hinblick aufs Geld wahrscheinlich schon. Aus 3000 die Woche konnten schnell 3000 täglich werden. Die Frage war eher, wie weit man gehen konnte, wie weit man gehen wollte.

Ben verzog sich in die Waschküche, der Eimer schwamm im Becken, die Blowjob-Geschichte geisterte ihm durch den Kopf. Vor ein paar Jahren hatte er mit den Freunden seines Bruders von der Uni angefangen, Pot zu rauchen. Sie hatten wunderbare Joints gebaut, lang wie Zigarren, hatten das Dope kleingehackt, versetzt mit Champion Ruby, Rosen- und Lavendelblättern aus dem Garten, wenn sie sich noch ein bisschen extra Mühe gaben. Als sie aber allmählich immer öfter rauchten, wurden die Joints von einer Pfeife abgelöst, einer kleinen für drei Dollar aus dem Tabakladen. Nach einer Weile wich die Pfeife einer Bong, eine sah aus wie ein Klo, eine wie eine Pistole. Einmal hatten sie auch so ein durchsichtiges Plastikteil, das der Kopf von Kim Jong Il sein sollte, so dass man oben aus dem Kopf rausrauchte.

Irgendwann wurde schließlich die Bong von einem Eimer abgelöst. Ben hatte einen grünen für zwei Dollar bei Bunnings gekauft. Man füllte ihn bis oben hin mit Leitungswasser, schnitt den Boden von einer Zwei-Liter-Flasche Cola ab und schob ein Röhrchen durch den Deckel rein. Ben packte Gras in das Röhrchen und drückte es mit dem Daumen fest. Dann tauchte er die Flasche tief ins Wasser, so dass nur noch der Hals und der Kopf herausschauten. Er schraubte den Deckel fest drauf, achtete darauf, dass bloß kein Gras verloren ging. Dann zündete er es mit dem Feuerzeug an, zog vorsichtig die Flasche aus dem Eimer. Die Flasche hob sich und füllte sich mit weißem, cremigem Rauch. Ben liebte es, wie das aussah. Dicht und sauber. Eine dicke Wolke High.

Wenn die Flasche nur noch drei bis vier Zentimeter tief im Wasser steckte und vollständig mit Rauch gefüllt war, schraubte er den Deckel vorsichtig ab und bückte sich, sog den Rauch ein. Zuerst atmete er aus, ließ die Luft aus seinen Lungen, nahm ganz schnell den Deckel ab und setzte seinen Mund auf die Flasche, drückte sie wieder in den Eimer runter. Durch das Wasser wurde der Rauch aus der Flasche und tief in Bens Lungen gepresst. Maximum high, Minimum Gras und weit und breit kein einziges Rosen- oder Lavendelblatt.

Er trat von der Spüle zurück, behielt den Rauch in der Lunge. Die Flasche trieb und schaukelte auf dem Bongwasser, während er die Luft anhielt und sich mit einer Hand an der Wand abstützte.

Ben blies den verbliebenen Rauch aus, die Wirkung setzte sofort ein, seine Lider wurden schwer, ihm wurde schwindlig, seine Gesichtshaut wurde weicher und wärmer. Sein Körper hatte keine Kanten mehr, jetzt war alles sanft und fern.

Er ging durch sein sauberes Haus, vorbei am Kühlschrank, dem er einen Eiskaffee entnahm, dann weiter nach hinten und raus, wo die Sonne auf seine kleine Terrasse knallte. Er trat durch die Hintertür und spürte die Wärme der Steinplatten unter seinen Füßen. Seine Finger kribbelten, als er sich an die Helligkeit und die frische Luft gewöhnte.

Er streckte sich und fühlte sich leicht und frei wie Gott, als er dort benommen auf Zehenspitzen stand, die eigene Schöpfung bestaunte und so viel wie nur irgend möglich von der Welt in sich aufnahm.

Greg war gekommen und wieder gegangen. Die fünfzehn Unzen lagen in der Tiefkühltruhe. Fünf davon würde er noch am selben Nachmittag im Ganzen verkaufen. Er hatte spät in der Nacht zuvor noch Nachrichten erhalten und heute Morgen noch einmal zwei Anfragen, ob es okay wäre, vorbeizukommen.

Die Geschichte ließ Ben immer noch keine Ruhe, als er Richtung Midland über den Roe Highway raste. Er musste sich konzentrieren, dachte aber immer wieder daran. Er war stolz darauf, dass es ihm meist gelang, fokussiert zu bleiben und sich um alles zu kümmern. Er achtete darauf, beim Autofahren nicht zu viel Gras zu rauchen. Nach außen hin hielt er alles schön sauber, legte Wert auf gute Reifen und eine gültige Zulassung. Wenn eine Felge abfiel oder eine Tür verkratzt wurde, ließ er das immer gleich am nächsten Tag in Ordnung bringen.

Ein Freund von ihm war einmal angehalten worden, weil seine Zulassung abgelaufen war. Die Bullen hinter ihm hatten sein Kennzeichen überprüft und ihn rausgewinkt. Als sie an den Wagen kamen, rochen sie das Dope, obwohl es noch versiegelt und halbgefroren in Plastik verpackt war. Sein Freund hatte ein knappes Pfund dabei, verkaufsfertig aufgeteilt in kleine Portionen. Jetzt saß er in U-Haft in Hakea und wartete auf seinen Verhandlungstermin, schon seit fünf Monaten.

Ben fuhr einen Kombi Baujahr späte Neunziger, klein, kompakt und billig, nichts Ausgefallenes. Damit sah er aus wie ein Student von der Uni. Wenn er Lieferungen ausfuhr, machte er erst mal bei Red Rooster Halt und kaufte Grillhuhn mit Pommes, damit sich der Duft im Wagen verbreitete, falls er rausgewunken wurde. Es ging einfach darum, sämtliche Risikofaktoren so gering wie möglich zu halten. Das Huhn kostete ihn zwanzig Dollar, insgesamt betrachtet war das nichts. Er lieferte nur drei bis vier Mal die Woche aus, ansonsten kamen alle zu ihm.

Er war auf dem Weg zu Chappie, dem großen Bruder eines seiner Klassenkameraden an der Berufsschule. Kaum hatte Ben ihn gesehen, hatte er gewusst, dass es sich lohnen würde, seine Bekanntschaft zu schließen. Er hatte so was Schmieriges, wie viele Jungs aus Midland. Lange Jogginghose über schmutzigen alten Turnschuhen, eine Basecap steif vor Schweiß, ein paar Halsketten, ein Basketballshirt, ein paar Bartstoppeln, raue und vernarbte Hände, Tätowierungen auf dem ganzen Arm, insgesamt sah er einfach aus wie ein ausgewachsener Midland-Drecksack. Manchen sah man einfach an, dass sie sich niemals wuschen, wie streunende Hunde waren die und wenn man ihnen auf der Straße begegnete, besonders im Sommer, wenn es heiß und staubig war, lungerten diese Typen irgendwo herum und führten Gott weiß was im Schilde.

Chappie schlenderte allerdings niemals irgendwohin, er hatte einen Holden SS mit allem Drum und Dran, in tadellosem Zustand, blutrot, dunkle Scheiben. Wenn er da ausstieg, sah er aus wie ein echt abgefahrener Motherfucker.

Chappie kaufte Ben jede Woche drei Unzen ab. Ben wusste nicht, ob er's weiterverkaufte oder selbst behielt. Bei Typen wie Chappie wusste man das nie so genau und Ben wollte ihn nicht fragen, wollte ein möglichst entspanntes Verhältnis zu ihm behalten. Er hätte ihn vielleicht ein paar Leuten vorstellen können, die ihm ein bisschen Stoff hätten verschaffen können, vielleicht Pillen, erst mal nur eine Tüte, dann würde er eine Weile dabei bleiben, vielleicht drei oder vier Monate und sich dann langsam steigern. Das war der einzige Weg, wie er es seiner Ansicht nach schaffen könnte. Dann würde er allerdings 10 000 bis 15 000 die Woche verdienen. Das Zeug dazu hatte er, er konnte den Ball weiter schön flach halten und richtig was reißen, aber er brauchte jemanden wie Chappie, der ihm den Einstieg ermöglichte.

Er bog bei Chappie in die Auffahrt ein und parkte im Carport neben der Hintertür. Der Platz vor dem Haus war mit alten Betonplatten gepflastert, sie waren rot gestrichen und man sah ihnen an, dass sie dreißig Jahre in der Sonne hinter sich hatten. Vom Wagen aus konnte Ben das Gras hinter dem Haus sehen, es war kniehoch, tot und gelb, wiegte sich vor und zurück durch den Zaun aus Holz und Draht. Ein paar Milchkisten standen herum, Flaschen, Benzinkanister und Batterien. Ben wartete im Wagen, das war der Deal, er musste nicht mal hupen. Die Tür seitlich am Haus direkt neben der Fahrertür schwang auf.

»Benny Boy«, Chappie schlenderte lässig die wenigen Stufen vor der Tür herunter und beugte sich ins offene Fenster.

»Chappie«, sagte Ben und streckte die Hand aus, Chappie schlug ein. Er schüttelte ihm die Hand sehr sachlich, ohne Getue oder sonstigen Blödsinn. Er beugte sich tiefer ins Wageninnere, roch das Grillhuhn und die Pommes, und Ben roch den Bourbon in seinem Atem und den Schweiß unter seinen Achseln.

»Wie immer?«, fragte Chappie grinsend.

»Alles wie immer, Mann.« Ben griff unter den Beifahrersitz und ließ drei Unzen in der Red-Rooster-Tüte verschwinden.

»Du bist der Einzige, der mir was zu essen mitbringt, Mann.« Chappie lächelte freudlos und nahm die Tüte. Er griff vorne in seine Jogginghose und übergab ihm ein Bündel Geldscheine.

»Und du bist der Einzige, der mir Geld gibt, das nach Hodensack stinkt.«

»Bis zum nächsten Mal, Bruder.«

»Alles klar, Mann.«

Hinter Chappie ging die Fliegengittertür auf. Ein Aboriginal stand im Eingang, blickte vom Haus zu Ben im Wagen. Ben sah ihn an, eine Hand an der Gangschaltung. Er war groß, hatte ein paar Blutergüsse und Platzwunden im Gesicht, sein linker Arm sah aus wie mehrfach aufgeschlitzt. Er sagte nichts, stand einfach nur mit dem Arm am Türrahmen da und starrte in den Wagen. Ben guckte Chappie an.

»Schon gut, Benny, ich ruf dich in ein paar Tagen wieder an, ja?«

»Alles okay, Chap. Bis dann, Mann.«

»Bis dann.«

Chappie

»Hier nimm was davon, Cars. Klingt, als hätten die Jungs noch Glück gehabt.«

Chappie sah zu, wie Carson Gras aus der Tüte nahm und umverpackte.

»Und wer war das?«, fragte Carson und nickte Richtung Auffahrt. »Der ist in Ordnung, das ist Benny, so ein Typ aus Craigie, kennt Kendal noch von seiner Kochausbildung, aber der Arsch lässt sich ja nie blicken, hält sich jetzt für eine große Nummer.«

»Und der da?«

»Der holt gutes Dope ran, ich weiß nicht woher, aber irgendwie schafft er's.«

Chappie sah zu, wie Carson die Bong anzündete und einen tiefen Zug nahm, die Wasserblase machte ein dumpfes Geräusch in dem kleinen Zimmer.

»Also, was geht ab, du siehst voll fertig aus, Mann«, sagte Chappie, nickte in Richtung von Carsons Arm und Stirn.

Carson blies einen langen Rauchfaden aus und lehnte sich auf dem Sofa zurück. Er schüttelte langsam den Kopf von einer Seite zur anderen, hustete ein bisschen dabei.

»Nicht der Rede wert, Chappie. Bloß ein paar Arschlöcher, die sich wie Arschlöcher aufgeführt haben.«

»Hast du was laufen?«

»Gar nichts, Alter. Ich schieb jetzt erst mal 'ne ruhige Kugel«, sagte Carson.

»Das heißt, du fährst gar nicht nach Hause?«, fragte Chappie.

»Nee, erst mal nicht. Also, ich muss morgen zu meinem

kleinen Bruder. Mum hat mich gebeten, nach ihm zu sehen, sie hat gesagt, er geht nicht mehr ins Sportcenter. Der kleine Wichser ist ein bisschen durchgedreht, sie glaubt, er hat Mädchen auf dem Schulweg verprügelt, ihnen die Schuhe abgenommen.«

»Polizei?«

»Nur eine Frage der Zeit, bis so ein kleiner Noongar Amok läuft, bloß eine Frage der Zeit.«

»Schon wahr.«

»Der kleine Wichser landet noch in Rangeview.«

»Wie alt ist er jetzt?«

»Verdammt alt genug. Mum hat gesagt, ich soll ihn nach Hause bringen, wenn's sein muss. Sie bringt ihn schon wieder zur Vernunft, wenn's wirklich drauf ankommt.«

»Wann willst du das machen?«, fragte Chappie.

»Er hat mir geschrieben und gesagt, wir sehen uns morgen Nachmittag, heute trifft er sich mit einem Mädchen und ist voll beschäftigt«, sagte Carson und kicherte.

»Der kleine Clemmy?« Chappie schüttelte den Kopf. Er erinnerte sich, wie er vor Jahren nach dem Basketball bei Carson zu Hause war und Clemmy auf dem Boden vor dem Fernseher gesessen und im Schlafanzug Nintendo gespielt hatte. Chappie und Carson hatten sich da schon eine ganze Weile gekannt, waren gute Freunde. Chappie hatte nicht viele Boongs als Freunde, eigentlich hatte er sowieso keine Freunde. Er hatte immer viel zu tun, war immer am Machen, er hatte gar keine Wahl. Aber bei Carson konnte er sich entspannen, der war anders, er vertraute ihm. Er wusste, der würde für ihn die Hand ins Feuer legen, wenn es sein musste, und er hatte es auch schon mehr als einmal getan. Nicht viele Ureinwohner würden das für ihn tun, auch nicht viele Weiße.

Früher als Kinder hatten sie zusammen in derselben Basketballmannschaft gespielt, bevor Chappies Mutter mit ihm und seinem kleinen Bruder nach Perth gezogen war.

Carsons Mutter hatte den Verein zu Hause geleitet und eine von Carsons Tanten hatte die Mannschaft trainiert. Sie war noch ganz jung gewesen, erst ungefähr zwanzig. Chappie erinnerte sich, wie er beim Spielen immer gedacht hatte, wie schön sie war. Er war damals erst zehn oder elf, aber das war ihm schon aufgefallen. Er war wie hypnotisiert von ihren kräftigen braunen Beinen, die aus ihrer Basketball-shorts ragten. Außerdem war sie eine gute Spielerin. Das galt für die ganze Familie.

»Ich hab heute Abend was, wenn du mitkommen willst«, sagte Chappie und lehnte sich auf dem Sofa zurück.

»Was denn?«

»Kein Stress, Mann. Ich muss ein paar Jungs auf Linie bringen, die sind ein bisschen aus der Reihe getanzt. Wenn du lieber den Ball erst mal flach halten und ein paar Tage hier pennen willst, kein Stress. Ich kann auch Glen mitnehmen. Sind aber ein paar Hundert drin, deshalb biete ich's dir an. Du musst nicht, nur wenn du willst.«

»Ein paar Hundert?«, fragte Cars interessiert.

»Könnten fünf für dich rausspringen, kommt drauf an, wie viel die haben.«

»Fünfhundert könnte ich gut gebrauchen, Chappie. Na klar, wie viele sind es?«

»Fünf oder sechs Jungs, aber das sind reiche Typen, die zu Hause abhängen. Wir müssen nur rein, Krawall schlagen, wieder raus. Ich glaube nicht, dass die uns überhaupt Ärger machen werden. Und wenn, dürfte das eigentlich kein Drama werden.« Chappie hoffte, dass Carson mitkommen würde, er sah aus, als hätte er ein paar harte Tage hinter sich. Wäre schön, ihm mit ein bisschen Kohle auszuhelfen.

»Werden die nicht die Bullen rufen?«, wollte Carson wissen.

»Bestimmt nicht.«

»Nein?«

»Nee, die haben in den letzten beiden Monaten Pillen für mich vertickt, die rufen bestimmt nicht die Bullen.«

»Ich würde meiner Mum nämlich echt gerne eine neue Mikrowelle kaufen.«

Ariel

Ariel hatte sich endlich erfolgreich einen Internetzugang in seinem Büro verschafft. Er hatte einen Antrag ausgefüllt und ihn bei der Anstaltsleitung eingereicht. Begründet hatte er sein Anliegen damit, dass er auch ausländische juristische Foren im Internet aufrufen müsse, um hinsichtlich neuer Entwicklungen im Strafvollzug auf dem Laufenden zu bleiben und mit Spezialisten weltweit Kontakt zu halten, die auf ähnlichen Gebieten tätig waren. Er schloss seinen Antrag mit der Bemerkung, ein gut informierter und weitreichend vernetzter Zusammenschluss von Experten sollte seiner Abteilung ermöglichen, systemische Vorteile zeitnah anzuwenden und die Vorzüge neuer Ansätze im Strafvollzug umzusetzen.

Gerade befand er sich bei einer Online-Auktion in einem erbitterten Überbietungskampf für eine Kiste neuseeländischen Weißweins. Er hatte gerade für zwölf Flaschen Premium Marlborough Sauvignon Blanc 35 Dollar geboten, plus 15 Dollar Versandkosten waren das gerade mal 50 Dollar für ein Dutzend. Ariel klickte auf das Taschenrechnersymbol auf seinem Computer, knapp über vier Dollar kostete die Flasche. Er hatte immer gerne ein paar Kisten guten Wein im Haus. Früher hatte er bei vielen Auktionen den Kürzeren gezogen, weil er acht Stunden täglich kein Internet hatte. Aber jetzt nicht mehr.

Heute früh hatte er sich bereits eine halbe Kiste Pemberton Rotwein gesichert und fast 90 Dollar dafür gezahlt, aber den hatte er schon mal getrunken und wusste, dass er's wert war. Außerdem hatte er sich noch eine Kiste italienischen Chianti unter den Nagel gerissen und auf einen kalifornischen Pinot geboten, der angeblich mit Aromen von Zichorie, Rauchmandeln und Rosenholz sowie mit hohem Alkoholgehalt bestach.

Gestern hatte er sich krankgemeldet, nachdem er mal wieder bis spät in die Nacht getrunken hatte. Fast eine ganze Flasche Glayva hatte er geleert, ein süßer Whiskeylikör mit einer Konsistenz wie Honig. Er hatte sich ein buttriges Pilzsüppchen zubereitet und dazu ein halbes Ciabattabrot vertilgt, es in die Suppe getunkt, die er mit einer dicken Schicht Ziegenkäsebrösel garniert hatte. Dann hatte er eine Folge einer Dokumentarserie über die Geschichte des Baseball gesehen, die Folge, in der es um Ty Cobb ging, den psychisch gestörten Second Baseman der Detroit Tigers, der 1909 mit einem Messer auf einen Hoteldirektor losging, weil dieser verhindern wollte, dass Cobb einen schwarzen Fahrstuhlführer erschlug. Das Letzte, woran Ariel sich erinnerte, war, wie er sich einen riesigen Glayva eingeschenkt und in einem Zug runtergekippt hatte.

Er war ein paar Stunden später bei Sonnenaufgang aufgewacht, hatte sich im Sessel umgedreht und gemerkt, dass er sich eingenässt hatte. Er nahm sein Handy und rief seinen Chef an. Wenn er nur früh genug anrief, würde noch niemand dort sein und er konnte einfach eine Nachricht auf den Anrufbeantworter sprechen. Das war das Beste, nicht lange reden, nichts erklären, zumal er in seinem aktuellen Zustand ja tatsächlich krank klingen würde. Er legte immer alle Termine der gesamten Woche auf den Montag, so dass dienstags niemand auf ihn wartete und er sich den ganzen Tag administrativen Aufgaben widmen konnte. Mittwochs wurde gegrillt und Football gespielt, freitags herrschte mehr oder weniger den ganzen Tag Einschluss. Blieb nur noch der Donnerstag für weitere Termine.

So weit, so gut. Er buchte Männer, die am Donnerstag Schule hatten, weshalb die meisten gar nicht auftauchten.

Wenn er's geschickt anstellte, würde er durch die Woche kommen, ohne überhaupt jemanden sehen zu müssen.

Ein E-Mail-Symbol tauchte auf dem Bildschirm auf. Die Online-Auktion. Sein Konkurrent in Amby, Queensland, hatte sein Angebot für die Kiste Marlborough um neun Dollar erhöht und jetzt blieben Ariel noch fünfzehn Minuten, um ein weiteres Gebot abzugeben. Der Typ war auf 45 Dollar hochgegangen und wenn Ariel ihn überbieten wollte, wäre er bei 54 Dollar, plus Versandkosten also 69 Dollar. Er tippte die Zahlen in den Taschenrechner ein. Pro Flasche kam er auf 5,75 Dollar, immer noch ein guter Preis. Er hatte diesen Wein schon einmal gekauft und er war sein Geld auf jeden Fall wert. Leichte, frische Anklänge an Löwenzahn, eine zarte Mandarinennote im Abgang, was bei einem Sem Sav äußerst selten war.

Ariel klickte wieder, erhöhte das Gebot um weitere neun Dollar.

»Jetzt bist du dran, du Arschloch.« Ariel sah, dass sein Gebot jetzt als das höchste angezeigt wurde. Er musste Geduld haben, der Konkurrent hatte fünfzehn Minuten Zeit, um zu antworten. Ariel würde ihm den Wein nicht kampflos überlassen. Er würde so hoch gehen wie nötig, um seine Kiste zu bekommen. Während er wartete, las er E-Mails. Auf Facebook gab's keine Nachrichten für ihn, nur Werbung von Nike. Irgendwie gelang es ihm anscheinend, sogar auf Facebook nur mit Unternehmen befreundet zu sein. Er hatte insgesamt nur neun Freunde. Früher waren es mehr gewesen. Nach einer Geburtstagsparty seiner Schwester vor ein paar Jahren hatten ein paar ihrer Freundinnen seine Freundschaftsanfragen akzeptiert.

Er hatte sich ein bisschen betrunken, war dann aber früh gegangen, weil es ja eigentlich ein Mädelsabend war und er nur reingeschaut hatte, um seiner Schwester ein Geschenk zu bringen. Der kurze Besuch hatte ihn interessanter gemacht und er war gegangen, bevor er sich in seinem angeheiterten Zustand danebenbenehmen konnte. Seine Schwester hatte am nächsten Tag Bilder von dem Abend gepostet und alle getaggt. Bevor er sich's versah, war er mit ungefähr fünfzehn Frauen auf Facebook befreundet. Seine Schwester hatte ein paar wirklich fantastisch aussehende Freundinnen und ein paar von ihnen dachten sich nichts dabei, Fotos von sich zu posten, auf denen sie nur mit einem Bikini bekleidet Räder am Strand schlugen oder verschwitzt nach einer Yogastunde ausruhten. Eine Zeit lang war er abends oft lange aufgeblieben und hatte sich diese Fotos angesehen. Und nach einem besonders alkohollastigen Abend hatte er ein paar von ihnen geschrieben und sie gebeten, doch noch mehr Bilder von sich zu posten. Als er am nächsten Tag um die Mittagszeit aufwachte, hatte er fünf verpasste Anrufe und zwei lange Nachrichten von seiner Schwester auf dem Anrufbeantworter. Er hatte sie gelöscht, ohne sie anzuhören, wollte erst mal eine Weile Gras über die Sache wachsen lassen. Den Verlust seiner neu gefundenen Freundinnen nahm er gelassen hin.

Danach beschränkten sich Ariels Onlinekontakte auf Glücksspielportale, Schuhwerbung und einen Israeli im Rollstuhl, den er aus Versehen als Freund akzeptiert hatte, als er einen neuen Schreibtischstuhl für sein Arbeitszimmer zu Hause kaufen wollte. Neben dem Foto der neuen Nikes war noch eine andere Werbung, auf dem Bild war eine Frau in einer kurzen grauen Sporthose, besser gesagt, der Hintern einer Frau in einer kurzen grauen Sporthose, was Ariel erregte. In letzter Zeit passierte ihm so was häufiger.

Ariel überlegte, sah auf die Uhr, der Konkurrent hatte nicht noch einmal geboten, zwölf Minuten hatte er noch. Ariel klickte auf das Bild und gelangte zu einer ganzen Reihe von Nahaufnahmen von Frauen, die vornübergebeugt Sport trieben. Ariel rückte seinen Stuhl ein Stück vom Schreibtisch ab und zog den Reißverschluss seiner Hose auf, dann teilte er das Fenster auf seinem Bildschirm, so dass er den Mitbieter aus Amby weiter im Blick behalten konnte. Er bearbeitete sich, während das kleine Uhrensymbol der Auktion zu blinken begann, langsam zählte die Zeit auf null herunter.

Ariel merkte, wie's in ihm aufstieg, aber er wollte mehr, er klickte durch die Bilder und das nächste zeigte eine Frau in einer engen grünen Radlerhose, die auf einer Yogamatte den Hund machte. Ariel spürte, dass sich etwas bei ihm regte, ihm gefiel, was er dort sah. Er guckte auf die Uhr, nur noch wenige Minuten und noch immer kein Gebot aus Amby. Das nächste Bild zeigte eine verschwitzte Blondine, die Kniebeugen machte und durch volle Lippen keuchte. Ein paar Haarsträhnen hingen ihr in die Stirn, fast schon über die Augen, sie glänzte und keuchte in hoher Auflösung. Sie gefiel ihm sehr gut, das stand fest. Er rutschte ein Stück näher auf seinem Stuhl, spürte ihn unter seinem Gewicht knarzen. Immer noch nichts aus Amby. Er überlegte, ob er in einem dritten Fenster PornHub aufrufen sollte, um schneller fertig zu werden, aber das war ein bisschen zu riskant auf der Arbeit und ihm gefiel die Herausforderung.

Zurück zu der Blondine und ihren Kniebeugen, gut. Das Telefon auf seinem Schreibtisch klingelte. Er hob mit der freien Hand ab und klemmte sich das Telefon unter das Kinn.

»Hallo?« Er atmete ein kleines bisschen schneller als sonst, aber nicht so, dass es aufgefallen wäre.

»Hallo Ariel, hier ist Margaret«, ertönte die Stimme.

Margaret war eine der Damen, die in der Schule arbeiteten. Ein Gefangener hatte zur selben Zeit am Donnerstag, zu der Ariel ihm einen Assessment-Termin gegeben hatte, eigentlich Kunstunterricht. Er stellte sich vor, wie Margaret aussah. Sie ging allmählich auf die fünfzig zu, pechschwarzes Haar, wahrscheinlich gefärbt, sie war nicht besonders hübsch, hatte aber eine schöne Stimme. Sanft und warm. Ariel versuchte, sie zum Reden zu bringen und fragte sie, was für Programme in den nächsten Monaten zur Auswahl standen.

Er versuchte sich vorzustellen, das Mädchen mit den Kniebeugen würde mit ihm sprechen. Das Telefon rutschte ein bisschen tiefer unter sein Ohr, er konnte Margaret hören, aber nicht genau verstehen, was sie sagte. Er kam dem Höhepunkt immer näher, sah auf die Seite mit der Versteigerung, »Auktion läuft ... Auktion läuft ...«, es blinkte immer weiter, aber der Mann aus Amby tat keinen Mucks, das Mädchen machte wie verrückt ihre Kniebeugen, er betrachtete ihre Lippen und spürte ihren Atem durchs Telefon an seinem Ohr.

»Ja, Margaret«, sagte Ariel und keuchte jetzt ein bisschen.

»Ariel?«, vernahm er ihre Stimme.

Er sah auf die Haare des Mädchens und den Schweißfilm auf ihren hohen Wangenknochen.

»Ja, Margaret«, flüsterte er mit heißem Atem, fasste sich jetzt fest mit beiden Händen an, arbeitete schneller, streckte sich auf seinem Sessel, das Knarzen unter ihm wurde lauter.

»Ariel ...?« Margarets Stimme verlor sich in der Ferne, als ihm das Telefon unter dem Kinn wegrutschte. Margaret rief nach Ariel, der sich auf dem Stuhl jetzt so weit nach hinten lehnte, dass er umkippte. Bei dem Versuch sich abzufangen zog er das Telefon vom Schreibtisch und krachte rückwärts auf den Boden.

Er blieb liegen. Das Mädchen mit den Kniebeugen und Margaret an seinem Ohr hatten ihn ins Ziel gebracht. Sein Herz hüpfte in seiner Brust. Das Gewicht seines Körpers ließ ihn erst mal auf dem Boden verharren. Er starrte zur Zimmerdecke und wischte seine Hand an dem billigen Teppichboden ab, machte anschließend seine Hose zu, dann stützte er sich auf einen Ellbogen, griff keuchend nach dem Telefonhörer und hielt ihn sich ans Ohr. Nichts zu hören. Er riss das Kabel aus der Wand. Wahrscheinlich saß Margaret im Bildungszentrum, starrte auf ihr Telefon und fragte sich, was da wohl gerade passiert war. Sie würde irgendwann wieder anrufen. Ariel stand auf, hob den Stuhl vom Boden auf und setzte sich wieder. Dann klickte er die Bilder der Sport treibenden Frauen weg und betrachtete das Symbol der Auktionsseite.

Jetzt blinkte nichts mehr, dafür leuchtete ein rotes »Verkauft«.

Chappie

Chappie hielt vor dem Haus. Ein schönes großes zweistöckiges, weiß verputztes Backsteinanwesen in der nördlichen Vorstadt, nicht weit vom Strand entfernt. Er fuhr gerne nachts durch die Vororte, die Straßen waren glatt, breit und sauber, als wären sie gestern erst angelegt worden. Er fuhr jedes Jahr an Weihnachten mit seinem Neffen hierher, um sich die Lichterketten an den Häusern anzusehen. Es gab eine Straße gar nicht weit von hier, die Hälfte der Häuser war von oben bis unten weihnachtlich mit Lichterketten geschmückt, als würde man in einem Videospiel spazierenfahren.

Ein paar Autos parkten am Bordstein und zwei weitere standen in der Auffahrt. Heute war Poker. Jamal war im Haus, seine Mutter war bei ihrer Familie in Saudi-Arabien und sein Vater war in China, verkaufte irgendwem irgendwas. Jamal dealte für Chappie, er hatte eine kleine Gang breitschultriger Muslime um sich versammelt, die aber nicht wirklich ernstzunehmen waren. Chappie hatte es in der Vergangenheit mit einigen richtig harten Kerlen zu tun gehabt, aber diese Jungs kamen da nicht mal annähernd ran. Er sah zu Carson, der auf der Beifahrerseite saß und nicht viel sagte.

»Also, Cars, ich hab denen gesagt, ich würde vorbeikommen, aber die Arschgesichter denken, wir wollen was mit ihnen trinken, so verblödet sind die. Reinkommen wird also kein Problem sein.« Chappie blickte zum zweiten Stock des Hauses hinauf.

»Rauskommen auch nicht«, sagte Carson, der zur anderen Seite aus dem Fenster schaute.

»Wollen wir los?«

Chappie liebte Carson, der spielte in einer ganz anderen Liga. Er stieg aus dem Wagen und hörte Carson hinter sich auf der anderen Seite ebenfalls aussteigen. Er stand auf dem Rasen vor dem Haus und betrachtete es erneut genau. In ein paar Zimmern brannte Licht, es fielen ein paar Schatten an die Wand, aber er konnte an keinem der Fenster jemanden entdecken. Er hatte Jamal in einem Club in Northbridge kennengelernt, irgendwann um drei Uhr morgens, vor dem rund um die Uhr geöffneten Hamburgerimbiss daneben. Jamal war sternhagelvoll, diese muslimischen Jungs hatten das mit dem Saufen einfach nicht drauf, das hatten sie nicht im Blut. Manche von denen waren wie wild gewordene Hasen, die ohne jeden Plan drauflossprangen.

Jamal hatte Blödsinn gelabert und Chappie seine Nummer gegeben, weil er meinte, er wolle genug Geld zusammensparen, um eine Autowaschanlage aufzumachen. Chappie nahm die Nummer entgegen, traf sich am nächsten Tag mit ihm und stattete ihn mit so vielen Pillen aus, dass er damit locker ein paar Tausend verdienen konnte. In den ersten Wochen ging alles glatt, aber knapp über einen Monat später fing Jamal an, Geschichten zu erzählen, und es dauerte nicht lange, bis Chappie auf sein Geld warten musste. Noch war alles freundlich, aber Chappie wusste, es wurde höchste Zeit, die Zügel anzuziehen, bevor ihm diese Jungs auf der Nase herumtanzten.

Sie gingen die Auffahrt hinauf. Chappie blickte zu Carson, als sie sich der Tür näherten. Carson nickte ihm kurz zu. Chappie drückte auf die Klingel.

»Hat Clem dir gesagt, was er vorhat?«, fragte Chappie.

»Nee«, erwiderte Carson und schüttelte den Kopf.

»Erinnerst du dich an Tracy?«, fragte Chappie.

»Hoffentlich hat er nichts mit Tracy, Chappie.« Carson grinste breit und schubste ihn an.

»Tracy weiß, wie man's macht, Cars, tu nicht so«, sagte Chappie, lehnte sich ein Stück zurück, hob provozierend sein Kinn.

»Die weiß, wie sie's anstellt, dass es aus einem Schwanz sprudelt wie aus einem Wasserhahn. Wenn die das mit meinem kleinen Bruder macht …«

»Sie kommen.« Chappie guckte durch die dicken Glasscheiben links und rechts der Tür.

Dann wurde sie aufgerissen und Jamal stand breit grinsend in einem schwarzen Pullover mit V-Ausschnitt ohne Hemd darunter und in einer neuen dunkelblauen Jeans vor ihnen.

»Chappie, vielen Dank, dass du hier rausgekommen bist, Mann.« Jamal streckte ihm eine Hand entgegen und Chappie schlug ein, spielte mit, nickte beflissen.

»Hast du ein paar Bier da drin oder was, Jamal?«, fragte Chappie, als er durch die Tür trat.

»Alles, was du brauchst, Chappie, fühl dich ganz wie zu Hause, mein Bruder. Bier, Wein, Scotch, Wodka, bisschen Ganja. Alles, was du brauchst.« Jamal war ein bisschen betrunken.

»Ich hab jemanden mitgebracht, Jackie, guter Freund von mir.« Chappie nickte Richtung Carson.

»Willkommen, Bruder«, sagte Jamal, streckte die Hand aus. Carson grinste und schlug ein. »Kommt mit nach oben, da sind die anderen. Wahrscheinlich kennst du die meisten sowieso, Chap.«

Chappie folgte Jamal über die mit einem dicken Teppichläufer ausgelegte Treppe nach oben zu den Partygeräuschen. Er sah, dass Jamal hellbraune geschnürte Desert Boots trug. Sie sahen aus, als hätten sie Stahlkappen vorne, waren auch ungefähr seine Größe. Als Jamal oben ankam, schnappte Chappie ihn hinten an seinem Pullover und schleuderte ihn die Treppe runter. Carson presste sich an die Wand und sah Jamal sich mehrfach überschlagend an ihm vorbeifliegen und vor der Haustür auf dem Rücken landen.

»Bringst du ihn mir mit nach oben, Jackie?«

Chappie ging durch ins Wohnzimmer und sah, dass die restlichen Jungs im Kreis um einen Eichentisch saßen und Karten spielten, in der Mitte stand eine Flasche Bourbon, Joints lagen im Aschenbecher, Bierflaschen standen herum. Alle blickten zu Chappie auf, ein paar von ihnen kannte er, andere nicht. Keiner sah irgendwie gefährlich aus. Er ging rüber zur Anlage und drehte sie runter. Zwei standen vom Tisch auf.

»Kann ich dir helfen, Mann?«

Chappie wusste, dass der nicht gefährlich werden würde. Er trug so einen Bart ohne Schnurrbart und eine randlose Brille auf der Nase, aber er war besser gekleidet als Jamal, cremefarbenes Sweatshirt, eine Goldkette um den Hals, dazu breite Schultern und trotzdem irgendwie sehr soft.

»Setzt euch, Jungs.« Chappie stand ungerührt vor dem Tisch.

Er sah, dass die anderen ihm über die Schulter schauten, und wusste, dass Carson inzwischen mit Jamal oben angekommen war. Er drehte sich um und sah Jamal in Carsons festem Griff, die gebrochene Nase blutete und unter seinem linken Auge bildete sich ein Bluterguss. Jamal sah aus, als hätte er seine Lektion begriffen. Er sagte nichts, sondern drehte sich zu den Jungs am Tisch um, sie setzten sich und starrten Jamal mit weit aufgerissenen Augen an.

»Handys, Ketten, Brieftaschen, Schuhe, Armbanduhren, Bargeld, der ganze Kram kommt auf den Tisch.« Chappie musterte einen nach dem anderen, während sich die jungen Typen gegenseitig fragend anguckten. »Muss ich euch erst überreden?«, fragte Chappie und drehte sich halb zu Carson hinter sich um.

Carson ließ Jamal fallen und verpasste ihm noch ein paar Tritte, damit die anderen es sahen. Jamal fing an zu heulen, es klang, als wollte er sich entschuldigen. Chappie starrte die anderen unverwandt an und einer nach dem anderen leerte nun seine Taschen.

»Wem gehört der Calais da draußen«, fragte Chappie und nickte zur Straße.

Einer hob seine Hand gerade hoch genug, dass man es sehen konnte.

»Schieb rüber«, Chappie zeigte auf die Schlüssel auf dem Tisch, dann wurde ihm ein Schlüsselbund zugeschoben.

»Und der XR?«, fragte Chappie.

Wieder wurde ein Schlüsselbund aus dem Haufen gefischt.

»Mohammad, geh und hol uns einen Müllsack.«

Patrice

Patrice wartete im Überwachungsraum in Trakt Sechs. Er begleitete die Gefangenen zum Freitagnachmittagsunterricht drüben im Bildungszentrum. Trakt Sechs war der sauberste im gesamten Gefängnis. Die gelben PVC-Böden glänzten wie das Gold des Vatikans. Einer der Gefangenen saß ganz hinten in der Ecke, fuhr mit einem Farbschaber über den Fußboden und entfernte winzige Schmutzpartikel, die sich über Nacht gesammelt hatten. Jedes Mal, wenn er was vom Boden abgekratzt hatte, wischte er mit einem kleinen blauen Flanelltuch über den Schaber. Er war jung, 20 oder 21. Sein Schädel war rasiert und an den Unterarmen hatte er ein paar Tätowierungen. Er sah nicht aus wie eine Schwuchtel, er sah ein bisschen stärker aus, irgendwie härter, hatte dabei diesen gewissen Blick, den alle in Trakt Sechs kriegen. Hinterhältig, nervös, starr, ängstlich.

Patrice dachte daran, dass seine Frau morgen nach Hause kommen würde, sie würde um fünf Uhr eintreffen. Er hatte seine Zwölf-Stunden-Schicht gegen eine Acht-Stunden-Schicht in der Gärtnerei getauscht und würde direkt nach der Arbeit zum Flughafen fahren, um sie abzuholen. Heute Abend würde er noch schnell den Wagen sauber machen und irgendwie versuchen, den Zigarettengestank rauszubekommen. Ende letzter Woche hatte er sich ein Päckchen gekauft und wieder angefangen.

In ihrer letzten E-Mail hatte sie ihm nur die Angaben zu ihrem Flug geschickt. Nichts weiter, kein »Ich vermisse dich«, nichts. Nur die Ankunftszeit und die Flugnummer. Er hatte geantwortet und gesagt, er freue sich sehr, sie zu sehen, eine für seine Verhältnisse ziemlich lange E-Mail geschrieben. Er gewöhnte sich noch daran, auf einer australischen Tastatur zu tippen. Er tippte langsam, immer nur mit einem Finger. Er musste seine Gedanken zügeln, wenn er E-Mails schrieb. Manchmal befand er sich mitten in einem Satz und vergaß, was er sagen wollte. Einmal hatte er versucht, ihr das zu erklären, weil sie sich beschwert hatte, dass er ihr nie schrieb, aber irgendwie hatte er sich total komisch ausgedrückt. Sie schickte ihm ein Bild von sich, wie sie in Frankreich neben ihrer Mutter in deren Küche stand. Von der Decke hingen Kräuter in großen Sträußen zum Trocknen. Die Wände waren teilweise unverputzt und der Herd war so ein altmodischer, gusseiserner. Ihre Mutter umarmte sie fest, und sie hatte etwas Trauriges im Blick und prägte damit das gesamte Bild. Vor ihrem Umzug hatte sie diese Traurigkeit nicht gehabt.

Patrice fragte sich, ob das alles richtig war. Vielleicht sollten sie wieder nach Hause ziehen. Das Leben in Australien war leichter, so viel stand fest, aber was hatte man schon davon.

»Na schön, Patty«, rief Jerry hinter der Scheibe der Kontrollkabine. Jerry war einer der älteren Gefängniswärter. Er hatte in den siebziger Jahren in britischen Gefängnissen angefangen und war ein Gentleman, der auf zwei Kontinenten alles gesehen hatte. Nichts konnte ihn aus der Ruhe bringen. Patrice hatte nie erlebt, dass er ausrastete oder einen Gefangenen schlug. Er war viel zu lange dabei und kleidete sich auch immer noch wie in den Siebzigern. Dichtes graues Haar, jeden Tag zurückgekämmt, eine große kantige Brille, die Socken bis zu den Knien hochgezogen, und immer trug er Shorts, sogar im Winter.

»Hier ist es nie kalt genug für lange Hosen«, sagte er immer.

Irgendwie hatte er den Bogen raus, das galt für einige Wärter. Manche, aber nicht viele, wussten, wie man's macht, und verhielten sich wie Jerry. Fair, sanft, aber bestimmt. Ein kleines bisschen militärisch. Wenn es einen Vorfall gab, waren sie die letzten vor Ort und die ersten, die einen Bericht dazu verfassten. Die meisten aber wurden gemein wie Derek, ließen nie etwas persönlich an sich heran, irgendwie gelang es ihnen, das einfach an- und wieder abzuschalten. Wieder andere wurden vollkommen von ihrem Job in Beschlag genommen, sie nahmen alles mit nach Hause. Sie tranken zu viel, trainierten zu viel, führten ihre Frauen nie mehr zum Essen aus und gingen auch am Wochenende nichts mehr trinken, weil sie im Lauf der Jahre zu vielen Gefangenen auf die Füße getreten waren.

Das waren diejenigen, die handgreiflich wurden, die Gefangene verprügelten, Neuankömmlinge ins Visier nahmen und in Zellen steckten, wo sie garantiert verprügelt oder vergewaltigt wurden. Sie pissten in die Wasserkrüge, nahmen Gefangenen vor dem Einschluss die Decken weg, ließen die ganze Nacht das Licht in der Zelle an, nur um jemanden wach zu halten. Sie fanden heraus, wo der Gefangene draußen gewohnt hatte, fuhren spätnachts dort vorbei und beobachteten seine Frau oder Freundin.

Im vergangenen Jahr waren zwei Männer mit demselben Namen ins Gefängnis gekommen, beide hießen Leonard Haines. Einer geriet mit einem der schlimmsten Wärter der ganzen Anstalt aneinander. Ein gefährliches Arschloch aus England, bekannt für seine Grausamkeit. Einer von der Sorte, der sich mit einer Menge Gold behängte und für einen harten Knochen hielt. Nachdem es gekracht hatte, erledigte der Wärter den entsprechenden Papierkram und veranlasste, dass beide Männer in dieselbe Zelle gesteckt wurden. Jedes Mal, wenn einer von den beiden zum Assessment, zur Arbeit oder einem Besuchstermin aufgerufen wurde, holte er den falschen aus der Zelle und schickte ihn los. Der andere Gefangene konnte sich nicht weigern zu gehen, weil es sich um eine amtliche Anweisung handelte. Beide verpassten die Besuche ihrer Angehörigen, Assessment-Termine und Unterricht, weshalb sie alle möglichen Schwierigkeiten bekamen und ihre Haftzeit nicht verkürzen konnten. Kleine terroristische Akte, nur damit der Wärter die Oberhand behielt und sich während seiner Schicht nicht langweilte. Ein paar Monate später reichte der Gefangene offiziell Beschwerde ein und wurde eine Woche später mit ausgeschlagenen Zähnen in seiner Zelle gefunden.

»Patty, sie kommen jetzt. Ich glaube, Gregory bringt sie rauf«, sagte Jerry hinter der Scheibe im Überwachungsraum.

Patrice lächelte sanft und nickte. Er freute sich auf den langen Weg durchs Freie rüber zum Bildungszentrum, unterwegs würde er eine rauchen. Freitag war definitiv einer der besseren Tage. Er sah zu, wie die Gefangenen im Gänsemarsch vorbeikamen und sich ihre Passierscheine von Jerry durch einen Schlitz im Fenster des Überwachungsraums aushändigen ließen. Insgesamt waren es ungefähr fünfzehn, Jerry war jetzt schon seit einigen Jahren in Trakt Sechs für sie zuständig. Er nannte sie beim Vornamen, lächelte sie an, hielt hier und da ein kurzes Schwätzchen.

»Sieht gut aus, Michael«, sagte Jerry durch die Scheibe zu einem jungen Gefangenen. Michael hatte ein Gemälde für seine Tochter dabei, an dem er gerade arbeitete. Michael grinste breit und freute sich, er hielt es hoch, damit Jerry es besser begutachten konnte. Es war ein Bild seiner vierjährigen Tochter, die mit einem Teddybär auf dem Schoß ihrer Mutter saß. Michael war kein toller Künstler, eigentlich war er heroinsüchtig und schuldete der Hälfte der Gefangenen ein Päckchen Tabak oder einen schönen langsamen Blowjob.

»Ich finde, der Bär ist richtig gut geworden, Mr Walker«, sagte Michael, der jetzt die Schlange aufhielt. »Ich lasse es heute noch fixieren, dann müsste ich's nach Hause schicken können.«

»Gut gemacht, mein Lieber«, sagte Jerry.

»Danke, Mr Walker.«

»Na dann, Michael, weiter geht's.« Jerry nickte Richtung Patrice.

»Mr Peterson«, sagte Jerry, als er dem Ältesten in der Reihe einen Passierschein übergab. Er trug einen schmutzigen Verband am Unterarm. Seine Haare waren lang, dünn und schütter, sein von Schürfwunden und Altersflecken übersäter Kopf sah aus wie ein riesiges Ei. Seine dunklen Augen saßen tief eingesunken in seinem Schädel, sein ausgezehrtes Gesicht wirkte müde und schlaff. Er antwortete nicht, als hätte er es schon vor sehr langer Zeit aufgegeben, sich zu erklären. Patrice notierte sich, dass er Mr Peterson im Computer aufrufen wollte, während dieser bereits über den makellosen Linoleumboden weiterschlurfte, ein lebendiger Hauptdarsteller im kollektiven Alptraum aller Eltern.

Michael kam jetzt an den Anfang der Schlange, immer noch ganz aufgekratzt nach Jerrys freundlichem Lob. Patrice betrachtete das Bild aus der Nähe. Das Gesicht des Kindes sah aus, als würde es schmelzen. Irgendwie hatte er seiner kleinen Tochter die Stirn eines ausgewachsenen Mannes verpasst. Ihre Augen standen zu eng beieinander, wodurch sie eher einem Kobold ähnelte als einem kleinen Mädchen. Der Teddy in ihren Armen hatte gar keine Augen.

Michael sah, dass Patrice sein Bild betrachtete, und blickte ihn direkt an, wartete auf seine Meinung. Patrice entdeckte die Verzweiflung in der Miene des jungen Mannes, erstarrt in der Hoffnung, Patrice würde sein Bild gut finden und damit letztlich auch ihn als Mann, eine Hoffnung, von der Michaels gesamte bedauernswerte Existenz abhing.

Vielleicht hatte er ja ein schönes Bild gemalt, vielleicht würde er es nach Hause schicken, seine Tochter würde es lieben und in ihrem Zimmer aufhängen. Vielleicht würde er irgendwann dorthin zurückkehren können und dann wieder Vater sein. Seine Frau würde ihn wieder bei sich aufnehmen, sie würden neu anfangen und er würde nicht mehr hier leben müssen mit diesen Männern, würde sich nicht mehr anschreien und beschimpfen lassen müssen. Er starrte Patrice an, wartete auf dessen Urteil, war gespannt zu erfahren, ob er die Chance hatte, jemals wieder ein Mensch zu sein. Patrice sah all das. Er nickte dem jungen Mann zu, ein gutes, aufrichtiges Nicken, das ihm zu denken erlaubte, sein Bild sei tatsächlich wunderschön, seine Frau und seine Tochter würden ihm verzeihen und die Welt sei wahrhaftig ein bezaubernder und magischer Ort der unendlichen Möglichkeiten und des unendlichen Mitgefühls für jeden einzelnen Angehörigen von Gottes ewiger Familie.

Chappie

Chappie fuhr ganz bis ans Ende der langen Auffahrt, Carson hielt mit dem XR direkt hinter ihm. Beide Autos waren von der Straße aus nicht zu sehen, Chappie würde am nächsten Morgen telefonieren und sie loswerden. Sie hatten Carsons Subaru draußen vor dem Haus stehen lassen, es würde Wochen dauern, bis das hier im Viertel jemandem auffiel.

Der Calais fuhr sich gut. Chappie machte den Motor aus und lauschte dem Rumpeln des XR hinter sich, der Motor schnurrte und Carson ließ ihn noch eine Weile laufen, bevor er ihn ausmachte.

Chappie stieg aus und ging mit der Tasche ins Haus. Chappie gefiel, dass Carson nicht laut oder aufgekratzt war. Einigen seiner Freunde stieg das Adrenalin zu Kopf, dann rannten sie wild schreiend und brüllend herum. Meist musste Chappie sie erst mal anspringen und sich mit ihnen über den Boden wälzen, bis sie sich wieder beruhigten. Aber Carson war cool.

Er hatte das alles schon mal gemacht, auf ihn war Verlass. Carson kam rein und warf sich aufs Sofa, Chappie ging zum Kühlschrank Bier holen.

»Bleibst du noch, Mann?«, fragte Chappie und brachte Carson was zu trinken mit.

»Ich glaub schon, Chap. Waren ein paar heftige Tage.«

Carson schüttelte schnell den Kopf und riss die Augen weit auf, sah aus, als wollte er sich selbst neue Lebensgeister einhauchen.

Chappie nahm, was sie erbeutet hatten, und legte es auf den Wohnzimmertisch.

»Triffst du dich trotzdem heute noch mit Clemmy?«, fragte Chappie.

»Oh ja, ich fahr hin und halte ihm seine Standpauke, sonst nichts. Morgen Abend bin ich vielleicht schon wieder da«, sagte Carson.

»Bleib solange du willst, Mann.«

»Aber was ist mit dir?«

»Gar nichts, ich sehe zu, dass ich die Karren da draußen loswerde, mehr eigentlich nicht.«

»Rufst du Mark an?«, fragte Carson.

»Ja, der nimmt sie bestimmt.« Chappie schob Carson eine Handvoll Scheine zu. »Willst du was davon?«

Chappie zeigte auf die Pillen auf dem Tisch.

»Nee, Bruder, vielleicht ein bisschen was von dem Gras. Aber hey, ich muss mal ein oder zwei Tage runterschrauben.« Carson nahm das Tütchen mit Gras, das Chappie über den Tisch schob.

Chappie steckte seinen Anteil vom Geld wieder zurück in die Tüte, dazu den Rest des Erbeuteten, und rieb sich die Augen. Er war seit Tagen wach und musste schlafen. Wenn Carson im Haus war, konnte er sich trotzdem entspannen und ein paar gute Stunden Schlaf nachholen. Das Geld für den Calais und den XR würde ihm die nächsten paar Monate reichen, um über die Runden zu kommen.

»Mann, ich geh duschen, ist das Gästezimmer noch frei?«, fragte Carson und erhob sich.

»Ja, abgesehen von dem ganzen Mist, der da drin steht.«

Chappie sah ihm auf dem Weg zur Dusche nach, aus der Nähe sah man ihm an, wie müde er war.

Chappie nahm noch einen Schluck Bier und betrachtete die zusammengeknautschte Tüte auf dem Tisch. Es lief ganz gut, er bekam es hin. Das hatte er richtig gemacht mit den Jungs heute Abend, war vielleicht ein bisschen hart gewesen, aber es musste sein. Er nahm wieder einen Schluck Bier und hörte Carson unter der Dusche singen.

»Pardon me boy, is that the Chattanooga Choo-Choo?«

Daniel

Es war Daniels letzte Unterrichtsstunde vor der Pause. Er sah sich die Broschüre einer Kunstgalerie an, die Arbeiten von australischen Künstlern suchte. Er konnte in Australien nichts verkaufen, vielleicht war's für ihn im Ausland einfacher, vielleicht sollte er sich eine Galerie in Singapur oder Kanada suchen. Vielleicht erst mal bei einer Gemeinschaftsausstellung mitmachen, drei oder fünf Bilder rüberschicken. Da er aus Australien stammte, besaß er eine gewisse Glaubwürdigkeit, er konnte die ersten Bilder für jeweils ein paar Tausend das Stück verkaufen. Gemälde hatte er genug bereits fertig zu Hause. Zur Not konnte er sie ja selbst unter falschem Namen kaufen, um erst mal für ein bisschen Aufmerksamkeit zu sorgen, er wusste, dass das manchmal so gemacht wurde. Wäre super, wenn er sie in einer Gemeinschaftsausstellung alle los wurde. Die Provision der Galerie konnte bis zu fünfzig Prozent des Kaufpreises ausmachen. Der Spaß würde ihn also an die 2000 kosten, aber die von der Galerie würden ja nicht mitbekommen, dass er seine eigenen Arbeiten kaufte.

Dann würden sie mehr von ihm wollen und ihn einladen, an einer weiteren Gemeinschaftsausstellung teilzunehmen. Dann aber vielleicht schon einer mit nur einem weiteren Künstler. Und sie würden sich über das Geld freuen, das sie mit ihm verdienten und würden ein bisschen mehr Werbung für seine Werke machen, dann würde er auch bestimmt bald wirklich was verkaufen, vielleicht würde er noch ein oder zwei weitere selbst kaufen müssen. Aber dann würde er eine Einzelausstellung bekommen, würde sich echt anstrengen, die Preise bis auf 10000 pro Bild anheben, 15000 für die großen Leinwände, und dann würde er abgehen, ganz klar. Zwanzig Werke in einer Ausstellung, im Schnitt für 12000 Dollar, das sind 240000 Dollar, abzüglich der Galerieprovision blieben ihm immer noch 120000, und nach Abzug der Steuern noch knapp 100000 Dollar. Mit seinem Teilzeitjob im Gefängnis verdiente er kaum 40000 im Jahr und das genügte, um über die Runden zu kommen. Mit 100000 könnte er zwei Jahre freinehmen, zehn bis fünfzehn Bilder im Jahr malen und den Laden am Laufen halten.

Alle zwölf Monate würde er die Preise leicht anheben. Nächste Woche wollte er mal im Internet recherchieren, aus irgendeinem Grund hatte er das Gefühl, den Franzosen würden seine Bilder am besten gefallen. Durch das Fenster im Kunstraum konnte er sehen, wie der Gefängniswärter die Leute aus Trakt Sechs herbrachte. Der Wärter ging vorne, trug eine Sonnenbrille und rauchte, die Gefangenen watschelten wie kleine Entchen hinter ihm her. Kleine Entchen, die mit gesenkten Köpfen in einer geraden Linie hinter ihrer Mutter herliefen.

»Daniel.«

Daniel blickte auf und sah den Leiter des Bildungszentrums im Eingang stehen. Daniel setzte den Stift aufs Papier, fing an zu rechnen, tat aber, als ginge es um etwas Offizielles.

»Ja?«, sagte Daniel fragend.

»Ich habe den Kunstunterricht für heute abgesagt, weil nächste Woche Ferien sind. Würden Sie in Raum vier gehen und den Gefangenen helfen, das Nintendo anzuschließen?«

»Klar, kein Problem.«

Dadurch war der letzte Tag der Woche gerade sehr viel einfacher geworden. Anstatt über den Preis neuer Werke zu diskutieren und das x-te Porträt von Bon Scott oder Ned

Kelly zu bewundern, würde er sich auf seinen Hintern setzen und den Gefangenen zuschauen, wie sie Tennis auf der Wii spielten und vor der großen ausziehbaren Projektorwand einen Fantasieball hin und her schlugen.

Daniel sah den Leiter des Bildungszentrums zum Tor vorne gehen, um die hereinkommenden Gefangenen zu begrüßen. Er teilte ihnen mit, dass heute unterrichtsfrei wäre und sie stattdessen Filme sehen und Spiele spielen durften. Es waren sowieso nur eine Handvoll von ihnen gekommen. Daniel sah die meisten grinsen, sie sahen einander an und erlaubten sich ein bisschen zu lachen. Dann sah er Michael mit dem Bild unter dem Arm. Michael zog ein Gesicht, das auf Katastrophales schließen ließ und gestikulierte wortlos in seine Richtung, tat so, als würde er sein Bild mit einem unsichtbaren Spray besprühen. Der Wärter schloss das Tor auf und die Gefangenen gingen an dem Überwachungsraum vorbei und schoben ihre Passierscheine durch den Schlitz in der Wand.

Daniel dachte an die wogenden Hügel im Süden Frankreichs und überlegte, ob er vielleicht einmal mit einem Mietwagen die Pyrenäen überqueren und in San Sebastián Tapas essen gehen sollte. Er würde sich Weißwein von Kellnern mit Halstüchern servieren lassen, spanische Mädchen würden durch die Straßen ziehen und laut tratschen, dabei aber vom Gebrüll der Zuschauer in einer nicht allzu weit entfernten Stierkampfarena übertönt werden.

Er ging an den Materialschrank, öffnete das Vorhängeschloss mit einem der Schlüssel an seinem Sicherheitsgürtel, konnte sich aber nicht mehr erinnern, ob Michael das matte oder das hochglänzende Spray haben wollte.

Sanji

Sanji parkte auf dem Mitarbeiterparkplatz. Er war spät dran. Er musste zu seinem Doktorvater an der Uni, da er in der kommenden Woche seine Dissertation abgeben musste. Die hatte sich ganz schön lange hingezogen, inzwischen waren es mehr als fünf Jahre, seit er Bangladesch verlassen hatte, aber jetzt war er fast fertig. Sein IT-Business lief ganz gut, aber er brauchte zusätzliches Geld, bis er mit seiner Promotion durch war und sich einen richtigen Job suchen konnte. Richtige Arbeit, richtiges Geld, vielleicht konnte er ja als Berater arbeiten. Sein Vater sagte, in Chennai würden händeringend Computertechniker, System- und Sicherheitssoftware-Entwickler gesucht, aber Sanji wusste gar nicht so genau, ob er nach seinem Abschluss überhaupt in diesen Bereichen arbeiten wollte.

Er hatte fast sechs Jahre lang über Software und Systemsicherheit nachgedacht und inzwischen das Gefühl, er müsse sich auch mal in eine andere Richtung wagen, sein Können auf andere Gebiete übertragen, vielleicht was in der Unterhaltungsbranche probieren. Er hatte nebenher versucht, ein Programm zu entwickeln, das es den Inhabern von Film- oder Musikrechten ermöglichte, eine zuvor vereinbarte Gebühr des Streaming-Anbieters für sämtliche von privaten Nutzern in einem Monat nachweislich illegal heruntergeladene Dateien einzuziehen. Damit wäre der Streaming-Anbieter gezwungen, die Kosten an die Person weiterzugeben, die herunterlädt, und das nicht mehr ungestraft geschehen lassen, und Studios und Plattenfirmen würden ihr Geld bekommen und wären wieder Herr über die eigene Branche.

Das war ein Versuch, das bereits Geschehene umzukehren, sein System würde die Sicherheitsmaßnahmen umgehen, indem das Programm die Trace Codes sämtlicher Produkte speicherte. Anhand des Codes würde man nicht erkennen können, um welches Produkt es sich handelt, sondern nur, wem es gehört und wer es online gestohlen hatte. Die Musik- und Filmleute müssten noch überzeugt werden, ebenso die Streaming-Anbieter und natürlich müssten die Codes tadellos funktionieren. Sanji war fest davon überzeugt, dass er kurz davor war, genau das hinzukriegen und wenn, dann würden astronomische Summen fließen. Er würde seinen Vater nach Perth holen, ihm ein Haus am Strand kaufen, seine beiden Schwestern würden nachkommen. Sie könnten jedes Jahr Urlaub machen, wo sie wollten. Er würde mit seinem Vater nach Melbourne ins Casino fahren, so oft er wollte. Er wäre sehr stolz.

Sanji nahm seine Sicherheitsjacke vom Beifahrersitz des Wagens, er war spät dran für seine Schicht. Er ging in den Bahnhof und auf den Bahnsteig, wo sein Partner bereits auf ihn wartete. Er sah in seiner Uniform genauso blöd aus wie Sanji.

Danny hatte zwei Kaffee in der Hand, einen für sich und einen für Sanji. Er lächelte, der Job war einer der schlimmsten überhaupt, aber ein guter Partner machte einen Riesenunterschied.

»Sanji, Sanji, Sanji«, sagte Danny, mit seinem schönsten indischen Akzent und wackelte mit dem Kopf.

»Ich komme aus Bangladesch, du Blödmann«, erwiderte Sanji und nahm seinem Freund einen Kaffee ab.

»Kommt das nicht aufs Gleiche raus?«, fragte Danny. »Du bist spät dran.«

»Der Kaffee ist kalt«, sagte Sanji und nahm einen Schluck. »Schmeckt wie Hundearsch ...«

»Hör mal, Mann«, sagte Danny, »wir haben uns an bestimmte Arbeitszeiten zu halten, eigentlich müssten wir längst in Leederville sein. Ich weiß ja nicht, wie ihr das in Delhi macht, aber wir sind hier in Westaustralien.«

»Friss die Scheiße deines Vaters.« Sanji nahm noch einen Schluck. »Der Kaffee schmeckt wirklich wie Arsch.«

Sie gingen zur Treppe, kontrollierten die Fahrkarten der Passagiere, die aus dem einfahrenden Zug stiegen oder mit dem nächsten abfahren wollten. Danach würden sie nach Leederville fahren und in zirka einer Stunde dort ankommen.

Sanji hasste die Arbeit, aber die Alternative war Taxi fahren. Er brauchte einen Job mit Schichtdienst, damit er flexibel war, seine Unitermine und seine IT-Aufgaben unter einen Hut bringen konnte. Wobei er im IT-Bereich kürzlich kaum noch Aufträge bekommen hatte, nur hin und wieder mal ein Unistudent, der zu viel Pornografie auf seinen Laptop heruntergeladen und jetzt eine infizierte Festplatte hatte. Aber nichts Gravierendes, hier und da mal 50 Dollar. Taxifahren wollte er nicht, weil er vor manchen Australiern echt Angst hatte. Diese lauten Typen konnten sehr einschüchternd wirken, besonders spätnachts, wenn sie sich volllaufen ließen. Gleich als er nach Australien kam, war ihm aufgefallen, wie viel Alkohol hier getrunken wurde. Eigentlich ganz schön erschreckend. Er hatte hin und wieder auch mal eine Spätschicht im Zug, aber wenn etwas aus dem Ruder lief, wurde die Polizei gerufen, und wenn nötig, konnten sie sich zusammen mit dem Fahrer einschließen. Ideal war das alles nicht, aber besser, als spät in der Nacht mit lauter Australiern in einem Taxi zu hocken.

Sanji stellte seinen Kaffee auf dem Fahrkartenautomaten ab und sah den Zug in den Bahnhof einfahren. Wenig später stiegen die Fahrgäste aus, junge hübsche Mädchen, dicke Männer, langsame alte Frauen. Die jungen Männer gingen allein und zogen grimmige Gesichter. Er sah sie näherkommen. Sie mussten niemanden auffordern, alle kannten das

Verfahren. Sie hielten ihre Fahrkarten im Vorbeigehen hoch. Einige gingen schneller, andere sahen ihm direkt in die Augen, manche sagten Hallo, andere sagten gar nichts. Meistens guckte Sanji sowieso nicht mehr richtig hin, was auf den Fahrkarten stand.

Er nickte, sagte danke und tat, als würde er seinen Job machen, dabei hätte es ihm egaler nicht sein können.

»Ich geh mal aufs Klo, Danny«, sagte Sanji, als die letzten Passagiere den Bahnhof verließen.

»Drei Minuten bis zur Abfahrt, Sanji, beeil dich«, sagte Danny und schaute auf die Uhr.

»Du mich auch, weißer Motherfucker«, rief Sanji ihm nach, passte aber auf, dass es niemand hörte.

Sanji stand am Pissbecken. Er sah sich um, die Spiegel waren durch hochglänzende Stahlplatten ersetzt worden. Sie waren mit Messern oder anderen Gegenständen zerkratzt. Die Wände waren mit Graffiti beschmiert, bedeutungsloses unentzifferbares Gekritzel, aber davon jede Menge. Aus der einzigen Toilette stank es zum Himmel. Farbe blätterte von den Wänden, der Putz an der Decke war gerissen und bröckelig, teilweise mit Scheiße verschmiert. Schlimmer als in Bangladesch. Er wusch sich die Hände und versuchte sein Spiegelbild im zerkratzten Metall zu erkennen. Genauso gut hätten sie auch eine Bratpfanne an die Wand hängen können. Links vom Waschbecken stand eine Kiste für Spritzen, sie war mit schweren Schlössern gesichert und gelb, ebenfalls total verschmiert und zerkratzt. Wer wusste schon, was sich hier in diesen Toilettenräumen abspielte. Zwei alte Poster hingen in Metallrahmen neben dem Spiegel, eins warnte vor sexuell übertragbaren Krankheiten, das andere vor potenziell Psychosen auslösenden chemischen Drogen. Hier war's wie in einer Art Hölle. Midland setzte ihm immer irgendwie zu.

Als er aus der Toilette kam, stand Danny schon am ersten Wagen an der Zugtür, hielt Ausschau nach ihm und vergewisserte sich, dass er's noch rechtzeitig schaffen würde. Ein paar Leute eilten zum Zug, wollten ihn noch in letzter Minute erwischen.

»Na gut, Sanji«, Danny wirkte ein bisschen besorgt. Er war seit über vier Jahren Schaffner und anders als Sanji hatte er darüber hinaus keine Pläne. Vielleicht nahm er den Job deshalb auch deutlich ernster als Sanji.

Sanji erreichte den Zug gerade noch rechtzeitig, die Türen schlossen sich, kaum dass er aufgesprungen war. Sie fingen ganz hinten an. Sanji übernahm die linke Seite und Danny die rechte. Normalerweise mussten sie alle zwei oder drei Züge jemanden aufschreiben.

Sanji hatte die niedrigste Trefferquote von allen Aushilfsschaffnern und bereits zum zweiten Mal eine Abmahnung erhalten, mit der er aufgefordert wurde, seine Quote zu verbessern, sonst würde er versetzt oder entlassen. Man hatte ihm mitgeteilt, er habe vierzehn Tage Zeit, zu seiner Abmahnung Stellung zu nehmen. Sanji hatte gute Lust, sich den Hintern damit zu wischen, aber er tat weder das eine noch das andere.

»Fahrkarten bitte«, sagte Danny, als er ans Ende des Wagens kam. Er musste es gar nicht laut sagen, sobald die Fahrgäste sahen, dass jemand seine Fahrkarte hervorholte, taten es alle. Danny war sehr effizient. Er war recht schlank und beugte sich herunter, sah sich die Ermäßigungsausweise an und zog die Smart-Rider-Karten durch den Scanner. Früher war er bei der Armee gewesen, war aber rausgeflogen, weil er sich mit einem Offizier angelegt hatte.

»Fahrkarten bitte, Miss.« Sanji nickte höflich und lächelte, als würde er es bedauern, zu stören. »Danke sehr, die Fahrkarten bitte, Sir.« Er ging immer weiter seine Wagenseite ab, Danny war bereits halb durch. Sanji sah aber nicht ein, warum er sich bei einer so trivialen Tätigkeit auch noch beeilen sollte.

Wenn er die Leute im Zug betrachtete, fühlte er sich ihnen manchmal überlegen. Es waren ganz normale Leute. Die meisten, die tagsüber öffentliche Verkehrsmittel benutzten, sahen aus, als hätten sie nicht besonders viel Geld. Wie Doktoranden sahen sie allerdings auch nicht aus. Sanji hatte dann wieder ein schlechtes Gewissen, weil er so dachte. Sein Vater ermahnte ihn stets, er solle dankbar für seine Lebensumstände sein und so hart wie möglich arbeiten, um sich Chancen zu verdienen, da Erfolg niemals garantiert war. Er hatte ihm gesagt, dass manch einer im Leben nur deshalb scheiterte, weil er Pech hatte, und Pech konnte jeder mal haben.

»Das Leben ist ein 100-Meter-Sprint«, sagte sein Vater spätabends, wenn Sanji müde und ausgelaugt vom Lernen mit ihm in der Küche der Familie saß.

»Manche fangen an der Startlinie an, mein Sohn, andere haben zwanzig Meter Vorsprung, wieder andere müssen noch zwanzig Meter weiter, aber am allerschlimmsten sind die armen Schweine dran, die gar nicht kapieren, dass es um ein Rennen geht. Umstände, Bewusstsein, harte Arbeit und Glück. Das ist das Leben.«

Sein Vater hatte sein Mantra immer wieder wiederholt, solange Sanji denken konnte. »Umstände, Bewusstsein, harte Arbeit und Glück.«

Die Türen zwischen den Wagen öffneten sich und Danny ging durch. Sanji fiel weit zurück, die Dame vor ihm hielt ihm lächelnd ihre Fahrkarte hin. Sie hatte sie gefunden, er lächelte zurück und ging weiter.

»Die Fahrkarten bitte, Sir.«

»Ich hab sie schon vorgezeigt«, sagte ein verschlafener junger Mann und deutete mit dem Finger in Dannys Richtung, der inzwischen schon im nächsten Wagen verschwunden war. Er war ein Aboriginal, aber einigermaßen sauber, manchmal stanken die ja entsetzlich. Sanji hatte schon einige von der Sorte im Zug gehabt, die machten immer Ärger. Er hatte aber die Anweisung erhalten, sie wie alle anderen Fahrgäste zu behandeln.

»Tut mir leid, Sir, aber ich muss Ihre Fahrkarte sehen.«

»Ich hab Ihnen doch gerade gesagt, dass ich sie dem anderen gezeigt habe.«

Wieder zeigte er in die Richtung, in der Danny verschwunden war.

»Sir, das hier ist meine Seite des Zugs, ich muss bitte Ihre Fahrkarte sehen, tut mir leid.« Sanji sah, dass der Mann am linken Arm verletzt war, lauter Schnittwunden, die aussahen, als wären sie schon ein paar Tage alt, schorfig und scheußlich anzusehen. Immer machen die Ärger, dachte Sanji. Der Mann blickte jetzt zu ihm auf, starrte ihm ins Gesicht.

»Bitte, Sir«, sagte Sanji, »würden Sie mir bitte einfach Ihre Fahrkarte zeigen.« Sanji merkte, dass die Leute inzwischen guckten.

Der Aboriginal wandte den Blick ab und stieß einen tiefen Seufzer aus. Er schien sich zu beruhigen, dann blickte er wieder zu Sanji auf und straffte die Schultern. Seine langen Arme lagen unbeweglich auf je einem Bein. Er sprach langsam und schien sich jedes Wort genau zu überlegen.

»Ich habe Ihnen gerade erklärt, dass der Mann da vorne meine Fahrkarte bereits gesehen hat. Ich habe mich gerade umgesetzt, weil mich die Sonne geblendet hat.«

Sanji fielen Blutergüsse und weitere Schnittwunden im Bereich um die Augen des Mannes auf. Letztere riss er jetzt weit auf und fixierte Sanji mit seinem Blick. Seine Hände ruhten auf seinen Knien, inzwischen hatte er sie zu Fäusten geballt und Sanji sah, dass auch sie voller verschorfter Schnittwunden waren. Die Türen zwischen den beiden Wagen öffneten sich wieder und Danny kam zurück.

»Alles klar?«, fragte Danny. Die Fahrgäste verfolgten das Geschehen interessiert, drehten die Köpfe in Dannys Richtung und folgten ihm mit ihren Blicken, als er näherkam und sich neben Sanji stellte.

»Alles wunderbar ...«

»Es ist gar nichts wunderbar, sagen Sie ihm, dass Sie meine Fahrkarte schon gesehen haben.«

»Wenn Sie von einem Schaffner aufgefordert werden, eine gültige Fahrkarte vorzuzeigen, sind Sie gesetzlich verpflichtet, der Aufforderung Folge zu leisten, Sir«, belehrte ihn Danny.

»Sie wollen mich wohl verarschen«, sagte der Aboriginal mit erhobener Stimme und schüttelte fassungslos den Kopf.

»Sir, mit dem Einstieg in den Zug haben Sie sich verpflichtet, sich an die Vorschriften des öffentlichen Personennahverkehrs zu halten und eine gültige Fahrkarte vorzuzeigen, sobald Sie dazu aufgefordert werden«, ratterte Danny erneut die Vorschriften herunter.

»Wollen Sie mir erklären, dass Sie meine Fahrkarte nicht eben gerade erst kontrolliert haben?«, inzwischen schrie er fast.

»Ich weise Sie auf Ihre Pflichten laut Beförderungsgesetz ...«

Der Aboriginal stand jetzt auf. Sanji hob den Kopf, aber der Mann war deutlich größer als Sanji oder Danny.

»Haben Sie in diesem Zug sonst noch jemanden zweimal aufgefordert, seine Fahrkarte zu zeigen?«

»Sir, bitte senken Sie Ihre Stimme. Ich fordere Sie zum letzten Mal auf, der Bitte nachzukommen und eine gültige Fahrkarte vorzuzeigen.«

»Sie haben meinen scheiß Fahrschein doch gesehen.« Der Mann trat einen Schritt auf Danny zu und kam ihm jetzt bedrohlich nahe. Sanji hatte den Notfallknopf betätigt, mit dem er Verstärkung an der nächsten Station anfordern konnte.

»Sir, ich verwarne Sie mündlich, treten Sie zurück und halten Sie Abstand, sonst werde ich Sie ...« Der Zug fuhr in Bassendean ein, Sanji spürte, wie er langsamer wurde und schließlich am Bahnsteig hielt.

»Sie haben meine scheiß Fahrkarte doch gesehen«, der Aboriginal hatte sich nicht gerührt und hielt Dannys strengem Blick stand. »Sagen Sie dem Arschloch hier endlich, dass Sie sie schon gesehen haben.«

Als der Aboriginal sich zu Sanji umdrehte, gingen die Zugtüren auf und vier Beamte kamen herein. Der Mann drehte sich zu ihnen um und in diesem Moment packte Danny ihn von hinten und versuchte ihn zu Boden zu drücken.

»Auf die Knie, Sir.« Danny hatte dem Mann jetzt die Arme um den Oberkörper gelegt.

»Schon geht's wieder los, verdammte Scheiße!«, schrie der Aboriginal jetzt, blickte zur Decke, nahm Dannys Klammergriff kaum zur Kenntnis. Als die Beamten bei ihnen ankamen, fing er an zu buckeln und es gelang ihm mühelos, Danny abzuschütteln. Er drehte sich zu Danny um, packte ihn vorne am Hemd und stieß ihn rückwärts durch den Waggon. Danny ging mit weit aufgerissenen Augen rückwärts, versuchte sich zu befreien. Sofort stürmten die anderen Beamten an Sanji vorbei und zwangen alle beide zu Boden. Ein paar Frauen im Zug schrien schrill auf, als sie in einem großen Haufen übereinanderfielen.

Sanji trat einen Schritt zurück, als sie versuchten, den Mann auf dem Boden zu fixieren. Sanji hielt sich an einem der Haltegriffe fest, um das Gleichgewicht nicht zu verlieren, er wollte nicht in den Tumult verwickelt werden. Eine Frau stand neben ihm und sah zu. Sie war dünn, hatte graue Haarsträhnen und trug einen Wollpulli, der für das Wetter viel zu warm schien. Sie beobachtete das Handgemenge und sah Sanji jedes Mal an, wenn der junge Mann die Beamten anschrie, die ihn festnehmen wollten. Es war ihm peinlich, in einen solchen Aufruhr verwickelt zu sein, sie benahmen sich wie Schläger, als sie sich auf ihn stürzten, ihn anbrüllten, er solle aufhören Widerstand zu leisten, aber der Mann hörte nicht auf, die Polizisten zu beschimpfen, wand sich unter ihren Griffen, bis sie ihm das Gesicht zu Boden drückten. Schließlich gelang es ihnen, seine linke Hand hinter seinen Rücken zu ziehen und ihm eine Handschelle anzulegen. Trotzdem gab er nicht auf, behielt die rechte Hand frei. Es war nur eine Frage der Zeit, bis sie ihn bezwungen haben würden, aber er machte es ihnen nicht leicht.

Tony

»Stimmen Sie mir zu, dass es jetzt 17:45 Uhr ist?«

»Ja.«

»Ist Ihnen bekannt, dass Sie das Recht haben, einen Freund oder Angehörigen zu kontaktieren und darüber zu informieren, wo Sie sich befinden und diese Person einzuladen, Ihrer Vernehmung beizuwohnen?«

»Ja.«

»Ist Ihnen bekannt, dass Sie das Recht haben, einen juristischen Vertreter Ihrer Wahl zu kontaktieren und darüber zu informieren, wo Sie sich befinden, und aufzufordern, Ihrer Vernehmung beizuwohnen?«

»Ja.«

»Gibt es jemanden, den Sie gerne hier hätten?«

»Nein.«

»Stehen Sie aktuell unter dem Einfluss von Drogen oder Alkohol?«

»Nein.«

»Waren Sie in den vergangenen 24 Stunden in einen Verkehrsunfall verwickelt?«

»Nein.«

»Nehmen Sie aktuell Medikamente ein?«

»Nein.«

»Wie lange haben Sie die Schule besucht?«

»Bis zur zehnten Klasse.«

Tony hörte zu, während Craig die Fragen herunterratterte. Der junge Mann sah aus, als hätte er das alles schon einmal gehört. Mehr als einmal. Tony musste sein Handy im Blick behalten, falls Tubby anrief. Er war die ganze Woche kaum ausgegangen, es wäre gut, ihn wieder zu sehen. Craig sah dicker aus als sonst, anscheinend hatte er zugenommen. Seine Frau hatte ihn im vergangenen Monat verlassen und er hatte ein bisschen zu tief ins Glas geschaut, sich schließlich aber doch wieder gefangen.

Er würde schon bald merken, dass es ihm ohne die blöde Schlampe besser ging. Eine richtige dreckige Fotze war das, so viel stand fest, sie hatte Craig an der Nase herumgeführt. Sie hatte ihn überreden wollen, bei der Polizei zu kündigen und im Bergbau anzufangen. Anscheinend waren die alle wild entschlossen, ihre Männer in die Gruben zu schicken. Dann wären sie nur eine Woche lang zu Hause und vier Wochen lang weg, würden aber Geld schicken. Die armen Schweine. Craig würde schon drüber wegkommen.

»Sergeants, würden Sie bitte einen Moment rausgehen?« Der junge Wilson hatte an die Tür geklopft und den Vernehmungsraum betreten. Blöder kleiner Wichser. Irgendwie war er schon okay, aber dann auch wieder nicht. Tony erinnerte sich an sein eigenes erstes Jahr als Detective, ein verfluchter Alptraum war das. Jeder Penner quatschte einem gute Ratschläge aufs Ohr, den ganzen Blödsinn, die ganzen Geschichten. Verfluchte Wichser der ganze Haufen. Wilson würde es schon schaffen, vielleicht. Er würde ihm halt ein paar Sachen zeigen müssen.

Tony spazierte aus dem Vernehmungsraum und sah erneut auf sein Handy, ob Tubby eine Nachricht geschrieben hatte, aber wieder nichts. Craig schlenderte hinter ihm her, inzwischen watschelte er fast, so fett war er. Wie hatte es der Blödmann es nur geschafft, innerhalb eines Monats so zuzulegen? Tony sah, dass der Aboriginal zu ihm aufblickte, als er die Tür schloss. Glotz mich bloß nicht so an, Nigger, sonst mach ich dich fertig.

»Die vom Krankenhaus haben sich gemeldet, er wurde gerade eben ins Royal Perth geflogen.« Wilson war stolz auf sich, weil er die Botschaft erfolgreich überbracht hatte. Aber jetzt kamen die Fragen.

»Ist er tot?«, wollte Craig wissen.

»Nein, die haben ihn nur ins Royal Perth geflogen. Er ist nicht tot.«

»Aber wird er sterben?«, schob Craig schnell hinterher.

»Irgendwann sterben wir alle, Craig.« Tony versuchte ihn ein bisschen aufzurütteln. Nichts.

»Er ist bewusstlos, er liegt im Koma«, sagte Wilson.

»Künstlich herbeigeführtes Koma? Wurde es künstlich herbeigeführt?«, fragte Craig mit sehr ernster Miene.

»Ich weiß es nicht.« Wilson geriet ins Schwimmen.

»Was soll das heißen, du weißt es nicht. Hast gar nicht gefragt, ob es künstlich herbeigeführt wurde?« Craig riss die Augen auf.

»Naja, ich hab ja gar nicht direkt mit denen gesprochen. Julia hat mir die Nachricht weitergeleitet und gesagt …«

»Du hast gar nicht mit denen gesprochen?« Craig lief rot an.

»Julia hat mir nur gesagt, ich soll's dir sagen …« Wilson suchte nach Ausflüchten. »Verfluchte Scheiße, Wilson«, schimpfte Craig. »Find raus, ob es ein künstlich herbeigeführtes Koma ist.«

»Und dann auch noch wegen dem Mädchen«, sagte Wilson.

»›Und dann auch noch wegen dem Mädchen‹?«, fragte Craig. »Was zum Teufel willst du damit sagen?«

»Das Mädchen, die Tochter von der Krankenschwester, die mit ihm im Wagen war«, sagte Wilson und zeigte auf den Vernehmungsraum.

»Liegt die auch im Koma?«

»Nein.«

»Aber was?«

Tony sah wieder auf sein Handy. Die Nachricht stammte von seinem Mobilfunkanbieter, der ihm mitteilte, dass seine Rechnung nun online einsehbar war. Wahnsinn.

»Die ist erst fünfzehn.«

»Na schön, dann ist sie eben erst fünfzehn, wie alt ist er denn?«

»Er ist fünfundzwanzig, oder? Ist er älter?«

»Er sieht älter aus.«

»Sie sieht auch verdammt viel älter aus.«

Sie standen jetzt um Julias Computer herum. Julia hatte ihre Hand auf der Maus, nickte mit dem Kopf und machte eigenartige Schnalzgeräusche mit der Zunge.

»Sie sieht auf jeden Fall älter aus«, sagte Craig, starrte angestrengt das Foto an, was ihn zu beruhigen schien. Offenbar ging ihm wer weiß was durch den Kopf.

»Fünfzehn«, sagte Julia laut und langsam, nickte weiter und dachte sich ihren Teil.

»Weiß er das?«, fragte Craig.

»Noch nicht«, erwiderte Tony.

»Dann sagen wir's ihm.«

Tony folgte Craig in den Raum, der Schwarze saß einfach noch genauso da, über einen Becher Tee gebeugt, den er nicht trank. Er guckte finster. Inzwischen war er ein paar Stunden allein gewesen, während die Angaben geprüft wurden, die aus dem Krankenhaus zurückkamen. Tubby hatte sich immer noch nicht gemeldet.

»Na schön, Carson«, sagte Craig, setzte sich an den Tisch und blätterte in der Akte vor seiner Nase. »Sie müssen uns das alles von Anfang an erklären.«

»Hab ich doch, ich hab meine Fahrkarte gezeigt«, er starrte in seinen weißen Styroporbecher.

»Vergessen Sie die Fahrkarte, Carson. Davon rede ich nicht, die Fahrkarte ist mir völlig egal.«

Tony sah Craig seinen zunehmenden Frust an. Normalerweise blieb er gelassen, aber das mit seiner Frau hatte ihn wirklich aus der Spur gebracht. Scheiß Frauen. Hätten sie keine Pussys und könnte man sie nicht ficken, würde sich keiner den Stress mit ihnen geben, hatte sein

Vater immer gesagt. Bisschen drastisch, aber so war er nun mal.

»Carson.« Craig gingen allmählich die Ansätze aus.

Carson blickte auf und streckte sich, reckte die Hände wie lange Flügel zur Zimmerdecke. Tony sah, in welchem Zustand sich sein linker Arm befand, völlig zerschunden, vielleicht hing er an der Nadel. Tony wusste es nicht und eigentlich war es ihm auch egal.

»Carson, das können Sie besser.« Craig hob die Stimme ein bisschen.

»Ich weiß nicht, wovon Sie sprechen«, erwiderte Carson abwehrend.

»Du hast ein junges Mädchen in einem gestohlenen Wagen gevögelt und ihren Freund und vier seiner Kumpels halb totgeschlagen.« Craig wirkte erleichtert, es auszusprechen.

»Ich habe keine Ahnung, wovon Sie sprechen, Sergeant.«

»Carson ...«, sagte Craig erneut.

»Seit wann dürfen Inder im Zug arbeiten?«, fragte Carson und sah abwechselnd Tony und Craig an.

»Sie ist fünfzehn, Mann«, Craig schob seinen Kopf über den Tisch.

Carson lehnte sich zurück und behielt Craig im Auge, der ihn immer noch anstarrte. Tony hatte das Gefühl, er wolle etwas sagen, sich vielleicht vorbeugen und gestehen, vielleicht auch nicht. Er atmete mit geschlossenem Mund ein und aus, sah sie beide an.

»Carson, das ist eine ernste Angelegenheit. Mit ein paar Jahren ist das nicht abgegolten, mein Lieber.« Craig versuchte es jetzt auf eine andere Tour.

»Jedes Mal, wenn ich's mit einem von euch zu tun bekomme, ist es eine ernste Angelegenheit.«

»Carson, wenn Sie mit uns kooperieren und uns das Leben nicht schwer machen, garantiere ich Ihnen, dass wir nur die Mindeststrafe fordern.«

»Ach wirklich?«, fragte Carson und sah Craig mit versteinerter Miene an.

»Wenn Sie uns gegenüber offen sind und uns erzählen, was genau sich da abgespielt hat, so dass wir nicht allem hinterherlaufen müssen, dann fordern wir lediglich die Mindeststrafe.«

»Ich hab Ihnen nichts zu sagen«, erwiderte Carson.

»Carson?« Craig wurde wieder streng, das mit seiner Frau hatte ihn fertiggemacht.

»Carson, Carson, Carson«, äffte der Schwarze Craig nach.

Tony spürte, wie sich die schlechte Stimmung verdichtete. Craig machte das alles ganz falsch. Normalerweise entscheidet man sich für einen Ansatz und bleibt dabei, aber heute veranstaltete er ein fürchterliches Durcheinander. Der junge Typ wirkte gelangweilt und aufgewühlt, als wollte er sich vielleicht gleich einmal quer über den Tisch stürzen. Hoffentlich auf Craig.

»Wir müssen darüber sprechen, was Sie mit der jungen Frau gemacht haben«, sagte Craig und versuchte erneut, die Kontrolle über das Gespräch zu bekommen. »Ihre Mutter ist mehr als entsetzt über den Vorfall und der junge Mann, den Sie angegriffen haben, liegt im Krankenhaus, ebenso wie seine beiden Freunde. Der dritte wurde nach Perth geflogen und es sieht nicht danach aus, als würde er so schnell wieder nach Hause dürfen.«

Carson war wie eine Statue, alles prallte von ihm ab. Craigs Worte bedeuteten ihm nichts. Tony war beeindruckt.

»Der einzige Zeuge der Auseinandersetzung vor dem Haus Ihrer Mutter hat gesagt, Sie hätten zwei der Opfer mit einem Baseballschläger angegriffen«, fuhr Craig fort.

»Sergeant …«, Carson wirkte amüsiert.

»Hören Sie, wir verstehen ja, dass Sie's nicht leicht hatten, aber ungeachtet sämtlicher Umstände können Sie doch nicht einfach losgehen und Leute ermorden, verstehen Sie das?«

»Das verstehe ich, Sergeant«, erwiderte Carson und spielte den Aufrichtigen.

»Müssen wir noch mal ganz von vorne anfangen?« Craig hielt die Akte hoch, dieser Typ setzte ihm zu.

»Ich verstehe«, wiederholte Carson, während Craig immer wütender guckte.

»Na gut, dann eben alles noch mal von vorne. Stimmen Sie mir zu, dass es jetzt 19:45 Uhr ist?«, fragte Craig laut. Tony versuchte, sich sein Entsetzen nicht anmerken zu lassen. Craig fiel total aus der Rolle.

»Stimmen Sie mir zu, dass es jetzt 19:45 Uhr ist?«

»Ja«, sagte Carson und sah ihm in die Augen.

»Ist Ihnen bekannt, dass Sie das Recht haben, einen Freund oder Angehörigen zu kontaktieren und darüber zu informieren, wo Sie sich befinden und diese Person einzuladen, Ihrer Vernehmung beizuwohnen?«

»Ja.«

»Ist Ihnen bekannt, dass Sie das Recht haben, einen juristischen Vertreter Ihrer Wahl zu kontaktieren und darüber zu informieren, wo Sie sich befinden, und aufzufordern, Ihrer Vernehmung beizuwohnen?«

»Ja.«

»Ist Ihnen bekannt, dass Sie das Recht haben, einen jurist…?«

»Ja«, sagte Carson kopfschüttelnd.

»Gibt es jemanden, den Sie gerne hier hätten?«

»Nein.«

»Stehen Sie zur Zeit unter dem Einfluss von Drogen oder Alkohol?«

»Nein.«

»Waren Sie in den vergangenen 24 Stunden in einen Verkehrsunfall verwickelt?«

»Nein.«

»Nehmen Sie aktuell Medikamente ein?«

»Nein.«

»Wie lange haben Sie die Schule besucht?«

»Bis zur zehnten Klasse.«

»War Ihnen bekannt, dass die junge Frau, mit der Sie auf dem Rücksitz eines gestohlenen Fahrzeugs Geschlechtsverkehr hatten, tatsächlich …«

Tony behielt die Uhr an der Wand im Blick, nur noch wenige Minuten bis Feierabend. Craig war vor lauter Schmerz verrückt geworden, die arme Sau. Die Scheiße hier konnte bis morgen warten. Er fragte sich, ob Tubby schon in der Bar war, hoffentlich nicht. Als er ihn das letzte Mal gesehen hatte, wollte er allein in den Urlaub nach Bali. Verfluchter Perverser. Wer weiß, was der da drüben trieb. Von wegen Land des Lächelns.

»Verzeihung, Sergeant«, sagte Tony und stand auf. Er schob seinen Stuhl vom Tisch zurück und ging zur Tür hinaus.

Ariel

Ariel sah auf die Uhr an der Wand über der Tür. Es war kurz nach elf Uhr und in seinem Büro wurde es bereits sehr warm. Er hatte kein gebügeltes Hemd mehr gehabt und war in seinem Schlafanzugoberteil zur Arbeit gegangen, hatte einfach einen Wollpullover drübergezogen, sonst wäre er zu spät gekommen. Aber jetzt musste er den ganzen Tag lang den Pulli anbehalten. Allmählich machte sich die Hitze bemerkbar.

Die Anstaltsleitung hatte eine Überprüfung von Ariels Abteilung angekündigt, morgen Nachmittag sollte es eine Kontrolle geben. Er musste gewährleisten, dass alle aktuellen Akten und alle verfahrensrechtlich relevanten Unterlagen bereitlagen. Das bedeutete, er musste schnell noch bis morgen einige tausend Seiten ausdrucken und in ungefähr einem Dutzend Aktenordnern abheften. Der Drucker war den gesamten Vormittag in Betrieb. Er schien die Hitze noch zu verstärken. Ariel merkte, dass sich Schweißperlen auf seiner Stirn bildeten und überlegte, ob er aufs Klo gehen, sein Schlafanzugoberteil ausziehen und einfach nur den Pulli tragen sollte, aber wahrscheinlich wäre der sehr kratzig und er würde Ausschlag bekommen. Wahrscheinlich musste er einfach durchhalten.

»Heeeey!« Ariel sah zur Tür seines Büros. Big Luther stand dort und winkte mit einem Stück Papier in der Hand, auf seinem kahl rasierten dunklen Schädel saß eine Sonnenbrille. Er war ein Bulle auf zwei Beinen, ein Krieger aus einem unbekannten fernen Reich. Er lächelte viel und lachte beim Reden. Luther war einer der gefährlichen Verrückten und in den letzten zwanzig Jahren immer wieder in den Knast gewandert. Er hatte schwarze Haut, einen Brustkasten so breit wie Ariels Bauch, insgesamt nicht besonders groß, aber er nahm sehr viel Raum ein. Vor ein paar Wochen hatte Ariel schon einmal mit ihm gesprochen. Er war bereits zum zweiten Mal zum Assessment hier. Luther redete wie ein indianischer Medizinmann aus einem alten Western, ein wilder vernarbter Krieger, der in Rätseln sprach, so dass sich alle fragten, ob er ein alter Weiser oder einfach nur ein Irrer war. Ein Irrer, der sich auf brutale Reinigungsrituale spezialisiert hatte.

Big Luther trug seine Sonnenbrille immer, egal wohin er ging, drinnen wie draußen, außerdem ein großes Holzkreuz um den Hals. Er war ein Mann Gottes im Krieg mit einer Welt, die es offenbar auf ihn abgesehen hatte. Aber anders als an den meisten anderen Gefangenen schien von Luther einfach alles abzuperlen, was ihn eigentlich umbringen sollte. Egal, was das Gefängnis gegen ihn aufbot, es tropfte an ihm ab und er gebärdete sich wie ein Gestaltwandler. Er war ausgestattet mit allerlei Häftlingswissen und daher über die Maßen durchtrieben. Ein lächelnder Psychopath, der das Zeug hatte, jeden zu beherrschen, mit dem er in Kontakt trat.

»Luther, kommen Sie herein! Nehmen Sie Platz«, sagte Ariel und zeigte auf den Stuhl.

»Vielen Dank.«

Luther schob sich auf den Stuhl. Ariel fiel auf, dass er selbst im Sitzen noch genauso groß zu sein schien. Ariel rückte sich auf seinem eigenen Stuhl zurecht, versuchte seine Perspektive zu ändern.

»Wie ist es Ihnen ergangen, Luther?«

»Ganz gut, danke«, sagte Luther und starrte ihn regungslos an.

»Na schön, dann fangen wir an. Lassen Sie mich nur noch schnell Ihre Akte suchen«, sagte Ariel, klickte die Seite mit der Wettervorhersage weg.

»Mit Ihnen alles klar, Sir? Sie sind ganz schön rot im Gesicht«, sagte Luther und lächelte Ariel an.

»Ich glaube, mir setzt die Hitze ein bisschen zu«, erwiderte Ariel.

»Kein Wunder«, sagte Luther.

»Also, waren Sie, seit wir uns das letzte Mal gesehen haben, in der Kapelle? Wir müssen Ihre Sicherheitsstufe senken, aber bis das möglich ist, muss noch einiges passieren. Sie haben gesagt, Ihre Mutter würde Sie besuchen, wenn sie wüsste, dass Sie zum Gottesdienst gehen. Das haben wir ja besprochen und Sie wissen, wenn Sie regelmäßig Besuch erhalten, zeigt das dem Ausschuss, dass Sie mit anderen außerhalb interagieren. Dadurch wird die ganze Prognose vorteilhafter, was natürlich sehr gut ist.«

»Ja, naja, also darüber wollte ich mit Ihnen sprechen, Sir. Sehen Sie, der Seelsorger da, der ist ein bisschen, wie soll ich sagen, der ist ein bisschen ab von der Schrift, wenn Sie verstehen, was ich meine.« Luther legte den Kopf leicht schief und starrte Ariel an. »Er ist ab von der Schrift?«, fragte Ariel zurück, griff unter den Tisch und knöpfte seine Hose auf, um sich ein bisschen abzukühlen.

»Also«, setzte Luther erneut an und machte es sich ebenfalls bequemer, »ich brauche bestimmte Dinge, wenn ich zum Gottesdienst gehe, verstehen Sie. Zum Beispiel einen Menschen, der bereit ist, der Antwort zuzuhören, wenn er eine Frage gestellt hat. Einen, der bereit ist, von seinem Standpunkt abzurücken, wenn man mit ihm diskutiert. Er muss nicht von seinem Standpunkt abrücken, das sage ich gar nicht, aber er muss bereit sein, darüber nachzudenken, verstehen Sie? Weil, wenn man einen Standpunkt hat und nicht bereit ist, überhaupt darüber nachzudenken, ihn zu ändern, dann glaubt man ja auch gar nicht an den eigenen Standpunkt, wenn Sie verstehen, was ich meine.«

»Haben Sie sich denn mit dem Seelsorger unterhalten?«, fragte Ariel.

»Naja, das ist es ja, ich bin, wie wir's hier besprochen hatten, hin, einmal die Woche. Aber, wie gesagt, der Seelsorger da ist ein bisschen ab von der Schrift und er behauptet so Sachen, wissen Sie, die aus meiner Sicht, also eigentlich gar nicht aus meiner Sicht, sondern der der Heiligen Schrift, gar nicht dazu passen, das versuche ich zu sagen.«

»Und das heißt, Sie können nicht mehr hin?«, fragte Ariel.

»Mein Onkel hat sich um mich gekümmert, als ich fünf Jahre alt war und er hat mit seinen Freunden immer drinnen gesessen und getrunken, weil es draußen heiß war. Eines Tages hat er sich zu mir umgedreht und gesagt, geh bring Wasser raus. Dabei hat er auf den Hundenapf auf dem Küchenfußboden gezeigt. Ich hab den Napf aufgefüllt und rausgebracht. Draußen sehe ich meine Tante, die an die Wäscheleine gekettet wurde. Sie hat aus dem Napf getrunken, verstehen Sie, was ich sagen will?«

Ariel wurde allmählich schwummrig. Er schwor sich, von nun an sicherheitshalber immer Wechselwäsche mitzunehmen, damit so was nicht passierte. Luther verwirrte ihn.

»Das ist, als würde man bei seiner Geburt ein Totemtier bekommen, vielleicht ist Ihres der Koala oder der Wombat, meins ist der Bush Turkey. Man legt ein kleines Baby in die Wiege, wenn's schreit, aber meistens schreit es dann immer noch. Also holt man es raus, gibt ihm sein Fläschchen und wenn es dann immer noch schreit, nimmt man es wieder auf den Arm und füttert es. Wenn man es hinlegt und es immer noch schreit, kann niemand schlafen, also tränkt man einen Lappen mit Benzin, wringt ihn gut aus und legt es dem kleinen Kerlchen auf den Kopf, das Baby schläft und alle im Haus schlafen, das eine folgt aufs andere, wissen Sie …«

»Hatten Sie seit unserem letzten Gespräch denn nun Kontakt zu Ihrer Mutter?«, fragte Ariel, der große Mühe hatte zu folgen.

»Ich hab sie angerufen, aber sie war nicht da. Ich hab ihr eine Nachricht auf die Mailbox gesprochen und ihr von dem Seelsorger erzählt.«

»Dass er's nicht so hält mit der Heiligen Schrift?«, gab Ariel vor.

»Richtig, wissen Sie? Ich hab schon mal für Jesus das Wort ergriffen, weil er falsch dargestellt wurde«, fuhr Luther fort.

»Verstehe.« Inzwischen lief Ariel Schweiß ins Auge.

»Vor ein paar Jahren bin ich nachts an einem offenen Fenster vorbeigekommen, neben einem Schnapsladen. Es stand ein kleines Stück weit offen. Ich hab zwei Flaschen Scotch und ein paar Bier mitgehen lassen, bin damit zu meinem Schlafplatz unter der Tribüne von einem Footballverein, das war noch im Süden, in Adelaide. Ich hab mich also hingesetzt, es mir gemütlich gemacht und angefangen, mir das Bier einzuverleiben, und immer mal wieder am Scotch genippt. Plötzlich gucke ich hin und zack war die erste Flasche leer, also hab ich die nächste aufgemacht. Mitten in der Nacht war das, auf jeden Fall bin ich da in der Nacht gestorben, dort unter der Tribüne hab ich mich ins Jenseits befördert.«

»Sie sind gestorben?«, fragte Ariel nach.

»Genau, und ich bin woanders wieder aufgewacht, weit entfernt von Südaustralien. Es war dunkel, nicht rabenschwarze Nacht, aber ganz schön düster, und um mich herum standen lauter Schlafende, ihnen hing das Kinn auf die Brust und sie dösten vor sich hin. Ich hab mich umgesehen und da waren Millionen, soweit ich das erkennen konnte. Links, rechts, vorne und hinten, einer neben dem anderen. Und ich wusste, wo ich war, alle haben gewartet. Also dachte ich, ich sollte eigentlich gar nicht dort sein, der Ort war nichts für mich, also habe ich gerufen, hab gesagt, dass ich den König sprechen will.«

Luther hob den Arm wie ein kleiner Junge in der Schule.

»Den König?«, fragte Ariel.

»Ganz genau, ich habe gerufen, ich möchte mit dem König sprechen, und plötzlich stand ich in so einem großen Thronsaal, ein großer warmer Raum, und an der Seite stand ein Thron neben dem nächsten, der war so halbkreisförmig der Saal und die ganzen Throne standen an der Seite von dem Halbkreis und darauf saßen Männer und in der Mitte der König.«

Ariel merkte, wie ihm Schweiß ins linke Auge lief, das Salz brannte in seinen Augen und ihm verschwamm die Sicht.

»Der König«, sagte Luther und beugte sich vor. »Und ich habe gesagt, ich möchte mit Jesus sprechen, weil ich eigentlich gar nicht dort sein sollte bei den ganzen Schlafenden, und einer von den Männern auf einem Thron hat mich angesehen und gesagt, du kannst nicht mit Jesus sprechen, und er hatte so ein Pergament in den Händen, so was wie eine alte Schriftrolle. Ich hab ihn angesehen und er hat mich angesehen und im Saal wurde es ganz still, in dem ganzen großen Saal, der ein bisschen zu rot war von der Farbe, aber sehr warm, so wie Kerzenlicht, und ich wusste, so wie der mich angesehen hat, dass das meine Schriftrolle war, die er da in der Hand hielt.« Ariel saß da wie gelähmt, der Schweiß rann ihm die Mundwinkel herunter. »Aber dann habe ich die Stimme des Herrn vernommen und Er hat zu dem Mann da gesagt, Luther hat für mich schon mal das Wort ergriffen, jetzt werde ich das Wort für Luther ergreifen.«

»Und was hat er gesagt?«, fragte Ariel mit angehaltenem Atem.

»Naja, dann bin ich im Krankenhaus aufgewacht, die hatten mich an lauter Schläuche angeschlossen, die gingen rein und raus, und ich saß da in einem leeren Raum und ein bisschen später haben sie gemerkt, dass ich wach bin und vier verschiedene Ärzte aus dem Krankenhaus sind reingekommen und haben gesagt, dass ich in der Nacht ein paar Mal tot war und dass sie nur abgewartet haben, ob ich's schaffe oder nicht. Die hatten alle Unterlagen vor sich und haben sie sich gegenseitig gezeigt. Ein paar haben den Kopf geschüttelt, wissen Sie? Die haben sich gewundert, dass ich noch lebe.«

»Hallo«, Patrice stand im Flur und sah Ariel an, dem inzwischen der Schweiß in Strömen über das Gesicht lief.

»Ich muss Luther jetzt zum Grillfest bringen«, sagte Patrice mit besorgter Miene, als Ariel ihn ansah. »Luther, die warten auf dich, du musst die Feierlichkeiten eröffnen. Wenn möglich, sollten wir gleich gehen, sind nämlich schon alle da, sogar der Gefängnisleiter.«

»Wir können das auch ein anderes Mal besprechen, Luther, Ihre nächste Anhörung ist ja erst nächsten Monat, Ende nächsten Monats sogar. Ich mache Ihnen kommende Woche einen neuen Termin.« Ariel wischte sich mit dem Ärmel seines Grobstrickpullis über das Gesicht.

»Ich glaube, Sie brauchen Wasser, Sir. Sie sehen aus, als würden Sie gleich ohnmächtig werden.« Luther stand auf und lächelte Patrice an, schob sich die Sonnenbrille von der Stirn auf die Nase und ging zur Tür hinaus.

Jennifer

Jennifer zog ihre Strickjacke fester um sich. Die Sonne kam hinter den Wolken hervor, spendete aber nur wenig Wärme. Jennifer versteckte ihre Fäuste in den Ärmeln, wappnete sich gegen den Wind, der über den baumlosen Gefängnishof fegte. Sie war nur mit einer dünnen Bluse und einer sommerlichen Strickjacke bekleidet aus dem Haus gegangen, ihr langer Mantel lag noch im Wagen und der parkte draußen vor dem Gefängnis. Hätte sie ihn holen wollen, hätte sie ihren Piepser und ihre Schlüssel am Eingang ab-, und dann wieder anmelden müssen, das war einfach zu viel Aufwand.

Die meisten Nachmittagstermine hatte sie wegen des Grillfests und des Footballspiels abgesagt. Die Anstaltsleitung hatte mal wieder einen besonderen Tag anberaumt. Sie hatten jetzt schon eine ganze Weile draußen gewartet und lagen bereits fünfzehn Minuten hinter dem Zeitplan. Die Grills waren bereits aufgestellt, jeweils zehn in einer Reihe und mit Gefängnisinsassen bemannt. Der Wind trug den Rauch und den Duft nach gegrillten Steaks und Würstchen über den gesamten Hof. Das Fleisch war längst fertig und wartete mit Alufolie zugedeckt in Wärmebehältern.

Ungefähr hundert Gefangene waren zum Footballspiel und zum Essen erschienen, aber sie konnten erst anfangen, wenn die Veranstaltung auch in der Sprache der Ureinwohner offiziell eröffnet war. Jennifer sah, wie Luther durch die Sporthalle zum stellvertretenden Leiter geführt wurde, der in der Nähe der Lautsprecheranlage wartete. Jennifer erinnerte sich, dass Luther hin und wieder die Eröffnungsreden hielt, das erste Mal hatte sie ihn vor ein oder zwei Jahren gehört. Er würde auch heute wieder das Fest offiziell eröffnen, danach konnten sie anfangen und Jennifer durfte reingehen.

Ein gutaussehender Wärter folgte Luther. Sie hatte ein- oder zweimal vorne am Tor mit ihm gesprochen, als sie gleichzeitig zum Dienstbeginn eintrafen. Er sprach Englisch mit Akzent, schien aber von der sanften Sorte, anders als die meisten anderen. Er hielt sich in Form und wirkte sehr gepflegt. Jennifer sah ihn gerne im Gefängnis, dadurch wirkte alles viel normaler.

Luther stolzierte nach vorne. Er war klein und untersetzt. Kräftig. Sie hatte ein paar Mal mit ihm gesprochen, er gehörte zu den eher schwierigen Fällen, hatte aber ein gutes Herz und machte einem selten etwas vor. Die anderen Gefangenen schienen das zu wissen und behandelten ihn mit Respekt. Männer, die vor kaum etwas Respekt hatten, respektierten Luther und zwar genau so sehr, wie er es brauchte.

Er ging hinten um die Grills herum und direkt auf den stellvertretenden Leiter zu. Die Gefangenen standen an den Wärmebehältern und warteten darauf, endlich das Essen ausgeben zu dürfen, sie grüßten ihn, als er vorbeiging. Einer drückte ihm einen mit Alufolie abgedeckten Teller in die Hände. Luther bahnte sich einen Weg zwischen den Gefangenen durch und grinste einige wenige Auserwählte an. Er ging vorbei an der Feuerstelle, wo die Full Bloods um einen qualmenden Haufen Asche saßen und zusahen, wie sich die Känguruschwänze auf dem Boden bogen.

Auch sie brachten Luther Respekt entgegen. Jennifer nickte ihm wortlos zu, als er an den anderen vorbeiging, ein Auge auf ihn gerichtet, das andere auf die Känguruschwänze. Luther ging zum stellvertretenden Leiter, der am Mikrofon wartete. Luther platzierte sich neben ihn, stand mit ihm Schulter an Schulter, begrüßte ihn aber nicht, schüttelte ihm auch nicht die Hand. Er nahm einfach seinen Platz ein und starrte die ungefähr hundert Gefangenen an, die geduldig darauf warteten, dass endlich die Show begann.

Jennifer hoffte, Luther würde es kurz machen, der Wind hob an und fuhr ihr unter die Strickjacke, die Kälte ging ihr bis auf die Knochen. Sie würde sich noch den ganzen Abend ärgern, weil sie sich nicht warm genug angezogen hatte. Ihr Heilpraktiker hatte ihr geraten, mehr Sellerie zu essen, um zu verhindern, dass sich die Osteoporose in ihren Knochen ausbreitete. Inzwischen aß sie eimerweise Sellerie, gab jeden Morgen ein paar Stängel in ihren Frühstücksshake. Sie musste zugeben, dass sich bereits nach ein oder zwei Monaten eine positive Wirkung eingestellt hatte, aber aller Sellerie der Welt konnte sie an einem Tag wie diesem nicht warm halten.

»Also, wir möchten uns bei allen bedanken, die heute hergekommen sind, um sich ein bisschen Football anzusehen und gemeinsam mit uns zu essen. Wir sind ein bisschen spät dran mit der Zeit, deshalb übergebe ich direkt an Luther, der die Veranstaltung nun eröffnet.«

Luther nahm dem Leiter das Mikro ab, ohne ihn anzusehen, er starrte zu Boden und fing an zu reden.

»Okay, man hat mich gebeten, ein paar Worte in unserer Sprache zu sagen, damit wir heute hier anfangen können.« Jennifer lauschte, während Luther auf seine Muttersprache umschaltete und seine Rede herunterleierte. Sie hatte die Sprache schon einige Male gehört und als sehr schön empfunden.

Irgendwie entrückt und reich. Im Gefängnis wirkte sie fast deplatziert. Trotz all ihrer Schönheit war sie fast vergessen und es stimmte Jennifer traurig, hier zu stehen und mitzuerleben, wie etwas so Schönes allmählich verflog. Sie stellte sich vor, wie sie später einmal als alte Frau danach gefragt würde, da sie eine der wenigen noch lebenden

Menschen wäre, die diese Sprache tatsächlich noch gesprochen gehört hatten. Wie die letzten Überlebenden der *Titanic.* Mit jedem Jahr waren die ehemaligen Passagiere älter geworden, bis die Reporter schließlich mit alten Männern und Frauen gesprochen hatten, die als Babys an Bord gewesen waren.

Luther kam ebenso schnell zum Ende wie er begonnen hatte. Die Gefangenen stellten sich an den Grills zur Essensausgabe an, nahmen sich jeweils einen Teller vom ersten Tisch, Würstchen, Steaks und Zwiebeln vom nächsten, auf dem dritten gab es große Schüsseln mit Salat, die mehr oder weniger unberührt blieben, und auf dem letzten lagen mehr als einhundert Brötchen und riesige Behälter mit Margarine bereit. Zwei Kühlboxen mit Getränkesirup und eine Riesenrolle Küchenpapier warteten auf einem aus der Krankenabteilung entwendeten Rollwagen.

Die Gefangenen scharten sich um die Tische, luden sich die Teller voll und zogen sich anschließend in verschiedene Bereiche des Hofs zurück, die für den Nachmittag zuvor eingeteilten Gruppen zugewiesen worden waren. Einige Gefangene saßen allein an der Seite, ein paar andere gingen mit ihren Tellern in der Menge umher. Jennifer sah, wie Luther sich zu den Full Bloods an die Feuerstelle setzte. Jennifer hielt dies selbst auch für eine gute Idee und ging näher an das wärmende Feuer heran.

Auch der gutaussehende Wärter stand dort, ein kleines Stück abseits, er sah sich alles genau an und rauchte. Solche Veranstaltungen waren für das Gefängnispersonal immer riskant. Bis zu den Safe Rooms war es weit. Die Gefangenen waren in der Überzahl, ungefähr im Verhältnis zwanzig zu eins. Wenn die einen Aufstand lostraten, Frauen vergewaltigen oder alte Rechnungen begleichen wollten, boten sich solche Tage wie dieser dafür an. Jennifer sah sich auf dem Spielfeld um. Von der Größe entsprach es vermutlich drei oder vier Ovals. Die hohe Betonmauer, die den

Hof umgab, schloss alle ein, auch die Gefängnismitarbeiter. Manchmal stellte sie sich vor, wie sie vor aufständischen Gefangenen floh, die ihr an die Wäsche wollten.

Sie wusste, dass sie allmählich in die Jahre kam, inzwischen war sie schon Mitte fünfzig, aber sie war immer noch attraktiv und sie wusste, wozu die Hälfte von denen fähig wäre. Da würde es keine Rolle spielen, ob sie neunzig war oder sogar schon tot und begraben. Wenn die einmal in Fahrt kamen, würden sie die Löcher in der Wand ficken. Einer von denen hatte vor seiner Einlieferung einmal einen Pudel in zwei Teile zerrissen und einmal wurde ein Huhn im Hühnerhaus tot aufgefunden, das offensichtlich gnadenlos rangenommen worden war.

Sie stellte sich vor, wie sie ein paar Runden auf der Leichtathletikbahn um das Spielfeld lief, bevor die sie einholten und sich über sie hermachten, aber dann hörte sie ganz schnell damit auf. So was durfte man nicht zu Ende denken, nicht ganz bis zum Schluss. Als sie sich der Feuerschale näherte, roch sie das verbrannte Fell der Känguruschwänze. Sieben oder acht Desert Boys saßen im Kreis und nagten das zähe Fleisch von den großen knorpeligen Schwänzen. Die Männer hatten dunkle, schwarze Haut, waren groß, grüblerisch und schweigsam. Sie kommunizierten durch Gesten miteinander und mit Leuten wie Jennifer redeten sie nur, wenn es sich absolut nicht vermeiden ließ.

In Jennifers Büro saßen sie ihr angespannt und starr gegenüber und wandten den Blick ab, wenn sie ihnen einfache Fragen stellte. Wenn sie den Mund doch einmal aufmachten, dann sprachen sie nur leise flüsternd, murmelten kaum Verständliches. Jetzt, da sie um die Feuerstelle herumsaßen, wirkten sie entspannter. Entspannt und beschäftigt nagten sie an den Känguruschwänzen. Jennifer drehte sich allein bei dem Geruch der Magen um, eine Mischung aus Grillparty und Streichelzoo. Verkohlte Haare und Fleisch, das vermutlich nicht einmal gesäubert worden war, bestimmt aßen sie mit ungewaschenen Fingern. Einem der Noongar-Gefangenen war es irgendwie geglückt, sich einen Schwanz für sich allein zu organisieren, er sprang um die anderen herum, fuchtelte mit seinem Känguru in der Linken und verschaffte sich Gehör.

»Es gibt nicht mal Salz, verdammte Scheiße«, blaffte er, während er über das Gelände ging und nach kleinen Plastikstreuern Ausschau hielt, die an Tagen wie diesem immer herumstanden.

»Undankbares Aas«, dachte Jennifer und beobachtete, wie er großspurig auf und ab marschierte.

Sie wusste, wer er war. Sie hatte mit ihm gesprochen, war vor seiner Verhandlung gemeinsam mit ihm seine Akte durchgegangen. Er war ein gemeines Dreckschwein, ohne einen Funken Versöhnlichkeit im Leib. Grausam und hässlich, finster und feindselig. Seine Frau prügelte er regelmäßig windelweich, die Kinder auch. Zwei seiner Söhne waren ebenfalls im System, durften aber nicht in demselben Gefängnis untergebracht werden. Von seiner Kraft und seiner Größe her ähnelte er Luther, hatte aber kein Herz. Wenn Jennifer sich das Schlimmste vorstellte, das ihr im Gefängnis passieren könnte, dann dass Männer wie er ihr etwas antaten.

Sie stand neben der Feuerschale und wärmte sich ein wenig auf, versuchte niemandem in die Quere zu kommen. Es machte ihr nichts aus, dass sie nicht mit ihr sprachen. Aus irgendeinem Grund fühlte sie sich in Gegenwart derjenigen von weiter weg sicherer. Sie wusste, dass das keinen Sinn ergab, weil die genauso gewalttätig waren wie die anderen aus Perth. Außerdem hingen sie allem möglichen Aberglauben an, der ihnen eine ganz besondere Bösartigkeit verleihen konnte, wenn sie es wollten.

Während der Fiese auf seiner Suche nach Salz immer wieder schimpfend vorbeiging, beobachtete Jennifer die anderen, die saßen. Einer war ein großer junger Mann mit rasiertem Schädel und trübem Blick. Jennifer kannte auch ihn, er hatte den Verstand eines Kindes, eines zurückgebliebenen Kindes. Sie hatte vergessen, weswegen er saß. Sie hatte ihn bei einem Besuch der Gärtnerei kennengelernt, wo er gearbeitet hatte. Später wurde er rausgeworfen, weil er immer wieder Tomatenpflanzen ausrupfte, die er für Unkraut hielt. Jetzt sah er ganz zufrieden aus, wie er dort mit dem langen Känguruschwanz auf den Knien am Feuer saß und an dem krummen Schwanzende nagte, als wollte er Flöte spielen.

Die anderen am Feuer waren seine Freunde.

»Sie sehen aus, als würden Sie frieren.«

Jennifer drehte sich um und sah den gutaussehenden Wärter lächelnd vor sich. Er trug immer noch seine Sonnenbrille, sein Lächeln war herzlich und sanft.

»Haben Sie das gemerkt? Ich dachte, ich wärme mich mal auf«, sagte Jennifer ein bisschen verlegen.

»Ich würde Ihnen ja meine Jacke anbieten, aber wahrscheinlich würde das nicht gut aussehen«, sagte Patrice.

»Ich hätte lieber Wärterin statt Psychologin werden sollen«, sagte Jennifer und bereute ihre Worte sofort.

»Das glaube ich kaum, Jennifer.«

Sie hörte gerne ihren Namen aus seinem Mund. Er musste sich noch von vor langer Zeit an sie erinnern. Sie roch den Tabakrauch, der sich mit dem Qualm aus der Feuerschale mischte.

»Naja, vielleicht wegen der Uniform«, sagte Patrice und half ihr so aus der Klemme.

»Ich habe Sie lange nicht gesehen, waren Sie weg?« Jennifer versuchte, sich an seinen Namen zu erinnern.

»Ich werde häufig in unterschiedlichen Abteilungen eingesetzt, manchmal verlaufe ich mich zwischen den Trakten, ich habe nichts dagegen ein bisschen herumzukommen, deshalb stecken die mich auch mal hierhin und mal dahin.«

»Ist wahrscheinlich ganz schön, ständig Abwechslung zu haben.«

»Mir gefällt's, das macht mir die Arbeit kurzweiliger.«

»Ich wusste gar nicht, dass Sie rauchen?«, sagte Jennifer, die jetzt in den Muttermodus überging, was sie eigentlich unbedingt vermeiden wollte.

»Nur, wenn ich mir eine anzünde, sonst nicht«, sagte Patrice und grinste wieder.

Ein lauter Pfiff ertönte. Die Footballmannschaften waren aufs Feld gelaufen und sofort war eine Prügelei ausgebrochen. Zwei Gefangene aus gegnerischen Mannschaften wälzten sich übereinander. Die anderen Gefangenen wichen zurück, machten ihnen Platz. Die Gefängnisvorschriften setzten die Footballregeln außer Kraft, niemand machte mit, nicht hier, wo alle zusahen. Im Gefängnis war sich jeder selbst der Nächste.

Sieben Beamte in Flakwesten rannten jetzt auf die beiden zu. Jennifer sah, wie die beiden Männer wild mit den Fäusten ausholten und sich balgten, jeder wollte die Oberhand gewinnen. Die anderen Gefangenen sahen schweigend zu, ein Auge auf die Prügelei gerichtet, das andere auf die heranstürmenden Beamten.

»So, ihr beiden Vollidioten, hört gefälligst auf«, schrie ein rotgesichtiger Wärter im Schiedsrichtertrikot, während die anderen die beiden trennten. Innerhalb von Sekunden hatten sie ihnen Handschellen angelegt und sie in unterschiedlichen Richtungen vom Spielfeld geführt. Die keuchenden Wärter versuchten sie zu beruhigen, während sie wieder zu Atem kamen und die beiden Gefangenen einander über die Schulter anbrüllten.

»Das ist Freizeit, du Arschloch«, brüllte der eine den anderen an.

»Soll mir recht sein, du scheiß Wurm.«

»Nenn mich nicht noch mal Wurm, du beschissenes Stück Hundescheiße.«

»Du bist das beschissene Stück Hundescheiße, du Arsch.«

»Nein, Wichsgesicht, du bist das beschissene Stück Hundescheiße ...«

»Alles klar, Leute.« Der Schiedsrichter wandte sich an die verbliebenen Footballspieler, während die Beamten die beiden in die Arrestzellen in Trakt Eins abführten. »Wegen Huey und Dewey da spielen wir jetzt mit einem Mann weniger auf beiden Seiten und wenn so was heute Nachmittag noch mal vorkommt, haben wir zum letzten Mal Football gespielt ...«

Jennifer merkte, dass sie jetzt näher an Patrice herangerückt war.

Adrian

»Hatte der Hund ein Halsband?«

»Nih.«

»Nein, Euer Ehren.«

»Okay.«

Adrians Tochter Helen wollte schon bald mit ihrer Familie in den Süden ziehen. Sie hatten ihr Haus in Perth verkauft und wollten nun von der Küste ins Landesinnere nach Narrikup ziehen, mitten im Nirgendwo zwischen Albany und Denmark. Er würde die verfluchten Kinder vermissen. Sie wohnten bei ihm zu Hause, solange sie noch darauf warteten, dass das Haus im Süden bezugsfertig wurde. Jeden Tag, wenn er nach Hause kam, wurde er von seinen Enkelkindern begrüßt, die sich hinter der Tür in der Diele versteckten. Immer im selben Versteck. Er fragte sich, ob sie überhaupt selbst glaubten, sie seien versteckt. Dadurch war wieder Leben in das alte Haus gekommen. Er sehnte sich nach der Zeit zurück, als Helen ein kleines Mädchen und Angela noch am Leben war. Er hatte sich als Vater ziemlich gut geschlagen, war öfter fort gewesen, als ihm lieb war, aber damals waren das auch noch andere Zeiten gewesen und zum Schluss war ja trotzdem eine wunderschöne Frau aus ihr geworden.

»Euer Ehren, er möchte Ihnen Bilder von den Handgelenken seiner Frau zeigen.«

»Einen Moment, nicht so schnell. Ich möchte noch einmal auf den Hund zurückkommen. Ich will sicher sein, dass wir in diesem Punkt alles besprochen haben. Gab es in Ihrer Straße Aushänge, dass er vermisst wurde?«

»Nih.«

»Nein, Euer Ehren.«

»Und Ihr Sohn ist alleine in den Park gegangen und hat danach den Jack Russell mit nach Hause gebracht?«

»Da.«

»Korrekt, Euer Ehren.«

Zum Glück handelte es sich um ein Langzeitarrangement. Der Besitzer der Pachtfarm musste noch ein paar Schafe auf der Woolorama Landwirtschaftsmesse in Wagin ausstellen. Zum letzten Mal, dann wollte er zu seiner Familie ziehen, sich selbst zur Ruhe setzen und den Farmbetrieb einstellen. Wer wusste, was Helen, Greg und die Jungs mit dem ganzen Platz anfangen wollten. Das Gelände war so groß, dass man sich dort verlaufen konnte, und die Dämme machten ihn ganz schön nervös. Der Älteste lernte gerade erst schwimmen und der Jüngste schien noch gar nicht zu begreifen, was Wasser überhaupt war.

»Euer Ehren, er möchte Ihnen wirklich die Bilder von den Handgelenken seiner Frau zeigen.«

»Okay, hat er sie denn vorliegen?«

»Ja, Euer Ehren. Er sagt, die Polizei sei zum Haus gekommen und habe seine Frau vor den Augen seines Sohns und dem Jack Russell verhaftet, Eurer Ehren. Und dass sie erhebliche Schürfwunden und Blutergüsse an den Handgelenken davongetragen hat, weil die Polizisten sehr grob beim Anlegen der Handschellen vorgegangen sind, Euer Ehren.«

Vielleicht würden Sie nach ein oder zwei Jahren wieder zurückkommen, vielleicht würde es Greg weniger gut gefallen als Helen. Aber sie war stärker als er und würde ihn wahrscheinlich überreden zu bleiben, wenn sie es wollte. Sie behauptete, Perth sei zu teuer und Greg und sie würden zu viel Zeit mit der Arbeit und nicht genug Zeit zu Hause verbringen. Wie sich die Zeiten doch geändert hatten.

Sie zogen aus den richtigen Gründen um und er unterstützte Helens Entscheidung, aber im tiefsten Inneren, wenn er daran dachte, wie weit die Kleinen weg sein würden, fiel ihm die Trennung sehr schwer. Er tat ihr gegenüber möglichst so, als wäre nichts, aber er hatte das Gefühl, sie wusste, wie sehr es ihn schmerzte, sie wusste, was der Umzug die gesamte Familie kostete. Alle waren bemüht, sich nichts anmerken zu lassen.

»Euer Ehren, er sagt, es kommt ihm vor, als wäre Ihnen der Hund wichtiger als der Mensch.«

»Oh ja, das sieht sehr unangenehm aus, das sind wirklich schwere Blutergüsse.«

Er gab dem Gerichtsdiener das Handy mit den Aufnahmen von den verletzten Handgelenken der Frau zurück. »Also ich sehe keine andere Möglichkeit, als einen neuen Verhandlungstermin festzusetzen. Dann können wir die Frage der Eigentümerschaft klären. Jasmine, haben wir nächsten Monat noch einen Termin, um das ganze so schnell wie möglich über die Bühne zu bringen?«

»Haben wir, Euer Ehren, am 21. ist noch der ganze Tag frei.«

»Ich kann mir vorstellen, dass wir mindestens zwei Tage dafür benötigen. Ist der 22. noch frei?«

»Ja, Euer Ehren.«

»Verzeihen Sie, Euer Ehren, er sagt, der 21. geht nicht, weil seine Frau nach Serbien zurück muss, um sich um ihre kranke Mutter zu kümmern.«

»Verstehe, würde denn derselbe Tag im Monat drauf passen?«

Vielleicht musste er Helen einfach deutlicher erklären, dass es auf lange Sicht möglicherweise nicht das Beste war, jedenfalls nicht für die Kinder. Das konnte er nicht für sich behalten. Das Landleben würde ihnen guttun, aber ohne Großvater aufzuwachsen war nicht ideal.

»Er sagt, der Termin passt, Euer Ehren. Äh, aber er fragt,

ob er an den beiden Tagen einen Dolmetscher bekommen könnte.«

»Sind Sie an den beiden Tagen noch frei?«

»Ich gehe dorthin, wohin das Gericht mich schickt, Euer Ehren. So lange im Voraus kann ich das nicht sagen, aber wenn ich nicht frei bin, dann wird Ihnen ein anderer Dolmetscher zur Verfügung stehen.«

»Jasmine, würden Sie bitte notieren, dass wir am 21. und 22. einen Dolmetscher brauchen, der Serbisch spricht.«

»Ja, Euer Ehren.«

In der Woche zuvor waren Helen und Greg nach Narrikup gefahren, um das Fundament für ein kleines Künstleratelier abzustecken, das sie bauen wollten. Die Kinder hatten sie übers Wochenende bei ihm gelassen. In einem egoistischen Augenblick, als sie die Auffahrt verließen, hatte er sich bei dem Wunsch erwischt, sie würden unterwegs in den Süden einen tödlichen Autounfall erleiden und die Kinder könnten für immer bei ihm bleiben. Er erlaubte sich nicht, diesen Gedanken weiter zu verfolgen, stattdessen ging er ins Haus und baute das Schachbrett auf, um mit seinem ältesten Enkel eine Partie zu spielen. Er spielte immer noch ohne Dame, um ihm eine Chance zu lassen, solange er noch die Regeln lernte. Die Verabredung war, wenn er seinen Großvater zum ersten Mal in einem richtigen Spiel schlug, würde dieser seine Dame wieder aufs Brett stellen und wenn er seinen Großvater dann auch noch schlug, wenn die Dame aufs Brett zurückgekehrt war, würde sein Großvater nie wieder spielen.

Er sah dem serbischen Paar hinterher, das jetzt den Gerichtssaal verließ, der Mann flüsterte der Dolmetscherin etwas ins Ohr. Der Gerichtsdiener legte ihm die Akte vor, als die Nächsten hereingebracht wurden. Ein interessanter Fall, ein großer junger Mann, ein Aboriginal, der im Lauf der Jahre alle möglichen Verstöße begangen hatte. Jetzt war er offenbar ohne gültige Fahrkarte im Zug erwischt worden.

Der Gerichtsdiener trug die Formalitäten vor und die Verhandlung begann. Die Termindichte war gnadenlos diese Woche, vor ihm lagen noch mindestens zwölf Stunden, bevor er überhaupt daran denken durfte, nach Hause zu fahren.

»Ihnen wird Zugfahren ohne Fahrkarte, Ruhestörung und Widerstand gegen die Staatsgewalt vorgeworfen.«

»Euer Ehren, in anderer Angelegenheit sind gegen den Angeklagten außerdem vier verschiedene Verfahren wegen Körperverletzung und eines wegen Vergewaltigung anhängig.«

»Aber nicht heute, Sergeant?«

»Äh, nein, Euer Ehren, das ist richtig. Wir warten zur Zeit noch auf den Abschluss der Ermittlungen, ich wollte das Gericht nur auf den Ernst der Angelegenheit hinweis...«

»Sergeant, wollen Sie hier heute noch weitere Anklagepunkte als die vorliegenden verhandeln?« Er hielt die Akte hoch.

»Heute nicht, Euer Ehren, ich wollte nur ...«

»Wir können vom Angeklagten nicht erwarten, dass er ewig wartet, bis Sie die Anklagepunkte festgelegt haben, Sergeant. Ich schlage vor, wir kümmern uns heute erst mal um das Vorliegende und wenn Sie Ihre anderen Ermittlungen abgeschlossen haben, sehen wir uns diese gesondert an.«

»Jawohl, Euer Ehren, es geht nur darum, dass der Angeklagte bereits mehrfach vor Gericht stand, praktisch jedes Jahr, seit er achtzehn wurde. Es handelt sich hier keinesfalls um das erste Vergehen des Angeklagten.«

»Euer Ehren, bei allem nötigen Respekt vor dem Police Sergeant, ich halte es nicht für fair, von meinem Mandanten zu verlangen, dass er sich gegen Vorwürfe verteidigt, die bislang noch gar nicht gegen ihn erhoben wurden und möglicherweise nie gegen ihn erhoben werden.«

»Da stimme ich Ihnen vollkommen zu, wie schon gesagt.«

»Euer Ehren, der Angeklagte wurde in der Vergangenheit mehrfach wegen Gewaltverbrechen verurteilt, darunter mehrfach auch solchen gegen Polizisten.«

»Ich wiederhole noch einmal, Euer Ehren, die Vorgeschichte meines Mandanten ist in Hinblick auf die Ordnungswidrigkeit, die ihm heute hier vorgeworfen wird, nicht relevant: das Benutzen eines öffentlichen Transportmittels ohne gültigen Fahrausweis. Ich sehe nicht, weshalb hier künftige, rein hypothetische Anklagepunkte angeführt werden sollten, die, und auch da wiederhole ich mich, möglicherweise gar keinen Bestand gegen meinen Mandanten haben werden.«

»Wie plädiert Ihr Mandant hinsichtlich der Vergehen, die ihm heute zur Last gelegt werden?«

»Nicht schuldig, Euer Ehren.«

»Und gibt es einen Grund, weshalb er bei seiner Festnahme ohne gültige Fahrkarte angetroffen wurde?«

»Euer Ehren, am Tag seiner Festnahme hatte er eine Fahrkarte gekauft. Er sagt, er habe diese einem Schaffner gezeigt und wurde dann aber von einem zweiten Kontrolleur unnötig schikaniert, indem dieser ihn aufforderte, seine Fahrkarte erneut vorzuzeigen. Mein Mandant fühlte sich ungerechterweise als einziger Passagier im Zug ins Visier genommen, indem er zweifach aufgefordert wurde, seine Fahrkarte vorzuweisen. Als er entsprechende Einwände gegenüber dem zweiten Kontrolleur erhob, griff der erste ein und die Situation eskalierte. Schließlich wurde er von mehreren Kollegen des Bahnpersonals im Bahnhof Bassendean festgenommen und nach East Perth in Untersuchungshaft gebracht, bis formal Anklage gegen ihn erhoben werden kann.«

»Und konnte Ihr Mandant den Beamten in East Perth eine gültige Fahrkarte vorweisen?«

»Nein, Euer Ehren.«

»Wurde er von den Polizisten in East Perth aufgefordert, seine Fahrkarte als Beweismittel vorzulegen?«

»Nein, das wurde er nicht, Euer Ehren.«

»Euer Ehren, wenn ich kurz einwerfen darf, der Angeklagte wurde nicht aufgefordert, die fragliche Fahrkarte vorzuzeigen, weil sich herausstellte, dass gegen ihn wegen weiterer Vergehen, unter anderem Körperverletzung und sexuelle ...«

»Sergeant, ich muss Ihnen offenbar erneut ins Gedächtnis rufen, was Gegenstand dieser Anhörung ist. Lassen Sie mich Ihnen bei dieser Gelegenheit außerdem versichern, dass ich Ihre Weigerung, sich an die vorgeschriebenen Abläufe und Verfahrensweisen zu halten, ungeachtet der Umstände, als äußerst ermüdend empfinde.«

»Ja, Euer Ehren.«

»Bitte nehmen Sie Platz, Sergeant.«

»Ja, Euer Ehren.«

»Wünscht Ihr Mandant, sich zu den Vorwürfen zu äußern?«

»Nein, Euer Ehren.«

»In Anbetracht der Tatsache, dass die Polizei Ihren Mandanten nicht einmal aufgefordert hat, Belege für seine Darstellung der Ereignisse vorzulegen, und in Anbetracht der Tatsache, dass es die einzige uns heute vorliegende Angelegenheit ist, steht es Ihrem Mandanten frei zu gehen. Ich möchte Ihren Mandanten jedoch im Licht der Anmerkungen des Sergeants ermahnen, dass es unklug wäre, der Polizei den eigenen Aufenthaltsort zu verschweigen, solange die Ermittlungen in den anderen gegen ihn anhängigen Verfahren nicht abgeschlossen sind. Haben wir uns verstanden?«

»Ja, Euer Ehren.«

»Okay, wenn Ihr Mandant bitte dort an der Seite Platz nehmen möchte, wir werden ihm die nötigen Papiere ausstellen, damit er sich auf den Weg machen kann.«

Irgendwann musste alles einmal vorbei sein, zwangsläufig. Die Arbeit hielt ihn auf Trab, hielt ihn relativ jung. Er würde seine Jungs ja immer noch besuchen können, hinfahren oder runterfliegen, in Albany konnte man jetzt sogar Jura im Grundstudium studieren. Vielleicht könnte er dort an der Uni ein paar Vorträge halten. Er könnte sich dafür stark machen, dass man Rechtswissenschaften wieder in die Liste der angebotenen Fachbereiche aufnahm. Wer war der Nächste? Gebbel, auch das noch.

Trotz all der Fehler seines Schwiegersohns war Adrian doch jeden Tag dankbar dafür, dass er ihn hatte.

»Paul Gebbel, Paul Gebbel«, rief ihn der Gerichtsdiener auf.

Bei seiner Festnahme in Maylands hatte er eine ungeladene Pistole und 38 Gramm Methylamphetamin in kleinen wiederverschließbaren Plastiktütchen dabei. Er hatte die Vernehmung durch die Polizei heute Morgen gesehen, bevor er zur Sitzung kam. Gebbel war den festnehmenden Beamten gegenüber bemerkenswert feindlich eingestellt. Sie blieben gelassen, aber möglicherwiese würde dieser hier eine Weile lang schmoren müssen. Der Gerichtsdiener ratterte die Formalien herunter.

»Mr Gebbel, Sie haben sich entschieden, sich dieses Mal selbst zu verteidigen. Ist das korrekt?«

»Ja, Euer Ehren.«

»Mr Gebbel, ich möchte Sie darauf hinweisen, dass Sie derzeit mit einer möglichen Gefängnisstrafe zu rechnen haben. Sind Sie sicher, dass Sie die Anhörung ohne Rechtsbeistand fortsetzen möchten?«

»Ja, Euer Ehren.«

»Nun gut, Mr Gebbel. Bevor wir den Sergeant befragen, würden Sie mir kurz erklären, was sich während Ihrer Vernehmung ereignet hat? Ich habe die Aufnahmen heute Morgen gesehen und ich muss sagen, dass mir Ihr Verhalten alles andere als imponiert hat, insbesondere Ihr Betragen gegenüber den Beamten war recht irritierend.«

»Euer Ehren, ich habe keine Erinnerung mehr an die Vernehmung. Ich habe in den vergangenen sechzehn Jahren nachts nie mehr als eine Stunde geschlafen und meistens weiß ich gar nicht, ob ich wach bin oder schlafe. Während der Vernehmung wusste ich gar nicht genau, ob ich träume oder ob ich mich auf der Polizeiwache aufhalte, Euer Ehren.«

»Denken Sie denn, dass Sie zum gegenwärtigen Zeitpunkt wach sind, Mr Gebbel?«

»Das bin ich, Euer Ehren?«

»Sind Sie sicher, Mr Gebbel?«

»Sicher bin ich nicht, Euer Ehren.«

Ben

»Benny.«

»Greg?«

»Greg?«

»Chap?«

»Ja.«

»Was gibt's, Mann?«

»Ich habe einen Job für dich.«

»Ohne Scheiß?«

»Bist du noch wach?«

»Ist das dein Ernst?«

»Ist das dein Ernst?«

»Ja, wann?«

»Komm jetzt vorbei.«

»Schon unterwegs.«

Chappie

»Wie viel hast du, Chappie?«, rief Carson vom Sofa und starrte auf den Fernseher in der Ecke.

»Ganze Menge, Mann.« Chappie wusste, dass Carson nichts damit zu tun haben wollte. »Willst du einsteigen?«

»Nee, scheiß drauf. Jetzt nicht, Mann. Ich tauch erst mal ab.«

»Bist zu soft«, lachte Chappie laut in den Raum.

»Zu schlau«, schoss Carson zurück, ohne den Blick vom Bildschirm zu wenden. »Guck dir den Pisser da an.«

»Wer ist das?«

»Der Wichser verkauft Bankautomaten, guck ihn dir an. Der läuft durch Geschäfte, in allen möglichen Städten und dann sagt er dir, wo die Bankautomaten stehen. Subiaco, Rockingham, Joondalup – und guck dir das an, die sehen alle gleich aus.«

»Wahrscheinlich haben sie das alles in einer einzigen Straße gedreht.« Chappie war jetzt fertig mit dem Befüllen der Tütchen, Ben würde bald da sein.

»Nee, Mann, die machen bloß aus allem dieselbe Scheiße.«

Chappie sah, wie Carson den Cricketspieler kopfschüttelnd anstierte, der ihm jetzt von dem kleinen Bildschirm entgegenlächelte. Riesige Segelohren hatte der Pisser. Er verschloss das letzte Tütchen und hoffte, dass mit Ben alles klarging.

»Gibst du die dem Typen?«

»Wenn du nicht einsteigen willst?«, stocherte Chappie erneut.

»Du bist verrückt, Junge, die werden ihn bei lebendigem Leib zerfleischen.« Carson schüttelte fassungslos den Kopf und lachte in sich hinein.

»Wir fangen erst mal klein an, bloß ein paar Lieferungen, eigentlich kaum was.«

»Hörst du noch was von dem mit dem Wagen? Der, bei dem du immer so tun musst, als wärst du Mechaniker?«

»Terry?«, fragte Chappie.

»Ja, Terry.« Carson starrte gebannt auf die Werbung für eine Bank.

»Mit dem soll er anfangen«, sagte Chappie.

»Du bist total irre, Alter«, wiederholte Carson. »Terry, du und das Kind mit dem bescheuerten Auto und der Tüte Chicken Treat.«

»Red Rooster«, korrigierte Chappie ihn todernst. Er starrte das Päckchen an, das jetzt auf der Anrichte bereitstand.

»Hä?«

»Die waren von Red Rooster, nicht von Chicken Treat.«

»Ach so.«

Patrice

Patrice wünschte, er hätte es nicht gelesen. Es war zu viel. Er bemühte sich stets verständnisvoll zu bleiben, aber das war ihm unbegreiflich. Einer solchen Grausamkeit war er noch nie begegnet, so vorsätzlich und so beiläufig ausgeübt. Ausraster waren nachvollziehbar, so wie bei den beiden Jungs, die mitten in der Nacht bei alten Damen einbrachen, sie vergewaltigten mit Fingern, Fäusten, sogar mit Weinflaschen, das war jenseits des Vorstellbaren, aber dadurch wurde es irgendwie leichter, nachvollziehbarer, ein Anfall von Wahnsinn, ein kurzer Einblick in die Hölle. Aber was Patrice jetzt vor sich hatte, war einfach zu viel. Eine ganze Gemeinde von Menschen musste bereit sein, so was hinzunehmen, Männer, Frauen und sogar Kinder standen daneben, sahen zu und lernten davon.

Patrice hatte Nachtschicht in Trakt Zwei. Die Gefangenen nannten ihn »The Bronx«, weil er einer der schlimmsten im Gefängnis war. In jeder Zelle hockte ein wildes Tier, hinter jeder Tür loderte ein Alptraum. Derek war wieder bei ihm und zeigte ihm die Akte, die er vor sich liegen hatte. Eddie Walsh war wegen Tiermisshandlung verurteilt worden, einer der schlimmsten Fälle in der Geschichte des Staates. Im vergangenen Jahr hatte er Ferkelfleisch nach China geschmuggelt. Zuvor hatte er das Fleisch in seinem Hinterhof geräuchert, dann war er zweimal im Monat mit einem Kühllaster nach Doctors Creek kurz hinter Derby gefahren. Dort hatte er es jemandem auf einem Fischtrawler übergeben, der es in den Norden in eine Stadt namens Kupang in Indonesien brachte, von wo aus es mit einer Chartermaschine nach Jakarta transportiert und schließlich durch einen legal registrierten Importeur nach Hongkong verschifft wurde.

Das Fleisch war für Leute, die allem möglichen Aberglauben bezüglich ihres Essens anhingen. Aberglaube, der viele Dynastien zurückreichte. Sie konnten kein Schweinefleisch essen, das älter war als drei Monate, und jede Lieferung, die sie erhielten, musste aus demselben Wurf stammen. Die Muttersau musste mit Haferflocken und Weißwein gefüttert worden sein und die Ferkel mussten lebendig geräuchert werden. Der Sauerstoff musste noch in ihrem Blut sein – weil das dem Fleisch in den Augen derer, die in Hongkong danach Schlange standen, eine ganz besondere Gütequalität verlieh.

Als die Polizisten Eddie schließlich in seinem Räucherschuppen im Hinterhof festnahmen, hatte er an die dreißig Ferkel aufeinandergestapelt, die er höchstpersönlich und von Hand so verkrüppelt hatte, dass sie sich nicht mehr bewegen konnten. Sie schwitzten durch halbgeschlossene Augen und quiekten gequält, am Anfang ihres Wegs zu einem vornehmen Festmahl auf einem anderen Kontinent. In dem der Akte beiliegenden Bericht stand, die Hälfte der Ferkel habe so gezappelt, als die Polizei in den Schuppen platzte, dass sie kreischend vor Angst von ihrem Stapel auf den Boden fielen.

Patrice spürte Dereks Atem im Nacken. Derek hatte den Bericht selbst bereits über zwanzigmal gelesen, aber er faszinierte ihn immer noch. Patrice fiel auf, dass Engländer wie Derek einen starken Gerechtigkeitssinn hatten und überzeugt davon waren, dass gewisse Dinge die Grenzen der kollektiven Gnade überschritten und besondere Beachtung verdienten. Dann sprachen sie über Eddie Walsh und schenkten ihm besondere Beachtung.

Ariel

Ariel wachte panisch auf, sein Herz drohte seine Brust zu sprengen. Er setzte sich schwitzend auf und sah sich um, versuchte sich zu orientieren. Er hatte geträumt, er sei Mitglied einer Footballmannschaft in einer kleinen Stadt im Wheatbelt, die gegen Jahresende ein Riesenfest veranstaltete. Einer der Spieler hatte Streit mit ihm angefangen und bevor er sich's versah, wälzten sie sich im Vereinsheim über den Boden. Alle anderen sahen zu. Er war in seinem Traum nicht fett, als er sich dort herumrollte und zu verhindern versuchte, dass der andere Kerl auf ihn eindrosch. Er war schlank wie ein Footballspieler, fit und muskulös, aber der andere war größer und gewann schließlich die Oberhand. Der, gegen den er unterlag, hatte einen schmalen schwarzen Schnurrbart und kämpfte auf eine Art, die völlig frei war von der Eleganz der Kämpfe, die er im Fernsehen gesehen hatte. Er schlug ihn mit weit ausholenden Hieben, ergänzt von Ellbogenstößen und schnellen Haken, die ihn ohne Vorwarnung seitlich am Gesicht trafen.

Ariel merkte, dass er den Kampf verlor, und wusste, dass ihm danach noch viel Schlimmeres blühte. In dem Verein gab es ein eigenartiges und unausgesprochenes Ritual, das immer dann zur Anwendung kam, wenn ein Kampf verloren wurde. Er lag auf dem Boden und wartete darauf, während sich der andere an die Bar setzte und sich ein großes Bier zapfen ließ. Ariel wischte sich das Blut von der Nase, es blutete, lief aber nicht in Strömen. Die anderen Vereinsmitglieder zogen sich alle aus, nickten einander zu. Er konnte nichts tun. Acht oder neun Männer stürzten sich nackt auf ihn, streckten die Arme aus, wollten ihn festhalten. Er hatte zwei Kerle an jedem Arm und Bein, einer saß auf seinem Brustkasten, alle waren sie nackt. Er spürte die Blicke der Frauen im Club, während sie sich an ihm zu schaffen machten. Einige lachten, andere sahen schweigend zu und tranken Dosen mit fertigen Wodka-Mixgetränken.

Die Männer rissen Ariel die Kleider vom Leib, so dass er ebenso nackt war wie sie. Sie streichelten und leckten ihn abwechselnd, während ihm einer zwei oder drei Finger langsam in den Arsch schob. Er sah den Hintern des Mittelstürmers plattgedrückt auf seiner Brust und spürte die Muskeln seiner eigenen Beine, als die anderen Spieler ihn mit ihren Zungen bearbeiteten, ihre Gesichter versanken im Meer der Köpfe, die zwischen seinen Beinen auf- und abtauchten. Er merkte, wie er immer steifer und steifer wurde, und je länger sie ihn leckten, umso lauter und ausgelassener erklangen die Stimmen der Frauen im Vereinsheim, einige kommentierten die Größe seines Schwanzes, andere sprachen darüber, wie gut sie in der vorletzten Saison gespielt hatten, wieder andere bestellten einfach noch mehr Drinks.

Das Klingeln der Kasse und das Knacken geöffneter Dosen erfüllte den Raum. Ariel ejakulierte, als die Finger immer tiefer und tiefer in ihn fuhren, es schoss aus ihm heraus wie ein heißer Strom und spritzte über die lachenden Gesichter seiner Mannschaftskameraden. Während er sich krümmte und ergoss, gingen sie einer nach dem anderen fort, zogen sich wieder an, schlossen ihre Gürtel und knöpften ihre Hemden zu, verlangten mehr Bier. Einer stellte sich auf einen Tisch, zog knackend eine Dose auf und erklärte Ariel zum heutigen Star der Begegnung, das darauffolgende heisere Gelächter erfüllte das Vereinsheim und sickerte wie ein Strom aus Scheiße tief in die Windungen von Ariels Gehirn.

»Ariel, mein Mann! Alles klar?«

»Carson, kommen Sie rein. Wie geht's?« Ariel rief Carsons Akte im Computer auf.

Ariel hatte die frühen Morgenstunden nach seinem Alptraum nackt in der Küche gestanden und mit Meerrettich bestrichenes frittiertes Pagnotta gegessen. Während er kaute und durch die Nase atmete, hatte er ganz stillgestanden, in die Dunkelheit vor seinem Küchenfenster gestarrt und geduldig darauf gewartet, dass die Sonne aufging. Zum ersten Mal in seinem Leben war er nicht sicher gewesen, ob sie's wirklich tun würde.

»Haben Sie abgenommen, Dicker, oder was?«

Carson pflanzte sich vor Ariel, lächelte ihn an und machte es sich bequem.

»Ich wünschte es, Carson, aber leider nicht.«

»Wahrscheinlich haben Sie einfach nur größere Klamotten gekauft, hm?«

Ariel lachte und schüttelte traurig den Kopf, er war Carson für seine Bemühungen dankbar. Er war nur wenige Monate draußen gewesen und jetzt war er schon wieder da. Sie würden das gesamte Assessment noch einmal von vorne beginnen müssen, wie bei einem neuen Häftling, einem Neuzugang. Ariel freute sich aber, ihn zu sehen. Carson gab ihm das Gefühl, als wäre sein Job gar nicht so schrecklich. Er hörte sich gerne seine Geschichten an, bekam gerne Aufmerksamkeit von ihm.

»Also, Sie sind zur Zeit in Untersuchungshaft, ist das richtig?«

»Ja, ich hatte ein bisschen Ärger, deshalb lassen die mich jetzt warten. Ich schätze mal mindestens ein paar Monate.«

»Wollen die Ihnen noch weitere Delikte zur Last legen?« Ariel zeigte auf den Computerbildschirm.

»Nein, ich glaube, das war's jetzt.«

Ariel überflog die Einzelheiten auf dem Bildschirm vor sich. Die Polizei hatte ihn vor einigen Wochen verhaftet und eine ganze Palette von Vorwürfen gegen ihn gesammelt, tätliche Übergriffe, mehrere Fälle von schwerer Körperverletzung, Vergewaltigung, Anstiftung zu Straftaten, Morddrohungen, Freiheitsberaubung, tätliche Angriffe auf Mitarbeiter des öffentlichen Dienstes und eine ganze Latte anhängiger Bußgeldverfahren. Eines seiner Opfer lag noch in kritischem Zustand im Krankenhaus. Wenn Carson Pech hatte, stand ihm eine Anklage wegen Mordes bevor. Bei seiner Vorgeschichte konnte er für bis zu achtzehn oder zwanzig Jahre hinter Gitter wandern. Er sah Carson an, der in Anbetracht der Umstände sehr entspannt wirkte. Ariel wusste, dass er nicht dumm war. Er wusste garantiert, was ihm blühte, vielleicht tat er nur so gelassen oder vielleicht war es überhaupt viel zu viel, um dem Ganzen ins Auge zu sehen. Vielleicht hoffte Carson einfach das Beste.

»Haben Sie eine Arbeit zugeteilt bekommen, Carson? Seit Sie wieder da sind?«

»Ja, die haben mich in den Laden gesteckt.«

»Ach ja?«

»Leichte Arbeit, wissen Sie, Tabak abzählen, Zeitschriften für die Jungs zurücklegen, Bestellungen für die Xbox und ein paar CDs annehmen. Eigentlich war's das schon. Besser als Malen, wissen Sie? Nicht so gut wie in der Küche, aber immerhin Stufe eins.«

»In welchem Trakt sind Sie jetzt?«

»Ich bin im Siebener. Die haben gesagt, morgen komme ich in den Dreier.«

»Ist Ihnen das recht?«

»Ja, der Dreier ist okay.«

Ariel sah ihn mit offenen Augen an, versuchte ihm so etwas wie Hoffnung zu vermitteln. Er wartete, ob Carson seine Gedanken weiter ausführen und ihn an noch mehr teilhaben ließ. Er wirkte müde, hatte ein paar Schrammen mehr im Gesicht, seit er ihn zuletzt gesehen hatte. Allmählich bekam er so ein abgebrühtes Aussehen.

»Schön, fangen wir an mit dem Tag Ihrer Festnahme, Carson. Dann sehen wir weiter.«

»Ich hatte meinen kleinen Bruder dabei, da in der Bar. Ich hab Zeit totgeschlagen und gewartet, dass meine Mum nach Hause kommt.«

»Und Sie sind nach Hause gefahren, weil Sie wieder bei Ihrer Mutter wohnen wollten?«

»Nein, nee, Mann, ich bin bloß hin, um meinen kleinen Bruder zurückzubringen, der hat ein bisschen über die Stränge geschlagen und wissen Sie, er war das erste Mal allein in Perth, er hätte aufs Clontarf Aboriginal College gehen sollen, da hat er ein Stipendium bekommen, er ist ein guter Musiker, ein guter Songwriter, aber er ist ausgeflippt. Hat allen möglichen Mist gebaut, deshalb hat Mum mich gebeten, ihn in die Schranken zu weisen und für eine Zeit lang nach Hause zu bringen. Vielleicht kann er nächstes Jahr aufs College, wissen Sie? Wenn er wieder richtig tickt.«

»Und Sie wurden vor den Augen Ihrer Mutter festgenommen, ist das korrekt?«

SHAKE IT ALL ABOUT

Phil

Phil trank sein Bier ganz langsam, die Zeitung von gestern lag zusammengefaltet auf dem Tresen vor ihm. Es war ein ruhiger Nachmittag. Die Straße runter spielte die Lokalmannschaft Football und bald würde es hier richtig voll werden. Charlie saß vorne an der Bar und guckte fern, zwei Aboriginals saßen auf Barhockern an einem der hohen Tische an der Tür. Der große schenkte sich was aus einem Krug ein, der kleine trank Cola mit einem Strohhalm aus der Dose. Den musste er im Auge behalten, damit er sich nicht heimlich Bourbon in die Cola kippte. Der kleine sah minderjährig aus, aber der große hatte beim Bestellen gar nicht erst versucht, ihm was vorzumachen, das war also gut. Wahrscheinlich waren sie Brüder. Der Ältere gab ihm einen leichten Klaps seitlich auf den Kopf, zog den Strohhalm aus der Dose und legte ihn auf den Tisch. Sah aus, als wollte er ihn erziehen. Auf jeden Fall waren das Brüder.

»Ich wollte dich fragen, wie dein Tag vor Gericht war, Phil?«, krächzte Charlie, nahm den Blick aus seinen tief umrandeten Augen aber nicht von den Pferden im Fernseher.

»Ach, ganz okay, Charlie. Kostet mich ein paar Hundert, ich muss ihm die Arztrechnung bezahlen und eine neue Fliegengittertür.« Phil zapfte sich noch ein helles Bier.

»Na und? War's das wert?«

»Scheiße, Charlie … wenn ich ihn für 200 Dollar noch mal schlagen könnte, ich würd's gerne tun.« Phil schmunzelte und legte den Zapfhahn um, wahrscheinlich konnte er in den kommenden beiden Wochen problemlos 200 bis 300 Dollar abzweigen. Len würde es gar nicht merken. In ein paar Tagen würde der nach Perth abreisen, um seinen neuen Laden anzuschieben. Wenn alles gut ging, würde Len künftig die meiste Zeit in der Stadt verbringen und Phil würde dann hoffentlich den Laden hier allein führen. Wobei das von der Arbeit her eigentlich keinen großen Unterschied machte, weil Len sowieso praktisch nichts tat.

»Hat er dir das Geld bezahlt?«, fragte Charlie, der immer noch an der Glotze klebte.

»Was hast du gesagt?«

»Dein Nachbar, hat er dir den Hunderter zurückgegeben, den er dir schuldig war?«

»Noch nicht, Charlie, aber ich hab's im Griff.«

»Na, dann ist doch alles in Ordnung«, Charlie schmunzelte noch ein bisschen, »ist immer schwierig, für alle Beteiligten, wenn so ein blöder Arsch nicht zahlen kann.«

Phil setzte Charlie ein frisches Bier vor, nahm das leere Glas weg und ging ohne zu kassieren zurück zur Kasse.

»Danke dir«, sagte Charlie, wobei das Grinsen aus seinem Gesicht verschwand. Phil zog einen Fünf-Dollar-Schein aus der Tasche und tippte ein Bier für Charlie ein. Er achtete immer darauf, dass alle sahen, dass er es aus eigener Tasche bezahlte. Er ließ den Schein fallen und nahm drei Zwei-Dollar-Münzen und ein Fünfzig-Cent-Stück raus. Er steckte das Wechselgeld ein und schloss die Kasse. Der große Typ, der mit dem Bruder, kam mit dem leeren Krug in der Hand rüber.

»Noch mal dasselbe?«, fragte Phil.

»Ja bitte, noch einen. Danke.«

Phil holte einen frischen Krug für ihn, schön kalt, und zapfte das Bier.

»Was habt ihr denn da, einen Fernseher, oder was?«, fragte Phil, nickte rüber zu dem Jüngeren, der seine Füße unter dem Tisch auf einem Karton abgestellt hatte.

»Clemmy, nimm die verfluchten Füße da runter, Junge.«

»Scheiße, macht doch nichts, Cars, ist doch egal«, sagte der Jüngere und ließ die Füße auf dem Karton.

Der Große starrte ihn weiter wortlos an. Der Kleine verstand die Botschaft und nahm die Füße runter.

»Neue Mikrowelle. Mum hat noch immer dieselbe, seit die ersten auf den Markt gekommen sind«, erklärte der Große und kehrte seinem kleinen Bruder den Rücken zu.

»Sehr schön.« Phil stellte den frischen Krug auf dem Tresen ab und sah, dass der Kleine seine Füße wieder auf den Karton gestellt hatte. »Bitte schön.«

Der Große schob ihm einen Zwanziger über den Tresen zu. Phil suchte das Wechselgeld und gab es ihm.

»Danke.«

»Bitte gerne.« Phil wischte sich die Hände an einem Geschirrtuch ab, das am Sodawasser-Zapfschlauch hing, setzte sich und nahm einen Schluck Bier. Er hatte die Zeitung gestern nicht gelesen und heute Morgen vor Schichtbeginn vergessen, eine zu kaufen. Vielleicht konnte er in Lens Abwesenheit zwanzig Dollar pro Tag abzweigen, vielleicht sogar fünfundzwanzig, wenn er's schlau anstellte. Er blätterte eine Zeitungsseite um. Jemand hatte eine Aga-Kröte in Port Headland entdeckt.

»Pass mir bloß auf den Typen auf«, sagte Len, der sich an Phil angeschlichen hatte und ihm jetzt ins Ohr flüsterte. »Behalt den unbedingt im Auge. Der Kerl ist irre.«

»Ist er das?« Phil blickte in die Richtung, in die Len nickte, er fragte sich, wie lange er schon hinter ihm gestanden hatte. Der Große trat jetzt die Füße von dem Kleinen vom Karton herunter und verpasste ihm noch einen weiteren Klaps auf den Hinterkopf.

»Der heißt Carson, der andere, der bei ihm sitzt, muss sein kleiner Bruder sein. Ich weiß nicht, wie er heißt, das sind die Söhne von Carmel, weißt du? Der, der immer mit den Lotterielosen für den Basketballverein rumgeht.«

»Carson?« Phil war ziemlich sicher, dass Len nicht hinter ihm gestanden hatte, als er an der Kasse war.

»Das Arschloch war hier, als du vor Gericht warst. Er hat

sich fast umbringen lassen, und jetzt wird er von der Polizei gesucht. Hier, nimm das.«

Len drehte sich um und lehnte sich lässig an den Tresen. Er hatte Phil eine seiner Visitenkarten zugeschoben und tat jetzt so, als wollte er ein Bierglas polieren.

»Wenn er geht«, sagte Len leise, »rufst du die Nummer an, die da hinten draufsteht, aber nicht solange er noch hier ist, erst wenn er geht. Ich will nicht, dass jemand in meiner Kneipe verhaftet wird.«

»Alles klar, Len.« Phil steckte die Karte in seine Gesäßtasche, ohne draufzugucken.

»Wie viel hat er getrunken?« Len sprach in das Glas, das er vorgeblich säuberte.

»Das ist bislang sein zweiter Krug, aber er war ganz okay«, sagte Phil und nahm einen tiefen Schluck von seinem Bier. Alles klar, Phil verdächtigte ihn nicht.

»Höchstens noch zwei, dann drehst du ihm den Hahn ab. Wegen dem mussten wir neulich den verfluchten Teppich reinigen lassen.«

»Ach, der ist das? Keine Sorge, Len. Gehst du weg?«

Phil faltete die Zeitung zusammen und las, was auf der letzten Seite stand. Der große Nigerianer, der für Richmond spielte, stand wegen Körperverletzung vor Gericht.

»Ich geh mal mit Trevor auf den Platz, eine Runde spielen.« Len griff in die Tasche seiner grauen Hose und zog ein Päckchen Zigaretten heraus.

»Spielst du neun oder achtzehn?«, fiel Charlie ein, den Blick immer noch unverwandt auf die Pferde gerichtet.

»Neun, aber auf der Karte wird's wahrscheinlich aussehen, als hätte ich achtzehn gespielt.« Len steckte sich eine Zigarette in den Mund.

»Naja, du weißt ja, wie man sagt?«, krächzte Charlie mit bebendem Eidechsenhals.

Dean

»Alter, das Ding war so groß wie ein verfluchter Meteorit!« Dean zeigte mit den Händen wie ein Angler die Länge eines Riesenfischs.

Daniel war gebeten worden, am Vormittag in den Computerraum zu wechseln, weil der Kunstraum frisch gestrichen wurde und der IT-Typ nicht gekommen war. Daniel hatte gedacht, ihm stünde ein unproblematischer Vormittag bevor, aber dann hatte ihm der Leiter des Bildungszentrums auf die Schulter getippt und ihn gefragt, ob es ihm etwas ausmachen würde, wenn er im Unterricht mal dabeibliebe. Der IT-Unterricht schien zu den Streichen zu gehören, die das Gefängnis seinen Insassen spielte. Die Gefangenen saßen herum und lernten, wie man sich durch längst überholte Computerprogramme manövriert, Dateien auf Disketten speichert und inzwischen ungültige Eingabeaufforderungen eingibt. Sie kämpften sich durch einen Riesenkatalog sinnloser Übungen und bearbeiteten imaginäre Bilanzen mit Hilfe der überholtesten Microsoft-Word-Versionen, die die Anstaltsleitung hatte auftreiben können.

Die Gefangenen wussten es entweder nicht besser oder es war ihnen egal.

»Ich weiß nicht, wie die das gemacht haben, verflucht, das war so ein riesiges, milchig grünes Ding, wie das Kryptonit bei Superman, weißt du?«, fuhr Dean fort.

»Scheiße, echt?«, sagte einer, der an Deans Lippen hing.

»Das Ding muss 900 000 wert gewesen sein, Alter. Ich schätze, die haben seit Monaten was abgeschabt davon, als sie's rausgeholt haben, haben wir uns alle abgeschossen, das

Zeug hat sich mir ins Hirn gebohrt und alles da drin durcheinandergebracht.«

»Scheiße, ja Mann«, sagte der Dürre und sabberte fast schon, so aufregend fand er die Aussicht, sich mit Kryptonit abzuschießen.

»Mann, danach waren wir alle total im Arsch und ich weiß noch, wie ich dagesessen hab, halt nur auf einem anderen scheiß Planeten und in diesen riesigen dreckigen Kristall vor mir gestarrt hab, meine verfluchten Arme nicht mehr heben konnte, Mann, ich war so im Arsch, ich konnte mich gar nicht mehr bewegen.«

»Scheiße, klingt voll abgefahren.«

Patrice

Er rannte schnell und lässig, seine Füße federten vom Rasen ab, als er die Schlaglinie überquerte und den ramponierten Cricketball über die gesamte Länge des Pitch warf. Der Schlagmann machte sich bereit, hielt den Schläger hoch erhoben und blockte den Ball, aus dem sofort alles Leben wich. Kraftlos plumpste er auf den kurzgemähten Rasen. Patrice war seit Stunden im Kreis gelaufen und nun in einem Park, nicht weit von zu Hause, gelandet. Ein paar Männer aus Sri Lanka, Inder oder Pakistanis spielten Cricket, wechselten sich ab mit Werfen und Schlagen.

Patrice sah ihnen schon eine ganze Weile lang zu. Sie sprachen Englisch untereinander, waren dabei sehr herzlich und freundlich. Er erinnerte sich an einen Urlaub mit seiner Frau im letzten Jahr in Kuala Lumpur, wo er mitten am Tag malaiische Männer Händchen haltend auf der Straße gesehen hatte. Einmal hatten sie in einem Café in der Stadt gefrühstückt und eine Gruppe Taxifahrer an einem Tisch auf Kundschaft warten sehen. Sie hatten Tee mit Milch aus Gläsern mit Metallgriffen getrunken und jeweils einen Arm um ihren Nachbarn gelegt. Patrice fühlte sich so allein.

Seine Frau würde nicht zurückkommen. Sie hatte ihm geschrieben, dieses Mal auf Französisch, und gesagt, sie wolle nicht ohne ihre Mutter leben und halte es für fairer, die Entscheidung jetzt zu treffen als später. Er, Patrice, habe sie mit einem neuen Leben verführen wollen, aber sie habe sich für ihr altes entschieden.

Er hatte verloren. Ihre Mutter starrte ihn von dem Foto in der Küche aus an, ihr Blick bohrte sich in ihn, als er auf dem grünen Gras stand und den Männern bei ihrem Spiel zusah.

Der Werfer kehrte noch einmal zurück und schleuderte erneut einen Ball Richtung Batter. Der machte dieses Mal ein paar Schritte vorwärts, den Blick starr geradeaus gerichtet, dann holte er mit dem Schläger aus. Der Ball flog über das Feld, er schlug ihn nach rechts, der zweite Batter stieß einen Schrei aus und rannte auf das gegenüberliegende Wicket zu. Die Feldspieler sprangen durcheinander und schrien sich gegenseitig Anweisungen zu, dieses Mal in ihrer eigenen Sprache, alle bewegten sich in derselben Umlaufbahn, jeder kannte seine Aufgabe. Der Ball wurde wieder aufgehoben und der Fielder tauchte zur Seite ab, warf den Ball auf das Wicket des Batters, der elegant zu Boden glitt. Der Wicketkeeper fing den wilden Wurf aus der Luft, holte ihn auf die Metallstäbe runter, riss sie um. Unter den Fieldern brach unbändiger Jubel aus, sie schrien vor Freude und der Läufer, der nun im Aus war, verlangsamte auf einen lässigeren Schritt, hob das Gesicht gen Himmel, lachte in sich hinein und rannte die Reste des Wickets um.

Patrice überlegte, wie das wohl für die Cricketspieler hier in Australien sein musste. Ein ausgezeichnet gepflegter Cricketplatz, ohne eine einzige Zuschauerseele. Vor vielen Jahren hatte er Indien besucht. Er erinnerte sich, dass er kurz nach Mitternacht aus dem Flughafengebäude in Bangalore getreten war, vorbei an den Plakaten mit der mahnenden Aufschrift »Achten Sie auf Ihre Wertsachen!«, vorbei am Sicherheitspersonal mit den makellos weißen und geheimnisvoll wirkenden Turbanen und schließlich hinaus in die überfüllten Straßen, in denen sich tausende und abertausende Inder tummelten. Ein wasserloser Ozean aus Gesichtern. Menschen, die ihrer Wege gingen, wie neugierige Ameisen mit eigenen Vorhaben. Unbekümmert und ungehindert bahnten sie sich ihre Wege, eine Königin war nicht in Sicht. Nicht einmal das größte Gedränge in Paris hatte ihn darauf vorbereiten können. Menschen bewegten sich in Schwärmen, zogen an ihm vorbei, wenige Zentimeter nur entfernt. Er versuchte sie alle anzusehen, während sie ihn passierten, ihn streiften. Am Flughafen war der Fußgängerverkehr noch hektischer und es waren einfach zu viele. Mit jeder vorbeieilenden Person spürte er einen Luftzug, ihm wurde leicht schwindlig und er musste sich ein Taxi nehmen, sich hinsetzen, eine Tür fest hinter sich schließen, um ein kleines bisschen Raum für sich selbst zu finden.

Er hatte alles für sie beide geplant und seine Ideen funktionierten nicht, wenn sie nicht zu zweit waren. Entweder musste er jemand Neues kennenlernen oder nach Frankreich zurück. Allerdings hatte sie ihn gar nicht gebeten, zurückzukommen.

Muss ein Paradies für sie sein, dachte er.

Ben

Ben wartete im Auto. Draußen war der Boden noch feucht vom leichten Regen und die Straßenlaternen warfen trübes Licht auf seine Motorhaube, so dass sein kleiner Wagen sauber und cool aussah. Er wartete auf dem Bahnhofsparkplatz in Meltham. Auf seiner Strecke lag der nicht, aber Chappie hatte ihm gesagt, er solle hier warten. War das erste Mal und dieses Mal hatte er kein Grillhuhn mit Pommes dabei, das war nicht nötig. Der Mann, auf den er wartete, würde in einem gelben Hyundai vorfahren, parken, seine Motorhaube aufklappen und sich seinen Motor ansehen, als würde etwas damit nicht stimmen. Ben sollte aus dem Wagen steigen, zu ihm gehen und sich gemeinsam mit ihm den Motor anschauen.

Wenig später würde Ben sich tiefer unter die Motorhaube beugen und so tun, als würde er die Abdeckungen festziehen. Neben der Verteilerkappe würde er ein kleines Kästchen mit Deckel finden, das am Heizungsschlauch befestigt war. Er sollte den Deckel aufklappen und das Geld herausnehmen, das Dope fallenlassen, den Kopf schütteln und zu dem Mann sagen, er wisse wirklich nicht, was mit dem Wagen los sei. Der Mann würde den Kopf schütteln, sein Handy aus der Tasche ziehen und so tun, als würde er einen Reparaturnotdienst rufen. Ben würde wieder in den Wagen steigen, das Geld zählen und losfahren.

Ben sah auf die Uhr am Armaturenbrett, der Mann war fünfzehn Minuten zu spät. Chappie sagte, er käme nie zu spät, seit zwei Jahren verwendeten sie dieselbe Liefermethode. Wenn er aus irgendeinem Grund nicht auftauchen sollte, durfte Ben nicht länger als dreißig Minuten warten.

Alle zwanzig Minuten fuhr ein Zug, deshalb würde es seltsam aussehen, wenn jemand länger im Wagen saß und wartete. Benny spähte in sein Zigarettenpäckchen, schüttelte die wenigen verbliebenen raus und zählte sie. Er nahm eine und zündete sie an. Er hatte ein gutes Gefühl, mit Chappie zu arbeiten. Das mit Greg würde er noch so lange weiterlaufen lassen wie möglich. Er hatte ihm noch nicht gesagt, dass er seinen Tätigkeitsbereich erweitern wollte, könnte sein, dass ihn das nervös machen würde. Vielleicht würde er dann Gras zurückhalten. Über dem Bahnhof hing ein Riesenplakat mit Werbung für Harvey Beef. Eine kräftige Kuh, eine grüne Wiese und ein Schlachter, der einem Farmer die Hand schüttelte. Den Farmer erkannte man daran, dass er einen Hut aufhatte und ein Flanellhemd trug.

Ben dachte an all die Köche in all den Küchen der Welt, die jetzt im Schweiße ihres Angesichts schufteten. Dicke Typen, die in irgendeinem beschissenen Grill- oder Gasthaus über den Herdplatten hingen und schwitzten, an die chinesischen Küchensklaven, die in den Fabrikküchen tausend Mahlzeiten pro Tag produzierten und Zwölf-, Dreizehn-, Vierzehn-Stunden-Schichten abrissen. Die Casinobuffets, die Frühstücksbars und Burgerläden, die Pizzaöfen, die Konditoren und die ganzen Wichser, die mit offenen Mündern und gezückten Brieftaschen Schlange standen. Sie machten ihn krank, während er dort saß und an das Geld dachte, das er verdienen würde. Er stand ganz weit über all dem, ganz weit.

Er zündete sich eine weitere Zigarette an und betrachtete die Laternenmasten, die sich über den Bahnhof beugten, und hielt nach Kameras Ausschau. Meltham war eine Haltestelle mitten im Nirgendwo zwischen Perth und Midland. In einem Nirgendwo zwischen zwei Nirgendwo-Städten. Er sah rüber zu den anderen Autos auf dem Parkplatz, vergewisserte sich, dass niemand darin saß. Im Rückspiegel konnte er die Straße gut überblicken. Es war Mittwochabend, nicht viel los und noch nicht so spät, dass er verdächtig wirkte, gleichzeitig aber spät genug, so dass die allermeisten schon zu Hause waren. Er sah ein oder zwei Leute aus dem Zug steigen und die gewundene Treppe zum Parkplatz hinuntersteigen. Sie sahen alle anständig aus, er betrachtete sie so unauffällig wie möglich, achtete darauf, dass niemand stehen blieb.

Er hatte nie viel dabei, wenn er Gras verschob, nie mehr als zwei oder drei Unzen auf einmal und das auch nur an besonderen Gelegenheiten, wenn ein und dieselbe Person eine größere Lieferung bekam. Wenn er mit drei Unzen Gras erwischt wurde, saß er in der Scheiße, aber nicht mal dafür würde er ins Gefängnis kommen, jedenfalls in kein richtiges. Wahrscheinlich würde man ihn zu zwei Wochen gemeinnütziger Arbeit auf einer Farm oder zwölf Monaten Bewährung mit Auflagen verdonnern. Heute Abend war aber alles anders. Er saß hier mit zweihundert Pillen und zwanzig Tütchen, alle hinter dem Autoradio versteckt. Chappie hatte ihm gezeigt, wie man die Anlage herauszieht, die Halterung löst und dann hinter der Abdeckung des Armaturenbretts etwas verstecken kann. Die Pillen lagen schön tief da drin und das Radio ließ sich ohne weiteres wieder reinschieben, so dass alles ganz normal aussah.

Ben sah einen weiteren Zug durch die Station rauschen. Es musste ein Expresszug sein, niemand stieg ein oder aus, keine Chance. Er hatte weit über fünf Gramm hinter der Anlage versteckt. Mit fünf Gramm geriet er in gefährliches Fahrwasser, was das Gesetz betraf. Der Käufer zahlte 20 Dollar pro Pille. Chappie behauptete, es seien die besten in Perth, der Käufer konnte sie locker für 35 oder 40 Dollar pro Stück weiterverkaufen. Besonders an Leute, die wussten, was sie wollten. Gab nichts Schlimmeres, als wenn man ordentlich Kohle hinlegte und nur Mist dafür bekam. Der Typ hier hatte nichts dagegen, gutes Geld zu bezahlen, denn anscheinend wusste er, wie er's wieder loswurde, so dass es sich lohnte.

Einmal die Woche bezog er Ware von Chappie und das jetzt schon seit ein paar Jahren. Ben sollte 4000 Dollar von ihm bekommen, davon würde er 1000 behalten und 3000 an Chappie weitergeben. Er wusste nicht, wie viel Chappie persönlich einkassierte und wie viel er abführen musste, er wusste, dass er das Zeug nicht selbst herstellte, aber er löcherte ihn auch nicht mit Fragen. Ihm war egal, wie viel für Chappie abfiel. Er war zufrieden mit seinem Anteil, 1000 Dollar für eine halbe Stunde Arbeit war super. Jedenfalls für den Anfang.

Mit über fünf Gramm unterwegs zu sein machte ihn nervös, aber wenn er einsteigen wollte, musste er ein gewisses Risiko eingehen. Über fünf bedeutete maximal fünfzehn Jahre, aber selbst wenn er erwischt wurde, würde er da nicht mal annähernd rankommen, schließlich wäre es sein erstes Vergehen, wahrscheinlich würde er sechs Monate auf einer Farm bekommen, höchstens ein Jahr. Möglich, dass er danach noch ein paar Monate lang zu Treffen draußen gehen müsste. Aber das war es wert. Wenn er's gut machte, würde Chappie ihn richtig mit ins Boot holen und dann könnte er die Lieferungen besser organisieren, damit er nicht so ungeschützt war.

Ein gelber Hyundai rollte auf den Parkplatz, der Warnblinker leuchtete auf und der Motor war bereits aus. Er glitt in eine freie Lücke. Wer auch immer darin saß, der Typ war gut. Ben legte seine Zigarette im Aschenbecher ab, wollte sie nicht aus dem Fenster werfen, um nur ja keine Aufmerksamkeit auf sich zu lenken. Er blieb sitzen und wartete darauf, dass der Mann ausstieg und vorne an den Wagen ging. Er hob die Motorhaube und stützte sich auf die Karosserie, starrte ins Innere und schüttelte den Kopf. Er spielte so gut Theater, dass Ben dachte, möglicherweise sei der Wagen wirklich kaputt und der Typ gar nicht der, auf den er gewartet hatte.

Ben löste die Anlage aus der Halterung, zog sie heraus,

nahm das Säckchen mit den Pillen und steckte sie in die Jackentasche. Die Warnblinker des Hyundai warfen warmes pulsierendes Licht durch die Windschutzscheibe, ließen die dicken Wassertropfen im Takt glänzen. Ben stieg aus dem Wagen und ging auf den Mann zu. Seine Hand mit dem Päckchen steckte in seiner Jackentasche, er bezog Position neben dem Mann und starrte in die geöffnete Motorhaube, keiner von beiden sagte ein Wort. Er sah den Behälter mit dem Deckel, genau wie Chappie ihn beschrieben hatte.

Ben hielt es für eine gute Idee, wenigstens ein paar Lippenbewegungen zu machen, falls jemand aus der Ferne sie beobachtete und nach einem kurzen einseitigen Gespräch beugte Ben sich über den Wagen, klappte den Behälter auf, sah die kleine Rolle mit Fünfzigern in einem Tütchen und nahm den Tausch vor. Er legte die Drogen in den Behälter und steckte das Geld ein. Dann nickte er erneut Richtung Motorblock und schüttelte den Kopf. Der Mann nickte und zog sein Handy hervor.

Ben ging zurück zu seinem Wagen, öffnete die Tür, setzte sich und zählte das Geld. Seine Hände schwitzten, so dass die Scheine aneinanderklebten. Er zwang sich, Ruhe zu bewahren und sich Zeit zu lassen, dann zählte er noch einmal. Beim dritten Versuch gelang es ihm, alles durchzuzählen, 4000 Dollar genau. Er ließ den Wagen an und parkte aus, hielt noch einmal kurz neben dem gelben Hyundai, dessen Warnblinker immer noch beständig blinkten. Er konnte den Mann nicht sehen, er saß nicht im Wagen, lief auch nicht durch den Bahnhof. Ben drehte sich nach links und sah den Mann auf der Beifahrerseite stehen und ihn anstarren. Ben nickte, der Mann nickte zurück. Dann legte Ben erneut den ersten Gang ein. Ohne ein weiteres Wort fuhr Ben auf die Ausfahrt zu. Im Rückspiegel sah er den Mann noch an seinem Wagen stehen und ihm hinterherstarren.

Tony

Craig hatte in der letzten halben Stunde nichts mehr gesagt. Tony hatte ihn, seit sie die Raststätte verlassen hatten, neben sich schmatzen hören. Der Fettsack hatte den halben Laden leergekauft: Familienportionen Pommes, zwei panierte Würstchen, Chili Chicken Wings, frittierte Dim Sums und ein großer Eiskaffee zum Runterspülen. Craigs Speichel mischte sich mit dem knusprigen Frittierten und dem milchigen Kaffee, Tony drehte sich bei dem Anblick und dem Geräusch der Magen um. Trotzdem sagte er nichts, Craig hatte schon genug an der Backe, Riesenärger mit seiner Frau und auch sonst.

Er hatte herausgefunden, dass sie schon seit sechs Monaten was mit einem anderen hatte. Mit irgendeinem Arsch aus Neuseeland, der im Norden als Rohrschlosser arbeitete, auch bei Craig im Haus. Craig wollte ihn umbringen, aber Tony hatte ihm geraten, ruhig zu bleiben und an die Kinder zu denken. Craig hatte ihm erzählt, er sei manchmal nach Hause gekommen, nachdem es geregnet hatte, und ihm sei eine rechteckige trockene Stelle in der Auffahrt aufgefallen wie von einem parkenden Wagen, aber er meinte, damals habe er sich nichts dabei gedacht.

Tolles detektivisches Gespür, Craig, du blöder Hornochse.

Tony war schon ewig nicht mehr hier gewesen. Nicht mehr, seit er das letzte Mal als Kind zelten war. Seine Mum und seine beiden Schwestern waren bei solchen Ausflügen immer gut gelaunt gewesen. Seine Schwestern hatten ihm gezeigt, wie man ein Zelt aufbaut, dann hatten sie Wasser aus dem Bach geholt, um Tee für Mum zu kochen. Sein Vater war mit ihm im Allradwagen rausgefahren und hatte ihm gezeigt, wie man mit einer 303 Fischköpfe von einer Waschmaschine schießt. Bevor sie weggefahren waren, hatte sein Vater ein paar Teppichhaiköpfe auf Eis gelegt, dann waren sie auf einen alten Schrottplatz gefahren. Dort hatte Tony sie von einer alten Westinghouse Waschmaschine schießen dürfen. Er hatte zum ersten Mal ein Gewehr in der Hand gehabt und gelernt, genau zu zielen. Oder zumindest hatte er gemerkt, wie weit er noch davon entfernt war, ein guter Schütze zu sein. Sein Vater hatte einen echten Sprung in der Schüssel, ein irrer alter Sack war das und ein schwerer Säufer, aber wenn man einen Teppichhai aus tausend Metern Entfernung abknallen wollte, war er genau der richtige Mann.

»Pisst mich halt an, weißt du? Ich hab so schwer geackert für die, ständig einen noch besseren Wagen angeschafft, die ganzen bescheuerten Urlaube, unzählige Stunden meines Lebens hab ich auf irgendwelchen bescheuerten scheiß Märkten in Thailand verschwendet, weil sie da rumlatschen wollte.« Dann schwieg Craig wieder, versuchte es zu begreifen.

Tony wandte sich vom Fenster ab und warf einen unauffälligen Seitenblick auf Craig, ob er weiterjammern würde. Er hatte sich das alles jetzt schon seit Stunden angehört. Er versuchte ja, ihm zu helfen, aber Craig wollte sich selbst nicht helfen. Das Beste wäre, er würde sie einfach vergessen und sich eine andere suchen. Aber in seinem Zustand würde er keine abkriegen, ohne dafür zu bezahlen. Vielleicht sollte er mit Tubby nach Bali fahren. Scheiß auf die Märkte. Craig war so drüber, das konnte man Tubby gar nicht zumuten und wer wusste schon, wo Tubby seinen Schwanz reinsteckte. Hoffentlich volljährige Frauen, wenn es noch Anstand auf der Welt gab, oder wenigstens volljährige Männer. Er hatte ihn nicht nach Einzelheiten gefragt, wenn er die falsche Antwort bekam, würde er den Wichser festnehmen müssen.

»Die Kinder tun mir einfach leid, Tony. Das ist es eigentlich, was mich so fertigmacht, weißt du, die kleine Michaela und der kleine Aristotle.«

Er hatte seinen Sohn Aristotle genannt. Tony wusste noch, wie er vor ein paar Jahren angekommen war und es verkündet hatte. Sie waren zusammen in einer Einheit gewesen und gerade einer Bande auf der Spur, die bewaffnete Raubüberfälle in Rockingham verübte. Woche für Woche hatten sie dürre Junkie-Ärsche verfolgt, die mit Vorschlaghämmern und Spitzhacken bewaffnet Sizzlers- und Subways-Filialen überfielen. Seine Frau hatte die Idee gehabt und er hatte mitgezogen, der blöde Wichser, kam rein, ohne eine Miene zu verziehen. Aristotle Theodore McKenzie. Der Junge war von Geburt an fürs Leben gezeichnet. Genauso gut hätten sie dem Kleinen auch seinen Strampler über den Kopf ziehen und ihm gleich dort im Kreißsaal eine Faust in die Eingeweide rammen können. Rockingham war sowieso unglaublich. Jeder Engländer mit einem IQ im einstelligen Bereich und einer Arbeitserlaubnis zog nach Rockingham, um dort sein Glück zu machen. Was zu einer ganzen Population von arschgesichtigen Wichsern geführt hat, die Ronnie Kray als Vorbild verstehen und dessen hirnamputierte Familientraditionen übernehmen.

»Meinst du, sie wird reden?«, meldete sich Craig wieder. »Ihre Mutter sagt, sie ist hin- und hergerissen.«

»Wer?«, fragte Tony und überlegte, in welchem Bereich von Craigs Universum die Bemerkung angesiedelt war.

»Das Mädchen.«

»Was soll sie sagen?« Tony hatte Angst, Craig würde von seiner Tochter verlangen, gegen ihre eigene Mutter und den Kiwi auszusagen.

»Sie wird sagen, dass er sie überredet hat, zu dem Aussichtspunkt zu fahren, dann hat er sich ihr auf dem Rücksitz aufgedrängt, hat ihr gedroht, sie sonst nicht nach Hause zu fahren, so dass sie im Dunkeln hätte laufen müssen.« Craig bedachte Tony mit einem Blick.

»Oh, ach so.« Craig war wieder da, dachte Tony, zumindest dachte er halbwegs an die Arbeit, das war schon mal gut. Vielleicht würde er sich damit ja eine Weile ablenken können. »Hat die Mutter sonst noch was gesagt?«

»Nein, das war's mehr oder weniger. Aber sie meinte, die Tochter wäre hin- und hergerissen.«

»Na, dann können wir uns auch nicht drauf verlassen.« Tony beäugte die Packung mit den Pommes auf der Konsole zwischen ihnen, es waren nur noch zwei drin. »Gibt's was Neues aus dem Krankenhaus?«

»Unverändert, immer noch in kritischem Zustand«, sagte Craig.

»Das heißt, er ist immer noch nicht über den Berg?«, fragte Tony.

»Nein, noch nicht.«

Die Landschaft zog vorbei, als sie schweigend weiterfuhren. Tony überlegte, ob er sich die letzten beiden Pommes aus der Schachtel stibitzen sollte, aber Craigs Wampe quoll unter dem Sicherheitsgurt hervor und schreckte ihn ab. Sie waren jetzt schon seit einigen Jahren Partner. Craig war meistens ein guter Polizist, abgesehen von wagenförmigen trockenen Stellen in der Auffahrt, er hatte das alles nicht verdient. Er schien ein guter Vater zu sein. Er hatte seine Frau nicht betrogen und ging auch nicht zu Nutten. Schon eine Schande, was er jetzt durchmachen musste. Ganz anders als Tonys Vater, der alles flachlegte, was bei drei nicht auf dem Baum war. Als Tony mit der High School fertig war, hatte seine Mutter ihn endlich sitzen lassen. Sie hatte nur gewartet, bis Tony seinen Abschluss hatte. Hätte er das gewusst, wäre er lieber durchgefallen, damit sie noch ein paar Jahre länger blieb.

Sein Vater war an die Decke gegangen, natürlich war das

alles ihre Schuld, fand er. Oder Tonys. Tony war im Jahr darauf ausgezogen und zur Polizei gegangen. Die ersten paar Jahre war er in Geraldton im Einsatz, musste erst mal Leute zusammenstauchen und während der Spätschicht den Zellentrakt leiten. Davon hatte er schon bald genug und wusste, dass er so schnell wie möglich einen Bürojob brauchte.

»Als wäre sie weggezogen worden, weißt du, Tony? Wie von einer unsichtbaren Macht, wie die Elefanten in Afrika, wenn alle zum Friedhof gehen. Oder die Enten, wenn sie im Winter in den Süden fliegen, von Kanada bis nach Südamerika.«

»Ja, das ist abgefahren, Craig«, Tony war kurz davor, aus dem Wagen zu springen.

»Aber die fliegen gar nicht selbst in den Süden, die werden dahin gebracht. Die sind da nicht, weil sie dahin wollen. Die steigen einfach hoch in den Himmel, dann treibt sie der Wind dorthin. Sie fliegen einfach dahin, wohin sie geführt werden. Tony, genau wie die Elefanten.«

Der Tee schmeckte nach Sperma. Wobei Tony noch nie welches gekostet hatte, aber gerochen hatte er es oft genug. Musste das Metall aus den Wasserleitungen sein. Die Mutter hatte ihnen Tassen vorgesetzt, das Mädchen sagte nichts. Sie saß zusammengesunken am Tisch in einer schwarzen Leggins und einem ausgeleierten grauen Pulli, ein Knie eng umschlungen. Ihre blonden Haare wurden von einem schwarzen Haarband gebändigt, nur wenige Strähnen an den Seiten hatten sich selbstständig gemacht. So wie sie dort in der Küche ihrer Mutter im Schlafanzug saß, wirkte sie älter als fünfzehn. Ehrlich gesagt sogar älter als achtzehn. Sie war ein hübsches junges Ding, eine wandelnde Sexbombe. Viele wären bereit, ihrer eigenen Mutter die Kehle durchzuschneiden, nur um mal an ihr schnuppern zu können. Sie trank ihren Tee nicht, guckte runter auf ihre Hände, lauschte ihrer Mutter, die darüber redete, wie schrecklich die Welt war.

»Seit sie von der Grundschule gekommen ist, hab ich's ihr immer wieder gesagt«, die Mutter schaffte es nicht mehr, den Satz zu beenden. Sie weinte kleine, erschöpfte Tränen in ein Papiertaschentuch, das sie in ihren knetenden Händen zerknüllte. Anscheinend hatte sie seit Tagen nichts anderes mehr getan. Auch sie trug einen ausgeleierten Pulli zur engen Leggins, hatte aber wohl für ihre Haare keine Energie mehr gehabt. Ihre Nase war rot, ebenso wie ihre Augen. So wie sie aussah, hatte sie seit anderthalb Jahren nicht mehr geschlafen.

»Ich meine, was ist das für ein Tier, das nach Hause kommt und an einem einzigen Tag so viel Leid anrichtet? Wieso darf ein solches Stück Scheiße überhaupt frei rumlaufen? Mit meiner Tochter ...« Am Ende des Satzes hob sie die Stimme, fast schrie sie, aber dann fehlte ihr doch die Energie. Tony spürte, dass das Haus in den vergangenen Tagen von Wut erfüllt war. Sie hing in der Luft und prallte von den Wänden ab und stand der Tochter ins Gesicht geschrieben. Tony hörte sie der Stimme ihrer Mutter oder dem, was davon übrig war, deutlich an.

»Jodie, eine Sache musst du uns unbedingt verraten, und wir wissen natürlich, dass das zunächst, vor allem für dich, eine sehr traumatische Zeit war und auch für deine Mutter, aber du musst uns unbedingt sagen, ob du dich an den Ablauf der Ereignisse, so wie du ihn uns heute geschildert hast, auch vor Gericht wieder genau so erinnern wirst?« Craig war in Hochform, behandelte die beiden, als wären sie seine eigene Familie. Sie ergänzten sich ausgezeichnet.

»Ich habe nichts mehr zu sagen«, flüsterte Jodie in ihren Ärmel.

»Jodie, wag es bloß nicht, so mit Detective McKenzie zu reden. Er hat die lange Fahrt von Perth hierher ...«

»Das ist aber nicht meine Schuld, Mum, verfluchte Scheiße.« Jodie fauchte ihre Mutter über den Tisch hinweg an.

»Was hast du dir überhaupt dabei gedacht, als du in den Wagen gestiegen bist?«

»Einen Moment«, unterbrach Craig. »Ich denke, es ist sehr wichtig, dass Sie's nicht mit gegenseitigen Vorwürfen noch schlimmer machen. Mrs Marshall, ich muss betonen, dass wir Jodie in dieser Situation wirklich keine Schuldzuweisungen machen dürfen. Sie ist die Minderjährige in der Angelegenheit, der Täter trägt ganz allein die Verantwortung.«

Tony durchschaute Craigs Worte, die jetzt durch die Küche hallten. Es gelang ihm, die beiden zu beruhigen. Das machte er wirklich gut, dabei lag auf der Hand, was passiert war. Das Mädchen war eine Kleinstadtschlampe, genauso dämlich wie schön, und sie hatte es drauf angelegt, sich von jedem ficken zu lassen, der ihr in die Finger kam. Hätte Tony auch nur noch einen Funken Sexualtrieb in sich, würde er sich wahrscheinlich bei der Vorstellung, wie sie da auf dem Sofa saß und ihre Mutter anbrüllte, einen runterholen. Sie war ein feuchter Traum in einer Discounterhose und ohne Zweifel stand die gesamte Stadt bei ihr Schlange, sabberte bei jeder einzelnen ihrer Bewegungen. Sicher konnte sie nicht so dämlich sein ... aber vielleicht dämlich genug, um die nun drohenden Konsequenzen nicht zu überblicken. Der bescheuerte Abo hatte vier Krüge Bier getrunken und dann kam dieses Mädchen hier, sah ihn an und lud ihn zu einer Stippvisite in ihre Pussy ein.

Scheiße, dachte Tony, wir sollten ihm ein Obstkörbchen schenken und die Hand schütteln, weil er sie nicht bei lebendigem Leibe verschlungen hat.

In der Stadt wurde Football gespielt und das Pub vor Ort war ausgebucht, also mussten sie in ein kleines Motel am Highway einchecken, ungefähr fünfzehn Minuten außerhalb. Tony und Craig fuhren nach der Vernehmung hin. Craig sah jetzt besser aus, als hätte er seinen alten Schwung wiedergefunden. So zu tun, als hätte er alles unter Kontrolle, hatte ihm gutgetan. Das gehörte mitunter zum Besten an dem Job. Alle fühlten sich so schwach und verletzlich, da fühlte es sich gut an, hin und wieder den Erlöser zu spielen, völlig unabhängig davon, was in seinem eigenen Leben los war.

»Ich denke, wir haben genug aus ihr herausbekommen, Tony«, sagte Craig, was ebenso sehr eine Bitte wie eine Feststellung war.

»Ich denke, da kannst du recht haben, Craig«, stimmte Tony ihm zu. Die Mutter würde den gesamten Gerichtssaal aufmischen. Wenn es ein männlicher Richter war, würde er das Mädchen gierig anstieren, wenn es ein männlicher Richter mit einer Tochter war, war der Fall sowieso klar. Der blöde Nigger hatte sich volle Kanne in die Scheiße manövriert. Wenn jetzt auch noch der Typ im Krankenhaus den Geist aufgab, sah es schlecht aus.

»Ich denke, Mrs Marshall wäre verdammt gut, Tony, weißt du, an dem Tag.« Craig wollte mehr.

»Ich denke, da kannst du recht haben.« Sie hielten vor dem Motel, so eins mit Parkplätzen direkt vor den Zimmern. Tony hatte gehofft, es würde Pay TV geben. Er sehnte sich nach einer langen Dusche, ein paar Bier und ein paar Stunden Football im Fernsehen. Eigentlich egal, wer spielte, einfach nur irgendwas, das ihn von dieser beschissenen Stadt und von Craig, dem alten Fettsack, ablenkte.

Sie gingen zur Rezeption um einzuchecken. Die Tür schlug auf und eine kleine Glocke kündigte ihr Eintreffen an. Tony hatte keine Ahnung, warum jemand an einem Ort wie diesem ein Geschäft eröffnen und eine Bruchbude mit zehn Zimmern mitten im Nirgendwo errichten wollte. Was für ein Leben führten Menschen, für die so was gedacht war?

»Guten Tag, meine Herren!« Hinter einem alten braunen Vorhang, der die Rezeption von einem anderen Raum trennte, der eher wie ein Wohnzimmer aussah, kam nun eine dicke Frau hervorgewatschelt. Tony sah, dass dort ein Fernseher lief, offenbar guckte sie sich Schwimmwettkämpfe an. Ein Mann im Trainingsanzug und mit Trillerpfeife um den Hals stand am Beckenrand und sprach in die Kamera. Im Zimmer war es dunkel und muffig.

Im Bereich der Rezeption stand ein Sofa, das aussah, als würde es bald zusammenkrachen, weil einige tausend Mal darauf gefickt worden war.

»Wie geht's Ihnen?«

Tony nickte ihr zu, betrachtete die Bommeln an dem grünen Haarreif aus Plastik auf ihrem Kopf. Die Bommeln fielen vor und zurück, während sie vor ihnen stand und sie entsetzlich gelangweilt anlächelte, als wäre ihr das Lächeln früher am Morgen ins Gesicht getackert worden. Ein solches Lächeln bekam man nur hin, wenn man viele lange Jahre in einem Dreckloch wie diesem gearbeitet hatte.

»Wir wollen nur einchecken, wir haben Zimmer auf den Namen McKenzie gebucht.«

»Ah ja, das Zimmer ist schon seit Stunden fertig. Wenn Sie hier unterschreiben und bitte noch Ihr Autokennzeichen eintragen, dann können Sie es sofort beziehen. Sie haben die Nummer vier am Ende des Gangs.«

»Wie bitte?«

»Gleich da unten am Ende, neben dem Wasserspender.« Die Bommeln fielen ihr in die Stirn, als sollten sie Craig hypnotisieren. Der Vollidiot hatte nur ein Zimmer gebucht.

»Also, eigentlich brauchen wir zwei Zimmer, wir sind kein Paar.«

»Ach so. Ich fürchte, leider ist sonst aber nichts mehr frei. Heute war ein Spiel und die Schiedsrichter haben die anderen Zimmer gebucht.«

»Die Schiedsrichter?«

»Ja.«

»Was für Schiedsrichter?«

»Footballschiedsrichter. Mit einheimischen darf man nicht mehr spielen, schon seit letztem Jahr nicht mehr«, erklärte sie, als würde ihr das vollkommen einleuchten.

»Und die haben jetzt alle Zimmer gebucht?«

»Naja, das waren einige, außerdem haben wir ja auch noch unsere Stammgäste.« Sie nickte Craig zu, die Bommeln raubten ihm den Verstand.

»Wie viele waren es denn?«

»Also fünf waren es ganz bestimmt.« Sie zählte noch einmal im Kopf nach, um sicherzugehen.

»Fünf verfluchte Schiedsrichter?«

»Zwei Linienrichter, zwei an den Toren und einer auf dem Feld.« Jetzt hielt sie den Kopf still.

»Hören Sie, wir sind Detectives aus Perth, wir sind dienstlich hier, wir können nicht ...« Was auch immer Craig durch die Vernehmung in sich wiedergefunden hatte, es fiel schlagartig von ihm ab.

»In der Vier sind zwei Einzelbetten, Sie müssen nicht zusammen in einem schlafen.«

Tony lauschte Craig unter der Dusche und sah sich im Zimmer um. Es gab kein Bier, es gab nicht mal eine Minibar. Vielleicht musste er noch mal in die Stadt zurückfahren. Im Fernsehen ausschließlich Regionalsender. Nirgendwo lief Football, nur Werbung für Traktoren im Wechsel mit Nachrichtensprechern mit Schnurrbärten und komischen Frisuren. Tony ließ sich auf das quietschende Einzelbett fallen und spähte durch den Spalt zwischen den Vorhängen nach draußen auf den Parkplatz. Vielleicht konnte er Craig ja überreden, Bier zu holen, wenn er aus der Dusche kam.

Craigs Handy klingelte im Badezimmer.

»Verfluchte Scheiße.« Craigs Stimme übertönte die Dusche.

»Tony? Tony, kannst du mal drangehen, Mann? Ich hab Shampoo in den Haaren.«

Jetzt musste er ihn auch noch nackt sehen.

»Mach ich.«

Tony erhob sich vom Bett und ging ins Bad. Craig tat das einzig Anständige und drehte sich zur Wand um. Zum Glück waren die Scheiben der Duschkabinenwand beschlagen.

»Wer ist es?«, schrie Craig, blind vom Shampoo, um das Rauschen des Wassers zu übertönen.

»Keine Ahnung, warte.«

»Ist es Julie?«

»Keine Ahnung, warte. Das Handy steckt in deiner scheiß Hosentasche.« Tony bückte sich und fingerte das klingelnde Handy heraus.

»Wenn es Julie ist, sag ihr, ich ruf sie zurück, ja? Sag ihr, in fünf Minuten.«

Craigs Frau hatte ihn seit über einem Monat nicht mehr angerufen. Es war eine Nummer aus dem Ort.

»Hallo, hier ist Tony am Telefon von Detective Sergeant McKenzie.«

»Ja ... mhhm ... ja ... ich bin der Partner von Detective McKenzie ... ja ... ja, sind wir ... gerade eben? ... Ja ... in welcher Richtung? ... wie lange wird das dauern? ... okay ... okay, danke. Er ist hier, Craig.«

»Was?«

»Er ist in der Stadt.«

»Was? Hier?«

»Er war was trinken im Pub.«

»Du machst Witze.«

»Los, komm.«

Ben

»Du musst doch was gemacht haben.«

»Nein, Chap, gar nichts. Genau wie du gesagt hast.« Ben spürte die Bewegung seines Beins unter dem Tisch. Chappie hatte ihn gebeten, ihn in einem Pub am Bahnhof in Midland zu treffen. Ein kleiner Laden zwischen einer alten Buchhandlung und einer Druckwerkstatt, die aussah, als hätte sie schon vor langer Zeit dichtgemacht.

»Also, egal, was du gemacht hast, er mag dich.« Chappie nahm einen tiefen Schluck von seinem Bier und leckte sich langsam die Lippen, sog ein, was an Bier noch in seinen Bartstoppeln hing.

»Aber das ist doch gut, oder?« Ben versuchte, sich seine Erleichterung möglichst nicht anmerken zu lassen.

»Aber auch ein bisschen riskant, Benny. Nächsten Mittwoch will er die fünffache Menge, das sind 5000 für dich. Die Übergabe läuft wieder genauso ab, er sagt mir kurz vorher am selben Abend, an welchem Bahnhof ihr euch trefft, also komm am Mittwoch zu mir. Alles wie beim letzten Mal, dann sehen wir weiter.« Chappie sah Ben durchdringend an, wollte sich vergewissern, ob er der Sache wirklich gewachsen war.

»Was hältst du davon?«, fragte Ben, um Zeit zu schinden.

»Ich denke, es ist riskant.« Chappie starrte Benny unverwandt an.

Benny nickte, ebenso um sich selbst wie um Chappie zu überzeugen.

»Aber pass auf, ja?«

»Na klar, Chap.«

»Willst du's machen?«

»Logisch, Mann.«

»Du hast gesagt, du willst aufsteigen.« Chappie ließ ein Türchen für ihn offen.

»Ja, Mann, alles gut.«

»Na schön.«

Daniel

»Ich hab das Blut eines Gesetzlosen, verstehen Sie?«

Er nannte sich Chains, bezeichnete sich als bösen Zauberer, als Feather Foot. Ein hohläugiger Knochendeuter mit strähnigen Haaren, der ausschließlich Dämonen huldigte und sich auf düstere Prophezeiungen und halbausgegorene Hungerstreiks verstand. Er dünstete einen hospizartigen Gestank aus, der an seinem Körper haftete und einem die Sinne vernebelte und alles um sich herum verdarb, so wie sterbende Fliegen, die das Innere des aufgedunsenen Arschlochs eines Schafs verrotten ließen. Chains betrachtete sich selbst als fleischgewordenes Sprachrohr von allem, was in der natürlichen Ordnung der wilden Welt der Aboriginals heilig und angsteinflößend war.

Laut der Geschichten, die er Daniel im Lauf der Jahre erzählte, hatte er hundert spastische Babys auf hundert Ameisenhügel gesetzt und eigenhändig mehr als tausend Penisse beschnitten und das mit nicht mehr ausgestattet als einem schartigen Quarzstein und einer Gallone seiner eigenen lauwarmen Spucke. Außerdem saß er eine siebzehnjährige Haftstrafe wegen Vergewaltigung und Mord ab und war zur Zeit vor allem damit beschäftigt, sein erstes Album mit Country & Western Spoken Word aufzunehmen. Obwohl er eigentlich nicht auf der Teilnehmerliste stand, schaute Chains regelmäßig im Kunstraum vorbei und flüsterte Daniel ins Ohr, welche Bilder eine Verbesserung gegenüber den vorangegangenen darstellten und welche besser verbrannt werden sollten.

»Verstehen Sie, es ist mir egal, ist nur eine Frage.« Chains stand jetzt vor Daniel, seine Handflächen zeigten zur Decke, er hatte die Augenbrauen hochgezogen und sein grünes Sträflingsshirt hing lang und verdreckt an seinem knochigen Körper.

Die restlichen Unterrichtsteilnehmer machten draußen Zigarettenpause und tranken Tee mit Milch oder löslichen Kaffee. Daniel erinnerte sich, dass der Spezialist für Sicherheit am Arbeitsplatz, der jeden Donnerstag kam und die Teilnehmer in die Vorschriften einwies, gesagt hatte, die Styroporbecher, aus denen die Jungs tranken, würden in Verbindung mit kochendem Wasser giftige chemische Stoffe freisetzen. Daniel wusste nicht so genau, was er davon halten sollte, brachte aber inzwischen lieber seinen eigenen Kaffeebecher von zu Hause mit.

Chains trat noch einen Schritt näher an ihn heran, senkte die Stimme und wiederholte die Frage. Daniel sah die langen, dicken gelben Fingernägel, ein verstörendes Orakel von einem Mann, der von etwas Besitz ergreifen wollte, das ihm nicht gehörte.

»Wenn Sie sich entscheiden müssten, würden Sie Ihre Eltern lieber ficken oder töten?«

Daniel sah die Frage aus seinem Mund kommen. Chains wollte es wirklich wissen. Wahrscheinlich hatte er geraume Zeit darüber nachgedacht und jetzt wollte er wissen, was andere Leute darüber dachten. Er ließ nicht locker, während Daniel demonstrativ lange überlegte.

»Hör mal, Mann!« Daniel hielt jetzt die Hände hocherhoben, die Handflächen nach oben, die Augenbrauen hochgezogen, so wie Chains es gemacht hatte. »Ich denke, du bist herzlich willkommen, jederzeit hier hereinzuschauen und es dir gemütlich zu machen, du darfst dich sogar in die Teilnehmerliste einschreiben, aber ganz ehrlich, Mann … weißt du? Darüber möchte ich eigentlich gar nicht reden.«

Daniel sah Chains an, der sich die Antwort durch den Kopf gehen ließ.

»Ja.« Chains wirkte enttäuscht.

»Aber ernsthaft, das ist eine gute Frage, da ist eine Menge los.« Daniel nahm den Schlüsselbund, der an seinem Gürtel befestigt war, und machte eine Bewegung Richtung Tür. Manchmal machte es einen Gefangenen wieder gefügig, wenn man ihm einen Schlüsselbund zeigte. Daniel musste raus aus dem Raum. Chains war rein körperlich nicht sehr bedrohlich, aber auch nur von ihm berührt zu werden, wäre wirklich eine verstörende Erfahrung. Daniel trat einen weiteren Schritt zur Tür, Chains wich nicht vom Fleck, seine gelb unterlaufenen Augen lagen tief in ihren Höhlen, während er Daniel ins Gesicht sah.

»Das ist nicht meine Welt, wissen Sie? Das hier, die Erde.«

Daniel nickte langsam in seine milchigen gelben Augen.

»Das ist das Reich des Teufels, sein Spielplatz, nicht nur das Gefängnis, die ganze Welt.« Chains sah Daniel mit einem durchdringenden Blick an, der von Hepatitis im Blut und Epilepsie im Nervensystem zeugte und all die spastischen Babys und all das im Strudel seiner Synapsen sinnlos geopferte Schwanzfleisch der Vergangenheit durchschimmern ließ.

»Chains …«

»Das ist wie eine Frau, wenn sie das Unwohlsein hat, verstehen Sie? Sie hat ein schmerzhaftes Ritual bekommen, ein Ritual des Leids.« Chains nickte und fuhr fort.

»Chains, bitte.« Daniel klapperte laut mit den Schlüsseln.

»Das ist ein Pakt, verstehen Sie, ein Blutpakt zwischen der Frau und dem Schöpfer, zwischen der Frau und der Schlange. Und ihr, also ihr habt in euren Geschichten die Schlange, aber da ist die Schlange nicht gut, in unseren Geschichten ist die Schlange der Schöpfer. Das ist die Welt, verstehen Sie? Das sind seine Frauen, das ist sein Unwohlsein.«

Tony

Er guckte verstohlen zu Craig, der am Steuer saß, das Lenkrad fest umklammert, die Haare noch nass, und in die Stadt zurückraste. Das Dröhnen des Motors verschmolz mit dem Geräusch der Reifen auf der unebenen Landstraße. Craig beugte sich vor, zweifellos ging er in Gedanken alle Möglichkeiten durch, wie die Festnahme verlaufen könnte. Tony wusste, dass sein Partner etwas früher am selben Tag seine alten Lebensgeister in sich zurückkehren gespürt hatte, und nun glaubte er, es könne dazu beitragen, dieses angenehme Gefühl auf Dauer zu etablieren, wenn er das Gesicht des Schwarzen hier in dessen Heimatstadt in den Dreck zwang.

»Craig?«

»Tony?«

»Alles klar?«

»Ja, Mann. Und bei dir?«

»Bei mir?«

»Ja.«

»Klar, Mann.«

»Den schnappen wir uns, okay?«

»Los geht's.«

Craig trieb den Wagen immer schneller, er fuhr, als wollte er die Sonne vom Horizont verjagen. Der Typ aus dem Pub hatte gesagt, der große Kerl habe sich vor ungefähr zwanzig Minuten auf den Nachhauseweg gemacht, er sei unterwegs mit seinem kleinen Bruder und habe eine brandneue Mikrowelle dabei, noch in der Originalverpackung. Tony wusste, dass er Craig im Auge behalten musste, wenn sie ihn erwischten, und auch den Großen selbst, falls er aufmuckte, was durchaus wahrscheinlich war, wenn man bedachte, dass er den ganzen Tag getrunken hatte.

Craig schoss um die lange Kurve in die Stadt hinein und als sie an eine Steigung kamen, merkte Tony, wie der Wagen in einen anderen Gang schaltete und der Motor sich auf die Herausforderung einstellte. Wenn er nicht langsamer fuhr, würden sie den Großen noch zur Temposchwelle machen. Als sie oben am Hang angekommen waren, sahen sie die beiden Brüder auf den Cricketplatz zugehen. Das Footballspiel weiter hinten war anscheinend gerade zu Ende und ein paar Spieler standen am Rand und tranken Bier.

Craig schaltete Blaulicht und Sirene ein. Als der Große sie hörte, drehte er sich zu ihnen um und Craig fuhr schließlich auf den Rasen, versperrte ihnen den Weg. Bevor Tony noch seinen Sicherheitsgurt lösen konnte, war Craig schon aus der Tür raus und brüllte Befehle.

»Stell den verfluchten Karton auf den Boden.«

»Was haben wir denn gemacht?«, schrie der Kleinere von beiden, als Craig auf sie zukam.

»Clem, halt die Klappe, verdammt noch mal und geh nach Hause. Hier, nimm das und sag Mum, sie muss den Teller da drin erst mal abwischen, bevor sie die benutzt.« Der Große übergab seinem Bruder die Mikrowelle, passte auf, dass er sie bloß nicht fallen ließ.

»Scheiße Cars, das ist doch Scheiße«, sagte der Kleine und nahm den Karton mit finsterem Blick entgegen.

»Verzieh dich und sag Mum, dass sie alles erst mal abwischen muss«, der Große sah ihn an, als wäre er sein Vater. »Los, mach schon, du Blödmann.« Der Kleine ging, behielt sie aber alle noch im Auge.

»Okay, dreh dich um, Carson, das war's, das Spiel ist aus«, sagte Craig mit einer Hand am Gürtel.

»Sergeant, Sergeant, Sergeant«, Carson lächelte ihn an, lehnte sich leicht zurück.

»Wir haben dich gewarnt, wenn du uns zwingst, dich überall zu suchen …«

»Wieso sucht ihr mich? Ich bin doch zu Hause«, Carson drehte sich langsam um, die Hände hinter dem Rücken, den Blick gen Himmel gerichtet.

»Geh da rüber«, Craig hielt Abstand und lotste ihn zu seinem Wagen.

Carson ging zur Fahrertür und beugte sich vor, seine Brust berührte das Autodach, die Hände hielt er immer noch hinter dem Rücken. Tony stand an der Beifahrertür, sah ihm über das Autodach hinweg in die Augen. Carson hielt dem Blick stand, während Craig den ganzen vorschriftmäßigen Mist runterratterte.

»Ich nehme Sie fest wegen des Verdachts auf Ausübung sexueller Gewalt mit schwerer Körperverletzung …«

Tony sah, dass Carson mitspielte. Seine Arme und Handgelenke wurden ihm jetzt hinter dem Rücken gefesselt, während Craig sich fasste und ihm erklärte, wie es für ihn aussah. Es wurden gleich eine ganze Reihe von Vorwürfen gegen ihn erhoben und wenn sie auch nur mit der Hälfte davon durchkämen, würde Carson frühestens mit über fünfzig aus dem Gefängnis kommen. Tony sah ihm an, dass er das wusste. Dafür hielt er sich ganz gut. Das war's, mein Lieber, aus die Maus. Craig zog ihn vom Wagen weg und stieß ihn auf den Rücksitz.

Patrice

Patrice knöpfte sein Hemd zu und betrachtete sich im Spiegel der Umkleide. Er war heute eine Stunde früher zur Arbeit erschienen, um noch im Fitnessraum zu trainieren. Er hatte sich gut in Form gehalten, aber das lag hauptsächlich daran, dass er nicht viel aß. Sie hatte ihn nicht wegen seines Körpers geheiratet und auch nicht deshalb verlassen. Inzwischen wachte er morgens meist sowieso schon zwischen drei und vier Uhr auf und wenn er Frühschicht hatte, nutzte er die Zeit, um ein bisschen Sport zu treiben. Er hatte auf dem Crosstrainer begonnen, zwanzig Minuten, die Hälfte davon im Schritttempo. Normalerweise musste er danach immer ein bisschen Schleim abhusten. War gut, das System auch mal von innen zu reinigen, vielleicht half das auch gegen die Zigaretten. Er hatte ein paar Gewichte gehoben und auf den Sandsack geschlagen, er war stärker und fitter als er gedacht hatte, was eine schöne Überraschung war.

Die Dusche tat gut, das heiße Wasser hatte ihn aufgewärmt. Die Umkleide versetzte ihn stimmungsmäßig zurück in seine Schulzeit, es roch nach billigem Deo und Duschgel, überall lagen feuchte Handtücher und Kampfsportzeitschriften herum. Sie verliehen den Räumen Charakter. Frauen kamen hier absolut nicht vor. Alles war vollkommen funktional und ausgesprochen unkompliziert.

Er trug ein enges weißes T-Shirt unter seiner khakifarbenen Uniform. Er sah gut aus, wie einer von der Armee, ein Offizier vielleicht. Sein Gesicht wirkte immer noch jugendlich, seine Haut war nicht schlaff, er sah weder alt noch jung aus, aber gut.

»Alles klar, Patty«, rief ihm Derek durch die offene Tür zu, als er mit einem anderen Beamten vorbei und in den Fitnessraum ging.

Patrice hob den Kopf, um den Gruß zu erwidern, aber Derek war schon wieder weg. Patrice drehte den Hahn auf und nahm seinen Rasierer und die Seife aus seinem Kulturbeutel über dem Becken. Das Geräusch des plätschernden Wassers beruhigte ihn. Er seifte sein Gesicht ein und dachte an sie auf der anderen Seite der Welt, hatte dabei die Stimme ihrer Mutter im Ohr, fühlte sich machtlos gegenüber familiärer Scham und Schuld. Wenn er sie zurückhaben wollte, würde er hinfahren und sie holen müssen, aber er wusste gar nicht, ob er sie zurückhaben wollte. Eigentlich wollte er die letzten fünfzehn Jahre seines Lebens zurückhaben, er wollte die Universität besuchen, anstatt den Großteil seiner Zwanziger durch Südamerika zu trampen. Er wollte etwas anderes als das, was er hatte, er wollte ewig leben.

»Hier sind Fitzy, Tony und Em aus der Frühstückssendung …«

Derek hatte das Radio im Fitnessraum eingeschaltet. Drei Schwachköpfe kicherten in ein Mikro, lachten unterlegt von einem rhythmischen Beat über Belanglosigkeiten. Patrice dachte an die Millionen Menschen, die jeden Morgen zur Arbeit fuhren und sich das dabei anhörten. Die DJs hörten auf zu quatschen und jetzt dröhnte ein Dance-Hit durch den Fitnessraum. Patrice hörte Gewichte dumpf auf den Boden knallen und Derek und seinen Freund laut ächzen, als sie bis an ihre Grenzen gingen.

Patrice näherte sich dem SHU-Trakt. Bislang war er erst ein einziges Mal dort gewesen. SHU stand für Special Handling Unit und war psychisch belasteten Gefangenen vorbehalten, um sie dort noch stärker psychisch zu belasten. Normalerweise wurden immer dieselben Beamten im Rotationsprinzip dort eingesetzt, aber selbst die engagiertesten Sadisten hatten hin und wieder mal eine Erkältung.

»Morgen, Patrice.«

»Mr Porter.«

Patrice nahm neben Mr Porter im Überwachungsraum Platz. Porter war ein südafrikanischer Gefängniswärter mit höchst fragwürdigen politischen Ansichten, der sich Recht und Ordnung sowie sämtlichen Vorschriften bedingungslos verpflichtet fühlte. Er leitete den SHU-Trakt seit Beginn der Neunziger, seit er Johannesburg zusammen mit einer Welle weißer Auswanderer fluchtartig verlassen hatte. In seinen Adern floss holländisches Sklavenhalterblut und nun hatte er die offizielle Befugnis erhalten, seinem inneren Instinkt zu folgen und mit absoluter Macht alles und jeden zu kontrollieren und herumzukommandieren.

Das Schaltpult im Überwachungsraum war zum langen Gang hin ausgerichtet, in dem der einstöckige Trakt untergebracht war. Hier herrschte eine Stille wie in sonst keinem anderen Bereich des Gefängnisses. Hier machte niemand Schwierigkeiten oder schrie einen Wärter an, hier hielten alle den Mund und beteten, dass sie nicht auffielen. Das Gefängnis im Gefängnis war das Endspiel für alle Insassen, die besondere Strafmaßnahmen verdient hatten. Gesprochen wurde darüber nur im Flüsterton, besonders von den gefangenen Aboriginals, von denen einige hier ermordet worden waren. Von manchen wurde der Trakt auch Rhino Island genannt. Ein Ort des Schreckens an einem schrecklichen Ort.

Strafen ließen hier nicht lange auf sich warten. Die Gefangenen wurden durch Langeweile und Verzweiflung über die Jahre zermürbt und im Zweifelsfall so lange geprügelt, getreten, geknüppelt, gepeitscht und malträtiert, bis sie sich benahmen. Wenn nötig, drosch man hier stundenlang auf sie ein. Sie wurden an ihre Metallpritschen gefesselt und geprügelt, bis sie sich wieder in kleine Jungs verwandelten.

Egal, was in einem Gefangenen steckte, hier gab es genügend Beamte, Schichtwechsel und Betonmauern, um dafür zu sorgen. Die Ordnung wurde wiederhergestellt. Die SHU war jede Art von Hölle, die im Gefängnis gerade gebraucht wurde.

Ben

Ben hatte am Vorabend wieder vergessen, sich zu rasieren, heute Morgen ging's nicht mehr. Nicht, wenn er beim Treffen gut aussehen wollte. Er hatte den Großteil des Vortages zu Hause saubergemacht und darüber nachgedacht, was alles schiefgehen könnte. Das waren verdammt viele Pillen, wahrscheinlich wollte Chappie ihn auf die Probe stellen. Das war bestimmt nicht die Regel, das musste eine Ausnahme sein. Wenn der Deal glatt über die Bühne ging, musste er immer noch den ganzen Weg zurück nach Midland mit 20000 im Wagen fahren. Das war ein Alptraum, zehn Alpträume.

Wenn er zu irgendeinem Zeitpunkt angehalten wurde, würde er verdammt tief in der Scheiße stecken, er würde sich gegenüber der Polizei kaum herausreden können. Dann blieb als einzige Möglichkeit nur noch, Chappie zu verpfeifen – aber dann würde er auch nach Adelaide ziehen müssen. Lieber ging er in den Knast. Es war kurz nach sechs, eine halbe Stunde oder so würde der Berufsverkehr noch andauern. Wenn es soweit war, würde er über den Reid Highway zu Chappie fahren. Ein paar Minuten dort bleiben und dann wieder los, Gott weiß wohin, hoffentlich irgendwo in der Nähe, hoffentlich der Bahnhof in Midland. Da würde er abliefern und wäre fünf Minuten später schon wieder bei Chappie, wenn es wirklich auf Midland hinauslief. Um halb neun könnte er schon wieder zu Hause sein, vielleicht auf direktem Wege gleich noch zum Bankschließfach und dann nach Hause. Vielleicht würde er umziehen müssen, es gefiel ihm nicht, dass Chappie wusste, wo er wohnte, er hätte ihn anlügen sollen, als er danach gefragt hatte, aber eigentlich wollte er Chappie gar nicht belügen.

Er musterte sich von oben bis unten im Spiegel, seine Stoppeln waren ein bisschen zu lang, um halb acht müsste es eigentlich dunkel genug sein. Er zog seine breiten Schultern hoch, ließ sie wieder sinken und atmete tief durch. Im Spiegel sah er aus wie ein Boxer, dabei konnte er absolut nicht boxen, aber er sah so aus und bislang hatte das immer gereicht. Er gab sich ein paar Klapse auf die Wangen und ging zur Tür, nahm Schlüssel und Zigaretten vom Küchenschrank und steckte sich eine in den Mund. Anschließend griff er ganz oben ins Fach über dem Herd und nahm ein Päckchen Streichhölzer.

Dort, wo er stand, konnte er sein Messeretui auf dem Kühlschrank sehen. Er nahm es runter und rollte es auf der Bank aus, starrte die Messer an, das Päckchen Streichhölzer in der Hand und die Zigarette im Mund. Dann fuhr er mit den Fingern über den Stoff, berührte die Griffe. Konnte ja nicht schaden, eins mitzunehmen, nur für alle Fälle. Keins von den großen, nur ein kleines, nur falls er's brauchte.

Adrian

»Euer Ehren, mein Mandant stammt aus Burundi und ist der englischen Sprache nicht mächtig. Ich konnte mich erst heute Morgen kurz mit ihm verständigen, als endlich ein Dolmetscher gefunden war, Euer Ehren. Es war äußerst schwierig festzustellen, welche Umstände die, äh, Festnahme tatsächlich begleitet haben, Euer Ehren.«

»Können Sie mir zum gegenwärtigen Zeitpunkt sagen, ob Ihr Mandant auf schuldig oder nicht schuldig plädiert?«

»Äh, eigentlich nicht, Euer Ehren, höchstens ohne Gewähr, der Dolmetscher stammt aus Goma, das liegt im Norden von Burundi, und die Dialekte, Euer Ehren, sind zwar ähnlich, aber doch auch sehr unterschiedlich. Deshalb muss ich sagen, im Moment, Euer Ehren, kann ich nicht mit Sicherheit sagen, in welcher Lage sich mein Mandant tatsächlich befindet.«

»Goma?«

»Ja, Euer Ehren, das ist richtig.«

»Wo liegt Goma?«

»Ah, Goma, Euer Ehren, ich glaube, das liegt nördlich von Burundi, an der Grenze zwischen Ruanda und dem Kongo, Euer Ehren.«

»Dem Kongo?«

»Ja, Euer Ehren.«

»Sind wir in der Lage, diesem Mann einen Dolmetscher zur Verfügung zu stellen, der seinen Dialekt beherrscht? Was ist das, Gomesisch?«

»Verzeihung, aber das kann ich nicht mit Sicherheit sagen, Euer Ehren.«

»Schon gut. Sehen Sie, die Vorwürfe sind offenkundig sehr schwerwiegend, deshalb denke ich, eine Rückführung in Untersuchungshaft wäre zum gegenwärtigen Zeitpunkt, zumindest bis ein Dolmetscher gefunden ist, vermutlich im Interesse aller.«

»Ja, Euer Ehren. Wir haben erfahren, dass mein Mandant die mit Heroin gefüllten Ballons nur geschluckt hat, weil er tödlich bedroht wurde. Der Dolmetscher hat erklärt, dass die Frau und die Kinder meines Mandanten in Tansania als Geiseln gehalten werden und man gedroht hat, sie hinzurichten, sollte sich mein Mandant weigern, Drogen nach Westaustralien zu schmuggeln.«

»In Tasmanien?«

»Wie bitte, Euer Ehren?«

»Haben Sie gesagt, die Familie Ihres Mandanten wird in Tasmanien festgehalten?«

»Nein, nein, Euer Ehren, in Tansania. Das ist eine Provinz, soweit ich weiß, Verzeihung – ein Land – südlich von Burundi, also südlich von Ruanda, Euer Ehren.«

»Ich bin nicht sicher, ob Sie das richtig aussprechen.«

»Verzeihung, Euer Ehren?«

Er brauchte eine Pause, blickte auf die Uhr an der Wand über der Zuschauergalerie. Noch zwanzig Minuten bis zum Mittagessen und dann am Nachmittag noch mal eine lange Sitzung, vielleicht würde er die weiteren Verhandlungen vertagen. Er musste sich verdammt noch mal ausruhen.

Ariel

»Und dann hat Sie der Richter wieder in Untersuchungshaft gesteckt?« Ariel wunderte sich nicht, die Hälfte der Haftstrafen waren bei der Urteilsverkündung bereits abgebüßt, weil die Straftäter so lange in Untersuchungshaft auf ihre Prozesse warten mussten. Wenn Polizisten jemanden auf dem Kieker hatten, konnten sie einen Antrag stellen und dann musste derjenige ewig auf seine Verhandlung warten. Wenn sie einen erst mal hinter Gittern hatten, konnten sie dafür sorgen, dass sich das Ganze bis zu zweieinhalb Jahre hinzog, so lange saß man fest. Wenn sie nach dreißig Monaten immer noch nichts in der Hand hatten, ließ der Richter einen wieder frei, man bekam ein Fahrschein für den Bus und 100 Dollar. Ariel war oft schon morgens zur Arbeit gekommen und hatte gesehen, wie eine arme Seele den langen Weg von der Auffahrt bis zur Bushaltestelle oben an der Straße zurücklegte. Mit müdem und verwirrtem Gesichtsausdruck und einer Plastiktüte in der Hand.

»Hat man Ihnen einen Hinweis auf einen möglichen Verhandlungstermin gegeben?«

»Kann Monate dauern, wissen Sie? Die warten noch, ob der eine im Krankenhaus wieder aufwacht oder nicht. Die wollen gleich alle Anklagepunkte auf einmal verhandeln.«

»Wie war der Richter?«, fragte Ariel beiläufig.

»Ganz okay.«

»Aha.«

»Ja, ganz in Ordnung, man weiß ja nie ...«

Ariel nickte zustimmend.

»Und wie geht's Ihrem kleinen Bruder?«

»Der ist wieder zu Hause, meine Mum behält ihn jetzt im Auge. Ich hoffe, aus dem wird mal was.«

»Kommen die beiden Sie besuchen?«

»Nein, ich erlaub's ihnen nicht. Besonders Mum nicht, die braucht das nicht, die Fahrt hierher geht ja noch. Aber das alles hier drin, auf keinen Fall. Ich will nicht, dass sie sich von den Wärtern sagen lassen muss, was sie zu tun hat.«

»Verständlich.«

»Und jetzt haben die auch noch so Kameras, wissen Sie, alle, die hier zu Besuch kommen, müssen sich in eine Reihe stellen und in die Kamera gucken, dann wird ein Foto gemacht, das stimmt, oder?«

»Soweit ich weiß, ja, Carson.«

»Die wissen, wenn ein Gefangener regelmäßig Besuch bekommt, dann trägt das dazu bei, dass hier drin alles friedlich bleibt. Die Leute werden nicht so einsam und haben was, worauf sie sich freuen können. Gleichzeitig ist das was, das man ihnen wegnehmen kann, wenn sie aufmüpfig werden. Und was machen die Wichser? Obwohl sie wissen, dass es die Leute auf Linie hält? Sie machen von allen ein Foto und heften sie in einer Akte ab. Und das mit meiner Mum ist nur das eine ... angenommen, mein kleiner Bruder kommt mich besuchen, der ist sowieso schon kurz davor, aktenkundig zu werden. Er will's gut machen, er kommt, um mich zu unterstützen. Und was passiert? Plötzlich ist er in der Datei und wenn irgendwann später draußen was passiert, haben die nicht nur seinen Namen und seine Adresse, die haben auch schon ein Foto von ihm in ihrer Akte aus der Zeit, als er noch ganz klein war. Dann ist er im System. Alle Angehörigen und alle, die man liebt, kommen auf die scheiß Liste, wissen Sie? Also scheiß drauf.«

»Schreiben Sie Briefe nach Hause, Carson? Telefonieren Sie?«

»Ab und zu ein bisschen, wenn jemand Geburtstag hat oder so. Dann schreib ich eine Karte oder einen Brief, oder vielleicht ruf ich auch an, aber eigentlich egal, was man sagt oder was man schreibt, die hören und lesen alles mit. Die hängen in den Leitungen, öffnen Briefe, wissen Sie? Die meisten Briefe kommen bereits geöffnet hier an. Die Freundin schickt dir Nacktfotos oder wie sie sich übers Bett beugt oder so, nichts Schlimmes, nur eine kleine Kostprobe, damit der Typ was hat, um sich die Zeit zu vertreiben, aber wenn die Post bei ihm ankommt, sind die Fotos weg. Die Umschläge sind offen und die Fotos sind nicht mehr drin. Die Frauen fragen die Jungs im Besucherraum, wie ihnen die Fotos gefallen haben und die wissen gar nichts davon, die drehen durch und werden rausgezerrt. Verfluchter Wahnsinn.«

»Na schön, hören Sie zu, Carson. Wir machen für heute Schluss. Ich notiere mir das mit Ihren Besuchsproblemen und dass es nichts damit zu tun hat, dass Ihre Angehörigen Sie nicht sehen wollen. Ich denke, ich kann das so schreiben, dass es Ihr Assessment nicht beeinträchtigen wird. Besonders, weil Sie ja trotzdem Karten schicken und Ihre Leute Ihre Anrufe entgegennehmen. Außerdem haben Sie den Job in der Kantine, was ja eine Vertrauensposition ist, deshalb dürfte das kein großes Problem sein.« Ariel fuhr seinen Computer runter, nicht mehr lange bis zum Mittagessen und er wollte schon mal runter in das neue Mitarbeitercafé, das der Gefängnisleiter zur Steigerung der Arbeitsmoral frisch hatte renovieren lassen.

»Na schön, danke, Big Man. Wir sehen uns in ein, zwei Wochen, ja?«

»Danke, Carson, und viel Glück, Mann. Ich mein's ernst. Ich hoffe, es läuft möglichst gut für Sie.« Ariel streckte ihm seine Hand entgegen und sie schlugen über den Tisch hinweg ein.

Carson ging durch den Überwachungsraum, seine Karte

abholen und dann wieder zurück in seinen Trakt. Erst gab's Mittagessen für die Gefangenen, dann hatten sie anderthalb Stunden lang Hofgang. Das war, als wäre man wieder in der Grundschule, nur dass es keine Tafeln gab, keine Klassensprecher, und so gut wie nie jemand nach Hause ging.

Ariel machte den Computer aus und stemmte sich aus seinem Stuhl. Wenn er den Computer nach dem Essen neu startete, wären schon wieder ein paar Minuten des Arbeitstags vergangen, dann hatte er was zu tun. Eine Kleinigkeit, aber alles zusammen trug es dazu bei, dass er die Zeit bis 15 Uhr so schmerzfrei wie möglich herumbrachte. Er nahm die Schlüssel von seinem Gürtel, schloss hinter sich ab und ging am Kontrollraum vorbei zum Essen.

Im Café wurden warme Mahlzeiten für die Mitarbeiter serviert. Bevor kostenloses Essen für alle eingeführt wurde, hatten nur die Wärter ein Anrecht darauf, mittags und abends etwas Warmes zu bekommen. Der neue Leiter fand aber, es würde den Zusammenhalt unter den Mitarbeitern fördern, wenn sie einmal am Tag das Brot miteinander brachen. Nur hatte er nicht damit gerechnet, dass die Gefängniswärter eifersüchtig darauf bedacht waren, ihr Privileg der warmen Mahlzeiten zu schützen.

Die Gewerkschaft der Gefängniswärter hatte eine lange Geschichte der Arbeitskämpfe, Lobbyarbeit und Streiks hinter sich. Sie hatten Rechte erkämpft, die ihnen andernfalls verweigert geblieben wären und nun stellte sich heraus, dass sie keine Lust hatten, ihre Vergünstigungen mit Leuten zu teilen, die niemals einen Schlagstock geschwungen oder Pfefferspray versprüht hatten. Der Umstand, dass die Mitarbeiter aus den Bereichen Weiterbildung und inzwischen auch Assessment sich anstellten, um sich eine Portion Gemüselasagne, Schweinebraten oder Fish and Chips zu holen, war für sie nicht leicht zu verdauen und stellte eine große Belastungsprobe für die bereits überstrapazierten sozialen Kompetenzen der eher grimmigen und verbitterten Wärter dar.

Ariel setzte sich allein an einen Tisch in der Nähe der Wärmebehälter und fing an zu essen, bevor die anderen eintrafen. An der Wand hing ein breiter Flachbildfernseher, in dem Ellen DeGeneres sich zum Affen machte, über ihren Sofatisch tanzte und in ihrem karierten Pulli und der ausgezeichnet geschnittenen Weste fast sexy aussah. Am Buffet gab es gebackenen weißen Fisch mit Kapern in Sahnesauce, Spaghetti Bolognese, Rahmmais, Erbsen, Ofenkartoffeln und eine kleine Salatbar mit gekochten Eiern, Ananasringen und sauren Gurken.

Das Essen war nicht umwerfend, so viel stand fest, und Ariel überlegte, ob er sich sein Mittagessen nicht doch lieber von zu Hause mitbringen sollte. Das hier war von Häftlingen zubereitete Gefängniskost, vom Niveau her vielleicht ein oder zwei Stufen besser als das, was sie selbst vorgesetzt bekamen, aber wer wusste schon so genau, wer das gekocht hatte. Und beaufsichtigt wurden sie ja auch nicht dabei. Das warf Fragen auf, die man besser erst gar nicht stellte. Ariel hoffte inständig, dass die Tartarsauce spermafrei war, man sich von der Bolognese keine Syphilis holte und die Erbsen nicht in heißer Pisse mit Essig gegart wurden.

»Und wo kommt der her?«

»Ich weiß nicht, ist das einer von den Lehrern?«

Die Wärter kamen jetzt herein. Sie hatten noch nie jemanden ohne Uniform an einem Tisch sitzen sehen und der Schock, Ariel in unmittelbarer Nähe zum Buffet zu entdecken, machte sie alle nervös.

»Hast du den hier reingelassen?«

»Haben die Schlüssel, so dass sie allein kommen können?«

»Aber für die Zellen haben sie doch wohl keine, oder?«

Das Getuschel war leise genug, um privat zu bleiben, aber doch so laut, dass alle im Saal es hörten. Ariel ließ sich nicht beirren und aß weiter, zerteilte Ofenkartoffeln mit der Gabel und behielt die Nerven. Er dachte daran, dass Wärter meist Highschool-Abbrecher waren, zu blöd, um die Aufnahmeprüfung für den Polizeidienst zu bestehen oder auch nur zur Armee zu gehen. Von ihm aus konnten sie den ganzen Tag Scheiße labern. Wenn sie Krieg wollten, konnten sie ihn haben. Solange er mit seinem Schlüssel durch die Tür dort kam, würde er sich durch ihr gesamtes beschissenes Buffet fressen.

Zwei Lehrer aus dem Bildungszentrum kamen jetzt herein, ein junger Mann, der möglicherweise der Kunstlehrer war, und ein älterer, den Ariel nicht kannte. Er sah chinesisch aus, vielleicht war er auch Japaner. Sie tranken beide aus Kaffeebechern und gingen langsam ans Buffet, sahen sich erst mal den Raum an. Sie häuften sich etwas auf die Teller und setzten sich an einen Tisch in der Mitte des Raums, zwischen Ariel und die Wärter auf der anderen Seite.

»Ich kann nicht fassen, dass die hier reindürfen.«

»Die fressen uns alles weg.«

»Wo kommst du denn her?« Einer der Wärter konnte sich die Frage nicht verkneifen, er wurde einfach nicht schlau aus dem neuen Phänomen.

Ariel wusste, dass den Lehrern dieselbe Frage gestellt wurde, die Lehrer sagten nichts, sie sahen auf ihr Essen und aßen schweigend weiter, taten, als hätten sie's nicht gehört. Was zu umso mehr Verwirrung und Unbehagen seitens der Wärter beitrug. Ariel sah aus dem Augenwinkel, wie einer der Wärter sich zu seinem Kollegen umdrehte und flüsternd besprach, was sie als Nächstes tun sollten. Die Lehrer versuchten sich leise zu unterhalten und hofften, dadurch Zeit zu gewinnen, um in Frieden fertig essen zu können.

»Kommt ihr aus dem Bildungszentrum?«, schoss der englische Wärter jetzt eine gezieltere Forderung nach konkreteren Informationen ab.

Wieder ignorierten ihn die beiden Lehrer. Dass sie den Wärter nicht einmal als Menschen zur Kenntnis zu nehmen bereit waren, traf bei diesem auf maßloses Unverständnis. So etwas hatten sie sich in ihrem Gefängnis nie zuvor bieten lassen müssen. Ihre Fragen blieben sonst nie unbeantwortet, ihren Befehlen wurde immer gehorcht und noch nie hatten sie Erbsen mit Ofenkartoffeln gemeinsam mit Leuten ohne Uniform essen müssen.

Erneut versammelten sie sich um die Plastiktische, drängten sich dichter zusammen als zuvor, tuschelten wütend, heckten irgendetwas aus. Danach sprachen sie die Lehrer nicht mehr an und nach einer Weile tuschelten sie auch nicht mehr untereinander. Ariel spürte die Anspannung in der Luft, die Wärter kauten wütend und warfen ihm und den beiden Lehrern finstere Blicke zu. Sie hielten durch, bis sie ihre Portionen gegessen hatten. Sie schlugen sich tapfer.

Die gehässige Hirnchemie der Wärter hing jetzt dick in der Luft, erfüllte den Raum und störte scheinbar sogar den Fernsehempfang. Ellen war nur noch abgehackt und verschwommen erkennbar. Schließlich standen die Lehrer auf und gingen so leise, wie sie gekommen waren. Die Wärter waren allmählich am Ende ihrer ohnehin kaum vorhandenen Geduld. Ariel aber trotzte ihnen stolz. Zur Rettung des eigenen Seelenfriedens erhob er sich, ging erneut zum Buffet und holte sich Nachschlag.

Ben

Der Winter stand kurz bevor. Inzwischen wurde es früher dunkel. Perth würde sich für ein paar Monate in Schottland verwandeln. Feucht, kalt, eisig am Morgen, ein paar Stunden lang würde Frost auf dem Gras liegen, dann war den Rest des Tages über alles wieder normal. Ein großartiger Winter war das nicht, eigentlich kaum eine andere Jahreszeit. War schon eine seltsame Stadt. In Melbourne gab es anscheinend jeden Tag alle vier Jahreszeiten. In Perth konnte man dagegen von Glück sagen, wenn es im ganzen Jahr überhaupt zwei verschiedene gab.

Ben wurde mitgeteilt, die Übergabe sollte am Bahnhof in Ashfield stattfinden. Noch so ein Nirgendwo. Der Bahnhof befand sich in der Nähe eines Footballstadions. Um halb acht am Abend war in Ashfield niemand mehr am Bahnhof.

Er saß auf tausend Pillen in zwanzig kleineren, wiederverschließbaren Plastiktütchen. Eine solche Menge ließ sich nicht mehr hinter der Stereoanlage verstecken, er hatte sie einfach in einem Stoffbeutel dabei. Chappie hatte gesagt, falls ihn die Bullen aus irgendeinem Grund anhielten, sollte er einfach weiterfahren und alle hundert Meter ein Tütchen aus dem Fenster werfen. Die Bullen würden entweder halten und sie einsammeln oder seinen Wagen verfolgen müssen, aber der wäre dann leer. Natürlich würde er für die Kosten aufkommen müssen und auch für Chappies Anteil, aber immer noch besser als mit so viel auf einmal erwischt zu werden. Er wusste, Chappie sicherte sich selbst ab, aber immer noch besser, 15 000 Dollar in den Miesen zu sein als fünfzehn Jahre abzusitzen, die blühten ihm nämlich, wenn er erwischt würde.

Es war wieder dasselbe Verfahren wie beim letzten Mal, ein gelber Hyundai, Motorhaube hoch, rübergehen, reingucken, Stoff rein, Geld mitnehmen, schnell zählen und nichts wie weg, zurück nach Midland. Mit der Aktion heute Abend würde er 5000 verdienen. Das war nicht schlecht. Er sollte vielleicht bald ein größeres Bankschließfach mieten, vielleicht sogar mehrere verschiedene Schließfächer in der ganzen Stadt. In Wanneroo hatte eine neue Bank aufgemacht, er könnte sogar eins unten in Bunbury mieten, aber das würde bedeuten, dass er ziemlich weite Strecken mit sehr viel Bargeld zurücklegen musste. Wahrscheinlich war das ein bisschen voreilig gedacht.

In Bens Wagen wurde es hell, als Scheinwerferlicht hinten durch die Heckscheibe fiel. Die Lichtkegel schwenkten nach links und der gelbe Hyundai kam im Rückspiegel in Sicht. Der Wagen hielt direkt hinter Ben, so dass er ihn blockierte. In Ashfield gab's wegen der Lage des Bahnhofs keinen richtigen Parkplatz, nur einen Grasstreifen auf beiden Seiten der Schienen. Der Mann stieg aus und hob die Motorhaube genau wie schon eine Woche zuvor. Ben holte tief Luft, als er ihn im Spiegel beobachtete. Er nahm den Beutel vom Beifahrersitz und tastete nach dem kleinen Messer, das in seiner linken Tasche steckte.

Dann stieg er aus und ging zu dem Mann, der in den Motorraum seines Wagens starrte. Dieses Mal befand sich statt des kleinen Behälters mit Deckel ein etwas größeres Metallkörbchen zwischen Motorblock und Heizung, verschlossen mit einem Deckel mit Schnappverschluss. Genau wie Chappie erklärt hatte, und Ben war froh darüber. Er sah den Mann nicht an, beugte sich vor und fingerte an dem Verschluss, um ihn zu öffnen. Er war brandneu und ein bisschen schwergängig, er legte den Beutel auf den Motorblock und verwendete beide Hände, um das Körbchen zu öffnen. Als es ihm endlich gelungen war, sah er einen gelben Umschlag anstatt der fünf dicken Geldbündel, die er erwartet hatte. Plötzlich spürte er kaltes Metall im Nacken und hörte, wie der Hahn einer Pistole gespannt wurde. Wer auch immer sie hielt, übte eine Menge Druck darauf aus, so dass Ben mit dem Kopf unter der Motorhaube bleiben musste.

»Halt die Hände schön still, okay?«

»Ja.« Ben hatte schlagartig einen staubtrockenen Mund und hielt still.

Er spürte, wie ihm Hände in die Gesäßtaschen seiner Jeans fuhren. Die Jacke blieb unberührt. Er dachte an sein Messer.

Der Mann, der auf den Motor gestarrt hatte, nahm den Beutel vom Motorblock und verschwand hinter Ben aus seinem Blickfeld. Ben hörte Schritte, die sich über das feuchte Gras entfernten.

»Ganz langsam, Alter, nimm den Umschlag und steck ihn hinten in deine rechte Tasche.« Die Stimme klang ganz ruhig, australischer Akzent, ganz normal, keine Schimpfwörter, keine Spur von Panik. Ben wollte nach dem Umschlag greifen, wurde aber abrupt mit dem Pistolenlauf noch fester gegen den Wagen gedrückt.

»Hör zu, wir haben, was wir brauchen. Für mich macht es keinen Unterschied, ob ich dich hier liegen lasse, verstehst du?«

»Verstehe.« Ben hielt die Hände regungslos wenige Zentimeter über dem Wagen und empfand die Festigkeit der Stimme des Mannes irgendwie beruhigend.

»Nimm den Umschlag, aber ganz langsam. Steck ihn in deine rechte hintere Tasche. Wenn außerdem noch was passiert, kann ich dir nicht mehr helfen, verstanden?«

»Okay.« Ben sprach sehr leise und bewegte die Hand auf den Umschlag zu, nahm ihn und merkte, dass er sich leer anfühlte. Ohne sich aufzurichten, fuhr er langsam mit der Hand hinter seinen Rücken und schob den Umschlag in seine Tasche. Plötzlich packte ihn jemand am Handgelenk, Ben wurde mit dem Pistolenlauf unsanft auf den Motorblock gestoßen. Sie waren jetzt zu zweit, legten sich mit ihrem ganzen Gewicht auf ihn, pressten ihn in den Wagen. Sie nahmen seine andere Hand und legten ihm eine Fessel an, die sich wie ein Kabelbinder anfühlte. Ben spürte die Hitze des Motors durch seine Jacke. Er stöhnte leise, als sich die Hitze durch seinen Trainingsanzug fraß und seine Haut verbrannte.

»Du verbrennst ihn am Motor, Mann«, sagte eine Stimme.

Er wurde vom Wagen weggezogen und aufs Gras gestoßen. Ben roch das verbrannte Polyester seiner Jacke.

»Also gut, Alter. Hörst du mir zu? Du musst jetzt gut aufpassen«, sagte die Stimme völlig entspannt.

»Ja«, antwortete Ben schnell.

»Dreh den Kopf zu dem Gehweg da drüben, der vom Bahnsteig heraufführt. Siehst du den Mann, der da allein steht und uns ansieht?«

Ben drehte und reckte den Hals. In einiger Entfernung sah er einen untersetzten Mann in ihre Richtung blicken, er stand allein dort. Er nickte und ließ den Kopf wieder sinken.

»Der Mann stammt aus dem Libanon, er ist seit drei Tagen in Australien und er wird dich die nächsten zwanzig Minuten ansehen, wie du ganz ruhig auf dem Beifahrersitz deines Wagens sitzen bleibst. Da setzen wir dich jetzt hin, verstanden?«

Ben nickte, der Pistolenlauf stach ihm immer noch in den Nacken.

»Wenn du in zwanzig Minuten immer noch auf dem Beifahrersitz sitzt, steigt er in den nächsten Zug nach Perth und du wirst ihn nie wiedersehen, aber wenn du versuchst abzuhauen, kommt er her und tötet dich. Hast du das verstanden?«

»Ja«, sagte Ben.

»Braver Junge.«

Jennifer

Jennifer öffnete die Seite mit den Jobangeboten auf dem Computer. Die Verwaltung hatte zwei Stellen für Psychologen ausgeschrieben, eine bei der Drogen- und Alkoholhilfe in Northam und eine weitere beim Kinderschutzbund in Mandurah. Beide Jobs klangen grauenhaft, der einzige Vorteil wäre, dass sie sich nicht mehr jeden Tag Sorgen machen müsste, vergewaltigt oder angezündet zu werden. Das Gehalt war ungefähr gleich, wenn sie nach Northam zog, würde sie ihr Haus vermieten und wahrscheinlich jede Woche ein bisschen was sparen, aber dafür müsste sie in Northam leben. Sich zwischen Mandurah und Northam zu entscheiden, war ein bisschen so, als hätte man die Wahl zwischen Lungenkrebs und einem Emphysem.

Vielleicht war's besser, wenn sie sich was im Bergbau suchte, vielleicht konnte sie ja für dasselbe Unternehmen arbeiten wie ihr Sohn. Mit Bettenmachen und Speckbraten würde sie mehr verdienen, als sie hier im Gefängnis bekam. Und damit wahrscheinlich auch mehr Menschen Gutes tun, als wenn sie sich hier bis in alle Ewigkeit mit diesen Typen im Kreis drehte. Sie würde ein Vermögen an Haushaltskosten und Lebensmitteln sparen. Wenn sie zwischendurch mal für eine Woche nach Hause kam, könnte sie sich vielleicht irgendwo in South Perth in ein Hotel einmieten. Immer vier Wochen am Stück arbeiten, dann eine frei haben. Sie konnte ihre Möbel auslagern, vielleicht in das große Lager in Osborne Park mit dem Koala-Logo an der orangefarbenen Fassade.

Vielleicht würde sie mal anrufen und fragen, was das

kosten würde. Dürfte eigentlich nicht so viel sein. Sie würde vor Ort studieren, in ihren Pausen, wenn die Schicht vorüber war. Ihr Sohn hatte ihr erzählt, dass die Zimmermädchen und Putzkräfte Zwölf-Stunden-Schichten schoben, von Zimmer zu Zimmer gingen, Betten bezogen und Toilettenpapier auffüllten. Sie fingen frühmorgens an, schon um vier Uhr, und waren um vier am Nachmittag fertig. In manchen Bergbauunternehmen wurde später angefangen, kam drauf an, wo man war, aber sie könnte in einen neuen Beruf einsteigen. Es war noch nicht zu spät. Sie hatte immer noch gute zwanzig Jahre vor sich, sie konnte einen zusätzlichen Abschluss machen und Grundschullehrerin werden.

»Miss?«

Sie sah ihn an, er war einer von denen aus dem Norden, aus Kimberly. Er hatte die Stirn eines Gorillas. Sie hasste sich dafür, dass sie das dachte, aber sie dachte es. Sie hing ihm wie ein Granitfelsen über den Augen. Seine Nase war flach und breit, seine Haut beinahe blauschwarz, so dunkel war er. Er hatte bei ihr auf dem Stuhl gesessen und ihr in der letzten halben Stunde flüsternd von seiner Familie zu Hause berichtet. Von seiner Astralreise der vergangenen Nacht und dass er seine Frau in ihren Träumen verprügelt hatte. Er sagte, das konnte er, indem er den Baum vor ihrem Schlafzimmerfenster schüttelte. Wenn seine Frau am Morgen aufwachte, würde sie steif sein und ihr würde alles wehtun. Er sagte das mit ernstem Affengesicht und völlig überzeugt von seinem gerechten Handeln. Das war seine Art. Eine Art, die sie genau betrachten musste, um wiedererkennbare Verhaltensmuster zu identifizieren. Etwas Nachvollziehbares. Etwas, das sich behandeln ließ.

»Sie ist keine gute Frau, wissen Sie?« Die heisere Beschämung in seiner Stimme drang über den Schreibtisch zu ihr rüber und erfüllte den Raum, in dem er verlegen saß, zu Boden blickte und mit den Händen gestikulierte, um seinen Worten Geltung zu verleihen.

Jennifer war ratlos. Sie wollte ihn bestrafen. Dieser riesige, schwerfällige, hirnlose Affe. Ein Teil von ihr wollte herausfinden, ob es stimmte, was er gesagt hatte, wollte seine Frau finden und sie fragen, ob sie am Morgen aufgewacht war und ob ihr alles wehgetan hatte. Sie stellte sich das Theater vor, das sich im Gerichtssaal abspielen würde, wenn er wegen astraler Züchtigung angeklagt und hoffentlich zu einer angemessenen Form kosmischer Folter verurteilt werden sollte. Sie hasste ihn.

Patrice

Patrice hatte am Morgen wieder trainiert. Er stand immer früher auf. In den letzten zwei Wochen war er ausschließlich in der SHU eingesetzt worden. Nach einem langen Tag fuhr er über den Tonkin Highway nach Hause, die lange Straße, die die Hügel und den südlichen Teil von Perth mit den Vororten im Norden und Osten verband. Patrice hatte an einem Getränkekiosk in der Nähe des Gefängnisses gehalten und sich zwei große Bier für die Heimfahrt geholt.

Das tat er immer mal wieder, wenn ihm das Gefängnis zu viel wurde. Wenn das Bier im Sonderangebot war, kostete ihn eine Flasche 10 Dollar, er hatte einen Getränkehalter an der Mittelkonsole seines Wagens und nahm immer wieder einen Schluck auf der zirka einstündigen Fahrt nach Beechboro. Der Freeway war alt und hässlich, gesäumt von dürrem trockenen Gestrüpp und hin und wieder einer Reihe von Starkstrommasten. Keine Häuser, keine Berge, keine wogenden Hügel, nur gelbgrauer Staub und eine Ampel hinter jeder zweiten Straßenbiegung.

Patrice trug seine Uniform auf der Heimfahrt, einmal war er auf dem Weg zur Arbeit herausgewinkt worden und hätte ins Röhrchen blasen müssen, aber als der junge Polizist sein braunes Hemd und die Sterne auf seinen Schulterstücken sah, hatte er ihn weiterfahren lassen. Er hatte sogar salutiert, dabei langsam genickt. Heute war ganz schön viel Verkehr, auch das wurde von Jahr zu Jahr schlimmer. Eine neue Welle von irischen und neuseeländischen Arbeitern kam nach Perth, um in den Bergwerken reich zu werden. Die Stadt nahm jede Woche tausend Menschen auf und

Patrice schien, dass sie alle auf seiner Spur nach Hause fuhren.

Er hielt vor der roten Ampel an der Kreuzung, wo die Marmadale Road den Highway kreuzt. Auf beiden Seiten sah er die letzten Reste Farmland, die am Rand des Industriegebiets überdauert hatten, Fabriken, Karosseriewerkstätten und hier und da auch mal ein Reifenhändler. Hin und wieder sah man ein oder zwei Pferde an einem Grundstück vorbeitraben, das früher oder später auch aufgeteilt und bebaut werden würde. Diese kleinen Flecken Landschaft waren ein Echo des alten Perth, zumindest hatte Patrice sich das von ein paar der älteren Wärter sagen lassen. Selbst die Engländer, die in den fünfziger und sechziger Jahren hergekommen waren, beklagten Perths verlorene Unschuld, als wäre es ihr persönliches gelobtes Land.

Patrice sah zu dem Wagen hinter sich und wartete an der Ampel, ein dickes Mädchen saß auf der Beifahrerseite und ließ sich von ihrer dünnen Mutter chauffieren. Die Mutter wirkte erschöpft und drahtig, ihre grauen Haare ungepflegt. Sie spähte hinter Patrice durch die Windschutzscheibe, wartete darauf, dass die Ampel umsprang. Die Tochter starrte glasig vor sich hin, trank eine Dose Pepsi. Als sie einen Schluck genommen hatte und den Kopf wieder senkte, wölbte sich das Fett unter ihrem Kinn zu einem gemütlichen Kissen, auf dem sie gerne ihr Gesicht ruhen ließ. Sie sagte etwas, ohne sich zu ihrer Mutter umzudrehen. Diese antwortete ihr ausführlich, als würde ihr jemand zuhören. Die Tochter nahm erneut einen Schluck aus der Dose. Patrice fuhr ein paar Zentimeter vor und betete, dass es endlich grün wurde.

Im vorletzten Jahr hatten sie über Kinder gesprochen. Patrice kam allmählich in ein Alter, in dem es höchste Zeit wurde, er wollte nicht viel älter als 40 sein, wenn er sein erstes Kind bekam. Sie war noch jung, damals gerade 35. Sie hatten sich sogar schon zwei Namen ausgesucht, so ernst war es ihnen damit gewesen, aber dann war das alles irgendwie doch wieder in den Hintergrund gerückt. Jedes Mal, wenn sie nach Hause zu ihrer Mutter fuhr, ließ sie ein weiteres Stück von sich selbst in Frankreich zurück. Die Wurzeln, die sie in Australien hatten schlagen wollen, wurden jedes Jahr ausgerissen. Für Patrice war das mit sehr viel Stress behaftet. Er lebte in einem Zustand permanenter Ungewissheit, wusste nie, wann sie es sich in den Kopf setzen würde zu verschwinden. So gesehen war es eine Erleichterung, dass sie's endlich getan hatte, aber in jeder anderen Hinsicht war es scheiße. Und sie war auch scheiße, weil sie ihm das antat. Aber wie gibt man auf richtige Art und Weise so ein Leben auf? Wie verlässt man jemanden auf freundliche Art? Eigentlich geht das gar nicht.

Patrice schob den Zigarettenanzünder in die Halterung. Die Ampel schaltete auf grün.

Er fuhr vor dem dicken Mädchen und der Mutter an, sein Wagen war gut, stark und ausgezeichnet gepflegt. Er raste ihnen voraus und nahm einen guten Schluck Bier, beschleunigte dabei auf 100 km/h, schaltete in den fünften Gang und spürte, wie sich das kalte Bier in seinem Inneren ausbreitete, ihm den Kopf klarer machte, ihm ein leichteres Gefühl verschaffte. Er stellte die Flasche ab und folgte der Straße, die sich nun in einem weiten Bogen nach rechts wandte, ihn wie ein Fluss mit sich trug und über eine Bergkuppe hob. Patrice nahm eine Zigarette aus der Tasche und zündete sie an, erfüllte den Wagen mit weißen Rauchschwaden. Er ließ die Fensterscheibe runter und zog an der Zigarette, genoss den magischen Moment, in dem er geschmeidig um die Kurve glitt. All seine Sorgen und Nöte wehten zum Fenster hinaus.

Patrice dachte an sie, wie sie allein durch ihre kleine Heimatstadt ging, Erledigungen für ihre Mutter machte, mit dem Wagen ins Dorf fuhr, um ihn reparieren zu lassen, das im Garten aufgestellte Schwimmbecken reinigte, das ihre

Mutter unbedingt jeden Sommer frisch aufgefüllt haben wollte. Er hoffte, dass sie sich elend fühlte. Er hoffte, dass sie ihn wiederhaben wollte. Er hoffte, sie würde zu ihm zurückkehren und ihn anflehen, sie zurückzunehmen, und versprechen, ihn zu lieben und sich um ihn zu kümmern und seine Kinder zu gebären und ihre gemeinsamen Söhne nach seinem Vater zu nennen, und er würde ihr zuhören, während sie weinte und bebte und zitternd an seiner Schwelle stand, und wenn sie fertig war und es an ihm war, etwas zu sagen, wenn sie darauf warten würde, dass er seine Arme, sein Herz und sein Heim erneut für sie öffnete, dann würde er sagen, sie solle sich nach Frankreich verpissen, zu ihrer Mutter ziehen und in deren bescheuertem Schwimmbecken ersaufen.

Patrice bremste und hielt am Ende der langen Schlange von Autos vor der nächsten roten Ampel.

Ben

»Ich brauche mehr, Greg.« Ben saß betreten da und starrte Greg an, der seinen Kaffee heute Morgen noch nicht angerührt hatte.

»Wie viel mehr?«

»Ungefähr doppelt so viel pro Woche, jedenfalls erst mal für die nächste Zeit.«

»Wirklich?« Greg kratzte sich an der Wange, überlegte, ob er das hinbekommen könnte.

»Ich denke, den kommenden Monat lang, höchstens.« Ben wollte, dass er Ja sagte und sich aus seinem Haus verzog, er hatte genug im Schließfach, um Chappie seinen Anteil zu bezahlen, den er ihm jetzt schuldig war. Aber finanziell war das ein schwerer Rückschlag für ihn. Er wollte seine Geldreserven wieder aufbauen und die ganze letzte Woche hinter sich lassen.

Er hatte sechs Stunden lang allein in dem Wagen gesessen, den Bahnsteig im Blick behalten und versucht, sich von dem Kabelbinder zu befreien. Als er aufwachte, war es nach ein Uhr nachts gewesen. Chappie hatte sich über ihn gebeugt und ihm die Fessel durchgeschnitten.

Als Ben auf sich hatte warten lassen, war er losgefahren, um nach ihm zu sehen. Die Batterie von Bens Kombi war leer, also hatte Chappie ihn in seinem SS nach Hause gefahren und sich auf der Fahrt die ganze Geschichte angehört. Ben hatte möglichst cool getan, aber in Wirklichkeit hatte er Angst. Chappie erklärte ihm, dass er sich um die Sache kümmern würde, aber Ben würde ihm trotzdem die 15 000 für die Pillen erstatten müssen, und Chappie würde sehen, was er seinerseits machen könnte. Er riet Ben, sich erst mal eine Auszeit zu nehmen, dann würde er ihn in ein paar Wochen wieder dazuholen.

»Hast du eine Fortbildung in Unternehmensführung gemacht oder was? Verstehst du jetzt was von Kundenwerbung?«, fragte Greg und nahm seinen Kaffee. Ben wusste, dass Greg wissen wollte, was für ihn selbst dabei raussprang. Wahrscheinlich fragte er sich, wo sein eigener Drive geblieben war.

»Nein, Greg, die Nachfrage zieht an, weißt du? Alle wollen sich entspannen, ein bisschen abschalten. Ich brauche ein bisschen mehr, aber natürlich nur, wenn du's hast.«

»Aber wieso nur im kommenden Monat?« Greg wirkte aufrichtig verwirrt.

»Scheiße, Greg, Mann, im Ernst. Keine große Sache, mach dir keine Sorgen, nur wenn du's hast ...« Ben versuchte, einen Rückzieher zu machen. Er kam mit seinen Terminen nicht hinterher, alle wollten die Geschichte in voller Länge hören.

Was sich dadurch verändert hatte und inwiefern sie das betraf. Greg war kein Genie, aber ein Idiot war er auch nicht.

»Hast du Schulden?«, fragte Greg Ben und sah ihn an, als würde er sich tatsächlich Sorgen machen.

»Nein, Greg, ich habe keine Schulden, ich hätte nur nichts dagegen, ein bisschen mehr zu verdienen, das ist alles.«

»Wenn du welche hast, kann ich dir aushelfen, wenn du was brauchst. Wenn du Hilfe brauchst, meine ich.« Greg war aufrichtig, er wollte nicht auf das leicht verdiente Geld verzichten, das er dank Ben jede Woche kassierte.

»Greg, lass es einfach. Mach dir keine Gedanken.« Ben stand auf und ging in die Küche, um sich einen Eiskaffee zu holen.

»Du lieber Himmel, Ben. Du weißt, was mit Leuten passiert, die Geld schuldig sind?«, rief Greg ihm über die Schulter zu. »Weißt du noch, Mikey? Ich hab dir von ihm erzählt, der Juwelier unten in Fremantle mit der riesigen Sammlung Dockers Memorabilia und der kleinen Telefonzelle in seiner Werkstatt, in die man sich setzen und eine Pfeife rauchen konnte?«

Ben öffnete die Kühlschranktür, schob ein paar Sachen hin und her, er wollte nicht zurück an den Tisch und sich Gregs Geschichten anhören.

»Zum Schluss hat er einem Biker Club Geld geschuldet und die haben sich einen Ring von ihm entwerfen lassen. Als Andenken an all die gefallenen Mitglieder. Die haben ihm so viel Jade oder Quarz oder so was gegeben, dass er daraus ungefähr dreißig Ringe machen konnte, aber Mikey, der bescheuerte Idiot, hat den Beutel irgendwo verloren und die echten Steine durch billigen Opal ersetzt, den er noch von einem anderen Auftrag übrig hatte. Als ein paar Wochen später zwei vorbeikommen, um die Ringe zu holen, sehen sie, dass es nicht die Steine sind, die sie ihm gegeben haben, und beschweren sich. Er behauptet, doch, das sind sie, aber natürlich ist vollkommen klar, dass sie's nicht sind. Also überlegt er es sich anders und sagt, er hat die, die sie ihm gegeben haben, durch andere ersetzt, weil Opale viel besser sind, was natürlich gar nicht stimmt. Der eine hört sich den Scheiß an und haut ihm einfach eine rein, zertrümmert Mikey die Fresse.

Wie sich herausstellt, stammten der Quarz oder die Jade, die sie ihm gegeben hatten, vom Grundstück des Vaters von einem der Typen in York. Der war vor Urzeiten Gründungsmitglied von dem Club gewesen und die Edelsteine waren das letzte, was der Alte von seinem Eigentum gerettet hat, bevor das Grundstück verkauft wurde und er gestorben ist. Der Typ sagt Mikey also, dass er dem Club 30000 für die verlorenen Steine schuldet. Außerdem nehmen sie die Ringe mit, die er gemacht hat. Und zwei gerahmte Trikots, signiert von Jeff Farmer und Shauny McManus. Auf jeden Fall hat Mikey keine Chance, 30000 aufzutreiben, also hat er gleich in der Woche drauf seinen Laden zum Verkauf angeboten ...«

Während Greg immer weiter laberte und Ben tat, als würde er das Mindesthaltbarkeitsdatum auf einer alten Packung Hüttenkäse lesen, kam er endlich drauf.

Chappie hatte ihn übers Ohr gehauen.

Craig

Craig saß in der Mitte des Besucherraums auf einer Bank für drei Personen an der Seite des Tisches, wo die Familien oder Anwälte der Gefangenen saßen, wenn sie zu Besuch kamen. Ein paar Leute saßen verteilt in der Mitte und sahen zu der schweren Tür auf der anderen Seite des Raums. Sie warteten darauf, dass ihre Ehemänner, Söhne, Onkel oder wer auch immer hereinkamen. Alle Gefangenen mussten hier Polyesteroveralls mit Reißverschlüssen tragen, weil man darin nur schlecht einen Ballon mit Drogen herausschmuggeln oder wer weiß was an sich nehmen konnte, das schließlich in wer weiß wem verschwinden würde.

Craig hatte all die Geschichten von den Wärtern vorne an der Anmeldung gehört. Leute versteckten Spritzen in ihren Körpern, gaben sie irgendwie an die Insassen weiter, die sie besuchten. Babys hatten Tütchen voll Gras in den Windeln oder Kleinkindern war Schmuggelware mit Pflastern an den Rücken unter das T-Shirt geklebt.

Möglich, dass er nicht mal runterkommen würde. Er war zu einem offiziellen Besuch aufgerufen worden, aber manchmal tauchten sie nicht auf oder sie kamen in den Besucherraum und sahen, wer dort auf sie wartete, und machten auf dem Absatz wieder kehrt. Viele von ihnen blieben lieber in einem Schuhkarton sitzen als mit der Polizei zu sprechen.

Die schwere Tür ging auf und ein paar Typen warteten, sahen dem Wärter über die Schulter. Einer hatte zwei Dosen Cola und ein paar Schokoriegel dabei. Ohne Zweifel wartete er auf seine Frau und seine Kinder. Craig sah den müden Ausdruck in seinem Gesicht, als er dort in seinen Plastikklamotten stand und voller Hoffnung in den Besucherraum spähte, das Wenige, was er seiner Familie anzubieten hatte, in der Hand. Craig musste daran denken, wie seine eigene Frau ihn verlassen hatte.

Ein paar dieser Typen hier, mit ihrem ganzen Blödsinn und ihren Tragödien, hatten trotz allem Frauen, die loyal blieben und zu ihnen hielten. Ob es daran lag, dass sie dämlich oder verliebt waren oder dass sie einfach nicht wussten, wohin sie sonst sollten, darauf kam es in Craigs Augen eigentlich nicht an. In seinen Augen kam es vielmehr darauf an, dass sie ihren Männern gegenüber loyal blieben. Wer auch immer diese Frauen waren, man konnte sich auf sie verlassen. Darauf, dass sie einmal die Woche die Kinder ins Auto setzten, sich hinters Lenkrad klemmten und anderthalb Stunden lang fröhlich taten. So wie man in die Kirche geht. Von den Kindern wurde nicht mehr verlangt, als dass sie Daddy in seinem bescheuerten Overall besuchten, eine warme Dose Cola tranken und auf der Rückfahrt nicht zu viele Fragen stellten.

»Sergeant.«

Craig hatte gar nicht gemerkt, dass er sich gesetzt hatte. Er hatte ein paar andere Gefangene auf der anderen Seite des Raums beobachtet, einen älteren Häftling mit Glatze, Brille und Rettungsringen um die Hüfte, der seine Frau kopfschüttelnd ansah und ihre Hand hielt. Sie weinte, während er mit ihr redete, sie zu beruhigen versuchte und ihr Versprechungen machte. Sie schüttelte ebenfalls den Kopf, und er beugte sich näher an sie heran, versuchte sie zu erreichen.

»Sie wollten mich sprechen, Sergeant?«

»Ja. Danke, dass Sie gekommen sind, Carson.« Craig wandte sich zu ihm um, schenkte ihm nun seine volle Aufmerksamkeit.

»Was wollen Sie?«

»Es hat einen Vorfall gegeben.« Craig kam direkt zur Sache.

»Was denn?«

»Es geht um Ihren Bruder. Genau genommen hat es sogar eine ganze Reihe von Vorfällen gegeben.« Craig hielt Carsons Blick stand.

»Ihr Bruder hat spät am Montagabend einen Wagen gestohlen, der draußen vor dem Pub parkte, das sie vor Ihrer Festnahme gemeinsam mit ihm besucht hatten.«

»Wo ist er jetzt?«

»Darauf komme ich gleich, lassen Sie mich aussprechen.«

»Wo ist er?«

»Carson …«, ermahnte Craig ihn.

»Sergeant …«, ermahnte Carson ihn zurück.

»Er ist in Rangeview, am Dienstagnachmittag wurde er dorthin gebracht.«

So viel war Craig bereit ihm zu verraten.

»Geht's ihm gut?« Carson entspannte sichtlich, sah Craig kopfschüttelnd an.

»Nicht unbedingt, die Kollegen von der Unfallbehörde haben Farbverdünner im Fahrzeug gefunden.«

Craig sagte es so ausdruckslos wie möglich.

»Wieso von der Unfallbehörde?«

»Der Wagen hat sich überschlagen, Carson. Der junge Mann, der bei ihm war, ist noch am Unfallort gestorben.« Craig sah, wie Carson die Information aufnahm.

»Wer war bei ihm?«

»Das darf ich Ihnen nicht sagen, er war minderjährig.« Craig blickte auf seine Akte und wartete.

»Sergeant, ich muss wissen, wer mit ihm in dem Wagen war.«

»Das kann ich Ihnen nicht sagen, Carson. Tut mir leid.«

»Wollen Sie mich verarschen?«

»Carson«, Craig sah ihn durchdringend an.

»Er braucht Personenschutz.« Carson beugte sich über den Tisch und zeigte mit dem Finger auf Craig.

»Carson, ich habe keine Handhabe, ich kenne nicht mal die Abläufe da drüben in Rangeview, aber ich bin sicher, wer auch immer ihn eingewiesen hat, wird alles Nötige erklärt haben und sämtliche Informationen über Möglichkeiten, die ...«

Carson stand vom Tisch auf und ging zu der schweren Tür.

»Carson, bitte setzen Sie sich.« Craig stand jetzt auf, zog Aufmerksamkeit auf sich und sammelte seine Unterlagen ein, um einen möglichst gefassten Eindruck zu machen.

»Wie Sie wollen.« Craig sah Carson durch die Stahltüren zurück ins Gefängnis verschwinden, vorbei an den Wärtern, die ihn wortlos durchließen. Als sich die Tür langsam schloss, sah Craig den Gefangenen mit den Coladosen immer noch dort stehen und in den Raum blicken. Inzwischen futterte er aber schon einen der Schokoriegel und wirkte ein bisschen weniger ängstlich.

Damien

Damien arbeitete gerne im Gefängnis, er ließ sein Handy gerne morgens zu Hause und hatte nichts dagegen, den Tag über mit niemandem reden zu müssen. Er arbeitete im Überwachungsdienst und verbrachte den Großteil seiner Arbeitszeit damit, aussortierte Post zu lesen und die Gespräche mitzuhören, die die Gefangenen mit der Außenwelt führten. Hin und wieder bekamen sie einen Hinweis von einem Wärter oder einem anderen Gefangenen, bei wem es sich lohnen würde einmal genauer hinzusehen. Seit sie angefangen hatten, sämtliche über das Internet getätigten Telefonate mitzuschneiden, hatten sie einen riesigen Vorrat an archivierten Gesprächen, die sie auch noch rückwirkend prüfen konnten, sollte etwas passieren.

Das war nicht so aufregend wie jemanden zu erwischen, bevor er Dummheiten anstellte, und so hörte Damien dennoch eine Stunde täglich live geführte Unterhaltungen mit. Retroaktive Strafverfolgung war schön und gut, aber meist bedeutete das, jemand war bereits zu Schaden gekommen. Wenn das unter den Häftlingen passierte, war es nicht so schlimm, aber wenn man ein Vergehen verhindern konnte, bevor es begangen wurde, bewahrte man damit möglicherweise einen Wärter vor schweren Verletzungen.

Seit der Digitalisierung des Gefängnisses vor ein paar Jahren hatte sich die Tonqualität drastisch verbessert und Damien schloss gerne die Tür seines Büros und schaltete das Licht aus, verdunkelte den Raum so weit wie möglich und lauschte. Er setzte sich Kopfhörer auf und fuhr mit der Maus über die Telefonverbindungen in Trakt Drei. Gerade waren zwei Verbindungen aktiv. Einmal bei Häftling H2038776 und dann bei Häftling F0312654. Damien klickte auf Häftling F.

»Und, wer hat's ihr gegeben?«

»Keine Ahnung, hab ich doch gesagt.«

»Die ist siebzehn!«

»Ich weiß, wie alt sie ist, Lance.«

»Als ich noch zu Hause war, hat ihr niemand scheiß Kokain in einer Urinprobe nachgewiesen, oder?«

»Komm mir bloß nicht so, Lance. Ich hab dich angerufen, um dir mitzuteilen, was mit deiner Tochter los ist.«

»Hast du rausbekommen, von wem sie das Koks hat?«

»Ich hab sie eine Million Mal gefragt, aber sie will's mir nicht verraten.«

»Völlig egal, was sie will, hast du gehört? Du tust, was du tun musst und findest raus, wer ihr das scheiß Kokain gegeben hat.«

»Wie soll ich das machen, wenn sie nicht mit mir redet?«

»Ich sag dir was, meine Liebe, ich hab den Scheiß verdammt noch mal satt, den du mir da erzählst. Du und deine beschissenen Erziehungsmethoden, das ist deine Tochter verdammt ...«

»Was soll ich machen?«

»Was *du* machen sollst? Was zum Teufel soll *ich* machen? Ich sitze hier in diesem scheiß Dreckloch fest.«

»Das ist ja nicht meine Schuld, ich hab nur angerufen, weil ich dir erzählen wollte, was los ist.«

»Du hast doch keinen blassen Dunst, was los ist, du hirnverbrannte blöde Fotze ...«

»Lance, wag's bloß nicht ...«

»Nein, ich hab die Schnauze voll!«

»Und ich hab auch die Schnauze voll von dir.«

»Du hast die Schnauze voll von *mir* ...?«

Damien riss einen Zettel von seinem Schreibtischkalender. Seine Frau hatte ihm einen Schreibtischkalender von Gary Larson zu Weihnachten geschenkt. Er betrachtete das Bild in seinen Händen. Ein Paar stand in einem Bunker umgeben von aufgestapelten Dosen. Sie blickten auf mehrere Atompilze am Horizont und die Frau fragte ihn, ob er einen Dosenöffner eingepackt habe.

Damien dachte jedes Mal, wenn er ein Kalenderblatt abriss, an seine Frau.

Damien klickte das andere Telefon an.

»Sie haben ihn jetzt auf die Krankenstation gebracht. Frances holt mich gleich ab, sie fährt mich hin.«

»Lassen die dich zu ihm?«

»Ich bin seine Mutter, Carson, die müssen mich zu ihm lassen.«

»Haben sie gesagt, wie schlimm es ist?«

»Hat ihn ganz schön erwischt.«

»Diese verfluchten Wichser.«

»Hey, achte auf deine Ausdrucksweise.«

»Mum.«

»Mach's jetzt nicht noch schlimmer.«

»Wer hat ihm das angetan?«

»Zwei von Bills Cousins, die waren schon wegen was anderem da.«

»Wann ist die Beerdigung?«

»Frances hat gesagt am Freitag.«

»Hat sie mit William gesprochen?«

»Nein, mit Pat.«

»Wer ist Pat?«

»Das ist die Frau von Bill.«

»Aber Clemmy kommt durch, oder?«

»Er wird angeklagt.«

»Haben die dir das schon gesagt?«

»Das muss mir niemand sagen, das ist so. Die werden dasselbe mit ihm machen wie mit dir.«

»Mum, er ist noch klein.«

»Du hast gesagt, du bringst ihn wieder auf den rechten Weg.«

»Mum.«

»Das hast du gesagt, als ich dich nach ihm gefragt hab. Das hast du zu mir gesagt.«

»Mum?«

»Carson, ich hab mich auf dich verlassen.«

»Ich hab ihn doch nach Hause gebracht, oder nicht?«

»Und dann hat er mit ansehen müssen, wie du verhaftet wurdest.«

»Wie soll ich das ändern, Mum?«

»Das mit dem Mädchen weiß ich auch, Carson.«

»Mum.«

»Du hast dich selbst im Stich gelassen und mich hast du jetzt auch im Stich gelassen, das sag ich dir.«

»Ich kann da jetzt nicht drüber reden, Mum.«

»Hier wird über gar nichts anderes mehr geredet.«

»Hör zu, bitte ruf mich an, sobald du ihn gesehen hast. Ich will wissen, wie's ihm geht.«

»Er ist im Krankenhaus.«

»Mum, hör zu ...«

»Die haben ihm schrecklich wehgetan ...«

Plötzlich war der Ton weg. Damien hatte sich auf seinem Stuhl umgedreht, nach dem Telefon gegriffen und dabei aus Versehen das Kabel des Kopfhörers aus dem Computer gezogen. Der Ton funktionierte nur, wenn die Kopfhörer per Kabel angeschlossen waren. Dadurch waren sie sicherer und man konnte gewährleisten, dass die einzige Person, die mithörte, über ihre persönlichen Login-Daten zurückverfolgt werden konnte. Auf diese Weise wurde die Überwachung gesichert und die Mitarbeiter zur Rechenschaft verpflichtet. Damien klemmte sich das Telefon unter das Kinn und gab die Telefonnummer seines Sohns ein. Er hatte gerade seine Steuererklärungen der vergangenen vier Jahre abgegeben und jetzt verlangte das Finanzamt 15 000 Dollar von ihm.

Sein Sohn hatte nach seinem Arbeitsbeginn seine Studienkreditschulden nicht geltend gemacht. Sein Abschluss in Stadtplanung hatte Damien ein Vermögen gekostet. Jetzt wollte er ihn anrufen und ihm sagen, dass er seinen Verpflichtungen nachzukommen hatte und seine Schulden abbezahlen musste, auch wenn er dafür einen zweiten Job annehmen musste.

Während er darauf wartete, dass sein Sohn ans Telefon ging, öffnete er E-Mails: Seine Frau hatte ihm eine Nachricht geschickt. Sie wollte, dass er heute im Reisebüro anrief, um zu fragen, ob die Tickets bereits abgeholt werden konnten. Es ärgerte ihn, dass sie selbst offenbar unfähig war, sich um solche Kleinigkeiten wie die Abholung von Flugtickets zu kümmern, eine fällige Telefonrechnung zu bezahlen oder irgendetwas zu tun, wofür man mit anderen telefonieren musste. Sie war sehr schüchtern, was solche Dinge betraf, und überließ ihm praktisch alles – was in gewisser Hinsicht gut war, aber eben nicht, wenn einfach nur Flugtickets abgeholt werden mussten.

Daniel

Daniel spielte Schach mit Malcolm. Ein Skelett von einem Alkoholiker, der seine Frau aufgeschlitzt hatte. Malcolm war ein funktionaler Säufer gewesen und hatte unter anderem die geselligen Veranstaltungen in einem ausschließlich Mitgliedern vorbehaltenen Country Club oben in den Hügeln organisiert. Er hatte hinter dem Tresen gearbeitet, Partyzelte für private Empfänge aufgebaut und Fleischplatten sowie Partyhütchen beschafft, wenn jemand Geburtstag hatte. Malcolm war es stets ganz gut gelungen, das Gleichgewicht zwischen Arbeit und Alkohol zu halten, bis seine Frau anfing, sich zu Hause zu langweilen und sich manische Depressionen und Magersucht in ihren Alltag schlichen, für die es in ihrer Familie jeweils eine Vorgeschichte gab.

Malcolms zuvor befriedigendes Sexleben nahm im selben Maße ab wie seine Frau, und er trank ein bisschen mehr, um die unwillkommenen Veränderungen zu verarbeiten. Nachdem er einen Monat in völliger Umnebelung verbracht hatte, beschloss er, einer irischen Kellnerin, die ihr Arbeitsvisum um sechs Monate verlängern lassen wollte, eine Hand unter den Rock zu schieben. Laut Malcolm war Ciara gerne bereit, sich seine Grapschereien und allgemeine Lüsternheit gefallen zu lassen, sofern sie damit ihre Chancen verbesserte, im Land der Glücklichen verweilen zu dürfen. Als ihre Zeit ablief und Malcolm ihr keine weiteren sechs Monate Aufenthaltserlaubnis organisieren konnte, feierte sie ihren Landesverweis am Tag des Melbourne Cup mit der öffentlichen Bekanntgabe, dass Malcolm ein widerlicher Lüstling sei, der sie unter der Androhung, sie auf die grüne Insel zurückzuverfrachten, zu allen möglichen abartigen Sexpraktiken gezwungen habe. Das lose Mundwerk von Malcolms irischer Freundin kostete ihn seine Stelle im Country Club und die Neuigkeit traf schneller bei seiner dünnen Frau zu Hause ein als er selbst.

Kaum eine Stunde später war Malcolm bereits zu Hause rausgeflogen und machte sich unverzüglich daran, das gemeinsam Ersparte zu versaufen. Wenige Wochen später, als das Geld fast aufgebraucht war, fing er an im Casino zu spielen, um neues Geld zu generieren. Bei dem Versuch ging auch noch der letzte Penny drauf und er stand mitten im Casino und machte eine Szene. Er wurde von drei oder vier uniformierten Kiwis am Schlafittchen gepackt, die seine Arme und Beine mit Klettband fesselten und ihn in einem der Kellerräume ordentlich zusammentraten. Als sie ihn an die frische Luft setzten, stolperte Malcolm blutüberströmt in seinen Wagen und fuhr hinauf in die Hügel, in der Hoffnung, die Polizei würde ihn herauswinken, bevor er zu Hause ankam. Als die Sonne aufging, bog er in die Einfahrt und nahm dabei das Garagentor mit. Später sagte er aus, er könne sich nicht mehr genau erinnern, was als Nächstes passiert sei, aber die Polizisten erklärten ihm, er habe seiner Frau Sehnen und Oberarmarterien durchgeschnitten, was sie beinahe das Leben gekostet hatte.

Seither verstand Malcolm sich als begeisterter Amateurmediziner und verbrachte den Großteil seiner Zeit im Kunstraum des Gefängnisses damit, den anderen zu erklären, wie ein Körper funktionierte und welche Bewegungen mit welchen anatomischen Körperteilen korrelierten. Normalerweise wurde Gewalt gegen Frauen und Kinder im Gefängnis kritisch betrachtet, aber Malcolm wurde aus irgendeinem Grund mit Nachsicht behandelt. Möglicherweise räumte man ihm mehr Spielraum ein, weil er behauptet hatte, einen Blackout gehabt zu haben und sich an nichts mehr zu erinnern. Eine beliebte Verteidigungsstrategie.

Daniel konzentrierte sich auf das Schachbrett, er hasste es, gegen Malcolm zu verlieren. Sie spielten nur ungefähr zweimal die Woche. Er war langsam, Malcolm dagegen sehr schnell. Manchmal brauchte Daniel fünfzehn Minuten für einen Zug. Malcolm nur so lange, wie es dauerte, die Spielfigur zu bewegen. Irgendwas stimmte an dem ganzen Konzept nicht, wenn einer, der so gut im Schach war, im Gefängnis saß und einer wie Daniel, der wirklich überhaupt kein Talent für gar nichts hatte, einem gut bezahlten Job nachging und alles einigermaßen auf die Reihe bekam.

Vielleicht war es seine Fähigkeit, sich von den Extremen des Lebens fernzuhalten, die ihn bislang geschützt hatte. Er erinnerte sich gehört zu haben, dass Drogensüchtige wie Abenteurer sind, in der richtigen Umgebung wären sie Helden geworden. Solche Menschen sind die Ersten, die einen Berg besteigen, sie wagen sich als Erste an die vorderste Front, agieren ohne Netz und doppelten Boden, halten sich für unsterblich. Aber sie sind auch diejenigen, die Hypotheken aufnehmen, die sie nicht bezahlen können, und den Druck mit Spritzbesteck oder Crystal Meth bekämpfen. Daniel wollte auch Abenteurer sein. Er wollte einen Berg besteigen.

»Alarmstufe Rot im Bildungszentrum, Alarmstufe Rot.«

Die Stimme kam aus Daniels Funkgerät, das er an seinem Gürtel befestigt hatte. Alarmstufe Rot bedeutete, dass eine Prügelei ausgebrochen war. Daniel stand auf und ging zur Tür des Unterrichtsraums, schloss sich und die anderen Gefangenen ein. Die Strategie sah vor, dass alle Lehrer ihren eigenen Raum sicherten, damit die Handgreiflichkeiten auf einen Bereich beschränkt blieben. Daniel blickte aus dem Fenster auf das Gras um zu sehen, wo die Prügelei stattfand. Konnte auch falscher Alarm sein, in den meisten Fällen war das so. Die Gefangenen versammelten sich um Daniel, wollten auch etwas sehen. Im Gefängnis hatte alles immer gleich Auswirkungen auf alle und deshalb wollten auch alle wissen, was los war. Wissen konnte bedeuten, dass man nachts gut schlief oder sich bei Bedarf eine gute Geschichte ausdenken konnte.

»Jemand muss eingreifen, die meinen es ernst.«

Die Stimme von Marcus, dem Lehrer im Fach Wirtschaftswissenschaften. Ein Strichmännchen von Mitte vierzig und völlig fertig, er hatte den Körper eines Marathonläufers und die sozialen Kompetenzen eines Jockeys. Einmal hatte er Daniel beim Mittagessen erklärt, er würde so gerne bei seinen Eltern wohnen, er sehe gar keinen Grund auszuziehen. Als Marcus mit fünfunddreißig immer noch Single war, zogen seine Eltern aus und überließen ihm das Haus. Er hielt das für einen Sieg.

Die Tür zum Unterrichtsraum für Wirtschaftswissenschaften flog plötzlich auf und die Schlägerei verlagerte sich nach draußen aufs Gras. Carson und ein anderer Gefangener, den Daniel nicht kannte, lieferten sich einen erbitterten Kampf. Carson hatte ihn aus dem Unterrichtsraum gezerrt und war über ihn hergefallen, er hielt den anderen am Hemd gepackt und es gelang ihm, sich auf ihn zu setzen. Carson hatte Blut im Gesicht, sein grünes Hemd war dunkel bespritzt und am Kragen eingerissen. Carson drosch auf den anderen mit der rechten Hand ein, während er ihn mit der linken festhielt.

Marcus betrachtete das Spektakel von der Tür seines Klassenzimmers aus. Er blickte entsetzt zum Überwachungsraum am Eingang zum Bildungszentrum und hoffte, dass sich endlich ein paar Wärter einschalten würden. Carson schob seine Beine um den Oberkörper seines Gegners und rutschte unter heftigen Schlägen immer höher, bis er seine Knie auf die Schultern des Mannes presste. Carson schrie ihn an, schlug ihm wieder und wieder mit der Faust ins Gesicht. Der Mann unter ihm am Boden trat mit den Beinen aus und versuchte Carson abzuwerfen, aber er hatte keine Chance. Mit jedem Schlag, den Carson ihm versetzte, trat er etwas weniger hoch aus.

Lehrer und Gefangene sahen jeweils von den Türen und Fenstern aus zu. Carson ließ nicht von ihm ab. Der freie Arm des Mannes lag inzwischen schlaff am Boden. Carson hatte ihm die Hände um die Kehle geschlungen und schlug nun den Kopf seines Feindes auf den Boden, brüllte ihn dabei an. Carson hörte nicht auf. Endlich kam ein ganzer Schwarm von Wärtern angerannt.

Vier zogen Carson von seinem Gegner und warfen ihn zu Boden, ein fünfter kniete neben dem anderen im Gras und verständigte die Sanitäter über Funk.

»Alarmstufe Blau im Bildungszentrum, Alarmstufe Blau.«

Der Wärter drehte den Mann auf die Seite und die anderen legten Carson Handschellen an und führten ihn vom Ort des Geschehens fort. Weitere Wärter kamen nach draußen und schickten die anderen Gefangenen wieder zurück in ihre Unterrichtsräume. Daniel sah zwei Sanitäter, die bereits auf dem Weg gewesen sein mussten, mit eigenen Sicherheitskräften und einer Trage näherkommen. Sie eilten zu dem Mann im Gras und machten sich mit ihren weißen Latexhandschuhen an ihm zu schaffen, piekten und drückten ihn und sprachen in sein Ohr, um eine Reaktion aus ihm herauszuholen. Einer zeigte auf den anderen und sie rollten ihn auf die Trage und trugen ihn zu einem bereits wartenden Wagen am Eingang.

Daniel fiel auf, dass die Gefangenen sehr verhalten auf die Prügelei reagierten. Niemand jubelte oder gab schlaue Sprüche von sich. Niemand erteilte Ratschläge oder feuerte einen der beiden an, so wie man es oft bei Boxkämpfen erlebt. Daniel war schon bei Boxübertragungen in Kneipen gewesen und da wurde immer viel geredet. Für 10 Dollar Eintritt durfte man sich vor einen großen Bildschirm stellen und erhielt die Erlaubnis, zwei Fremde zu beschimpfen, die sich auf der anderen Seite der Welt bis aufs Blut bekämpften. Aber das hier war anders. Es gab keinen Unterschied zwischen den Männern im Ring und denen, die drumherum standen. Irgendwann waren sie möglicherweise alle einmal dran. Die falschen Worte aus dem falschen Mund könnten das Hauptereignis des Vormittags zum schlichten Vorspiel machen.

»Dannyboy, du bist am Zug.«

Daniel drehte sich von der Tür weg und nahm wieder Malcolm gegenüber Platz. Der gehörte zu den ganz wenigen, die sich nicht die Mühe gemacht hatten, aus dem Fenster zu sehen und die Prügelei zu verfolgen. Vielleicht war er ja ganz zufrieden dort, wo er war. Oder ganz zufrieden damit, sich mit seiner eigenen Misere auseinanderzusetzen. Andere Leute leiden zu sehen, bestätigte ihn vielleicht in seinen Ansichten von sich und dem Rest der Welt. Dass hier etwas insgesamt nicht stimmte. Etwas, das sich nicht geraderücken ließ und bis in alle Ewigkeit hoffnungslos bleiben würde.

Patrice

»Ja, wir halten uns bereit.« Mr Porter legte den Hörer auf und notierte sich etwas auf seinem Klemmbrett.

»Also, Patrice, die bringen ihn in den nächsten zehn Minuten runter, also folge einfach meinen Anweisungen, dann nehmen wir ihn hier auf, okay?«

Patrice nickte, Mr Porters trockener südafrikanischer Akzent fiel ihm auf.

»Er hätte beinahe einen Mitgefangenen unten im Bildungszentrum totgeschlagen, kann sein, dass er eine Weile bei uns bleibt.« Porter gab Patrice ein paar OP-Handschuhe.

»Kommt er aus der Krankenstation?«, fragte Patrice, stand auf und zog die Handschuhe über.

»Er will sich nicht behandeln lassen. Glen sagt, er hat bloß ein paar Prellungen und blutet ein bisschen, aber er macht ein Riesentheater.«

»Was ist denn passiert?«, fragte Patrice, möglichst ohne zu neugierig zu erscheinen.

»Sein Bruder ist auf der Krankenstation in Rangeview, anscheinend wollte er eine offene Rechnung begleichen.«

»Was hat der kleine Bruder denn gemacht?«, wollte Patrice wissen.

»Wer weiß, Patrice … sind doch einfach alle bloß blöde Nigger, die sich gegenseitig verdreschen.«

Er fühlte sich äußerst unwohl in Porters Anwesenheit. Zur Zeit befanden sich vier Gefangene in der SHU, die schweigend und kleinlaut herumsaßen. Zwei waren bereits zurechtgestutzt worden, bevor Patrice seinen zweiwöchigen Dienst hier angetreten hatte. Die anderen wurden noch bearbeitet. Porter führte ein strenges Regiment und seine beiden wichtigsten Mitarbeiter befolgten seine Befehle akribisch genau. Jeremy war der Größte, lange Arme und eine breite Brust, graue Bartstoppeln und ein gehetzter Blick. Er trug schwarze Lederhandschuhe und eine Splitterschutzweste, auch wenn er sich hinsetzte und Tee trank. Er war ein urbaner Soldat, stets einsatzbereit. Jeremy fühlte sich in der SHU zu Hause und achtete darauf, dass sämtliche Häftlinge dies auch mitbekamen.

Der andere war Kenneth, ein jüngerer Wärter und eher neu innerhalb des Gefängnisregimes. Er wurde ausgebildet in Nulltoleranz und der Kunst der Quälerei und er war ein fleißiger und lernbegieriger Schüler. Was Kenneth so gefährlich machte, war, dass er absolut nichts hinterfragte. Er zögerte nie, guckte nie skeptisch, gab sich nie anders als gefügig und gehorsam, und er fühlte sich dem Ehrenkodex verpflichtet und sklavisch verbunden. Kenneth hätte ein toller Mensch sein können, wäre er von tollen Menschen umgeben gewesen, aber das war er nicht. Er arbeitete in der Hölle, wo alle ständig ermahnt wurden, ihre Pflicht dem Staat gegenüber zu erfüllen und vor einer höheren Macht zu katzbuckeln.

Patrice hatte Jeremy und Kenneth gleich bei seinem zweiten Einsatz in der SHU beobachtet. In den frühen Morgenstunden wurde ein geisteskranker Gefangener eingeliefert, der einen Wärter bewusstlos geschlagen und seine Zelle in Brand gesetzt hatte, ihm fehlten ein paar Zähne und Blut rann ihm übers Kinn und auf die unbekleidete Brust.

Als er durch den Gang abgeführt und in die SHU verlegt wurde, fing er an sich zu winden und zu brüllen, seine langen zotteligen Haare wirbelten umher, während er unter einer Salve an Drohungen und Versprechungen spuckte und fauchte. Mr Porter befahl Kenneth, ihm die Füße wegzufegen, noch bevor sie überhaupt ein Viertel des Wegs zurückgelegt hatten. Jeremy hielt ihn von hinten fest, presste seinen Hals nach vorne, um toxischen Blutspritzern auszuweichen, und zog fest an seinen Händen, die man ihm mit Kabelbinder auf den Rücken gefesselt hatte. Kenneth griff nach unten und riss die Füße des Gefangenen hoch, so dass er mit dem Gesicht zuerst auf den Boden knallte. Jeremy kniete auf seinem Kreuz, während Mr Porter ihm eine Asservatentüte über den Kopf zog, die sich langsam von innen rot verfärbte.

Mr Porter legte ihm eine gummiummantelte Halskrause um, die an einem knapp zwei Meter langen Stab befestigt war, so dass er den Gefangenen fixieren und gleichzeitig Abstand zu ihm wahren konnte. Kenneth verwendete eine ähnliche Vorrichtung für die Beine, während Jeremy wieder aufstand und den Taser aus seinem Holster zog. In den nächsten Minuten verpassten sie ihm mehrere Stromschläge, bis er sich wand und schließlich bewusstlos zusammensackte.

Das Prozedere wurde mit ähnlich großer Detailverliebtheit durchexerziert wie eine gut geplante Hochzeit. Bevor der Gefangene überhaupt eintraf, hatte man bereits seine Akte recherchiert. Er war schmutzig. HIV. Das machte besondere Maßnahmen erforderlich. Die Wärter hatten ihn mit Gesichtsschutz und in langen Ärmeln in Empfang genommen. Sie vermieden ungeschützte Haut und trugen doppelte Handschuhe. Die Halsklemmen standen jederzeit greifbar im Gang. In Spendern an der Wand befanden sich Plastiktüten wie Papiertücher in stark frequentierten öffentlichen Toilettenräumen. Der schmutzige Gefangene wurde abgefertigt wie in einer eigens für besondere Schwierigkeiten eingerichteten Fabrik. Sie ähnelte einem Schlachthaus, nur dass das Vieh zum Schluss noch lebte. Der Gefangene war nicht mehr als ein Gegenstand, den es zu schleifen und umzuformen galt. Ein Objekt, das seinerseits die Maschine, die es durchlief, verfeinerte. Mit jedem Durchgang wurde sie effizienter und gründlicher.

Patrice hatte zugesehen, wie Jeremy mit seinen Handschuhhänden die Asservatentüte hielt und den zu Boden geschlagenen Mann leise den Gang entlang davonzog.

»Bereit zur Übernahme?«

Patrice hörte Mr Porters Funkgerät knistern, draußen wartete der nächste Gefangene.

Jennifer

1

In Mandurah und Northam hatte es nicht geklappt. Ehrlich gesagt hatte sie auch nicht ihre besten Bewerbungen geschickt. Die Auswahlkriterien der Regierung waren vage und bei der Stelle im Kinderschutz hatte sie den Bewerbungsschluss verpasst. Sie sprach per E-Mail mit ihrem Sohn, der in den Minen arbeitete. Er war Sprengmeister, jagte Löcher in die Wüste: »Immer der Farbe hinterher«, wie er gerne scherzte. Er hatte ihr versprochen, er würde dort vor Ort nicht zu viel trinken, er musste höllisch aufpassen, weil aufgrund seiner Aufgaben für ihn strengere Vorschriften galten. Er schien zufrieden zu sein oder zumindest gut aufgelegt. Er verdiente kein schlechtes Geld und hatte einen guten Einstieg gefunden.

Per E-Mail schien die Beziehung zwischen ihnen besser zu funktionieren, sie unterhielten sich häufiger und besser als von Angesicht zu Angesicht. Sie fragte sich, ob das ihre Schuld war, ob sie als Mutter etwas falsch gemacht hatte. Ihr Sohn war offener, ehrlicher und teilte ihr seine Gedanken und Gefühle bereitwilliger mit, wenn er sich 3000 Kilometer weit von ihr entfernt aufhielt, anstatt mit ihr am Küchentisch zu sitzen. Vielleicht war das einfach so. Man musste keine Unterhaltung führen, wenn man sich in unterschiedlichen Zeitzonen oder auf unterschiedlichen Längengraden befand. Die sozialen Umgangsformen verloren an Bedeutung. Übrig blieben nur noch gute Gefühle, Heimweh und eine Sehnsucht, die nie zum Vorschein kam, wenn man zu eng aufeinanderhockte.

Sie ließ ein paar Andeutungen fallen, dass sie vielleicht

selbst eine Stelle im Norden antreten wolle. Nicht richtig im Norden wie Northam, aber vielleicht im Norden beim Bergbau. Das war wie früher, als Gold und Eisenerz geschürft wurden, der Boden wurde geplündert, das Gefundene an die Chinesen verkauft, täglich wurden Teile des Landes für Millionen von Dollar verschifft. Die habgierigen Minenbesitzer hatten eigene Zugstrecken gebaut. Von der Wüste bis nach Port Hedland. Ihr Sohn hatte ihr erklärt, es gebe drei Bahnstrecken, alle in dieselbe Richtung. Das hatte auch etwas Krankes. Etwas Krankes, das dem Dreck entwich und das es vielversprechend erscheinen ließ, 85 000 Dollar im Jahr zu verdienen, Betten zu machen und ein bisschen Raumerfrischer zu versprühen. Sie hoffte, er würde sich schon bald bei ihr melden und ihr den Namen einer Kontaktperson nennen, damit sie endlich von hier verschwinden konnte.

Die von der Sicherheit hatten inzwischen ihr Büro übernommen, da der Verwaltungstrakt des Gefängnisses renoviert wurde. Sie war darum gebeten worden, sich die Räume mit den Kollegen vom Assessment zu teilen, die zwischen dem Pförtnerhaus und der Kantine untergebracht waren. Das Problem war nur, dass es nicht genügend Räume für die Gefangenengespräche gab. Das bedeutete, jedes Mal, wenn Jennifer zur gleichen Zeit wie die Kollegen vom Assessment einen Termin mit einem Gefangenen hatte, musste sie mit diesem ins Café umziehen. Das Café diente einerseits als Café, aber auch als Kopierstation für die Kollegen aus der Verwaltung und außerdem als Lagerraum für ein paar tausend Rollen Klopapier und turmhoch, aber schlecht aufgestapelte Großpackungen Kaffee.

Sie musste sich jetzt schon die zweite Woche einen eigentlich nicht teilbaren Raum teilen. Jetzt saß sie mit Carson, der um ein Haar einen Mitgefangenen totgeschlagen hätte und deshalb einen Monat in der SHU verbracht hatte, hier im Café. Inzwischen hatte man ihn wieder in seinen alten Trakt verlegt, aber er sah nicht okay aus, wirkte verändert, seit Jennifer ihn zuletzt gesehen hatte. Er hatte ein bisschen Farbe verloren, wirkte grau und ziemlich blass im Gesicht. Auch dünner als beim letzten Mal, und er lächelte längst nicht mehr so häufig, wie sie es von ihm in Erinnerung hatte.

Ihre Umgebung war ihr peinlich. Er sah aus, als hätte er etwas Besseres verdient. Einer der Beamten aus dem Assessment hatte einen größeren Kopierauftrag gegeben und nun ratterte das Gerät etwas weiter hinten im Raum unaufhörlich. Es schaltete und klapperte, heftete Seiten aneinander und warf Broschüren aus, was einen solchen Krach machte, dass es praktisch unmöglich war, ein sinnvolles Gespräch zu führen. Carson saß zusammengesunken und hager vor ihr, sah sie an.

»Also ehrlich, Carson. Ich weiß wirklich nicht, wo ich anfangen soll.« Jennifer sah ihn entschuldigend an.

Sie hatten sich erst vor ein paar Monaten unterhalten und nun wusste Jennifer nicht, wie sie ihn zum Reden bringen sollte, ohne noch einmal mit denselben Themen anzufangen. Sie wollte ihn nicht wie einen Idioten behandeln. Sie wollte sich respektvoll ihm gegenüber verhalten, aber gleichzeitig ihre Vorschriften beachten, und das war eigentlich unmöglich.

Sie hatte das Gefühl unmenschlich zu agieren, der ganze Vorgang machte sie kleiner als sie war, kleiner als sie sein wollte. Instinktiv wäre sie am liebsten aufgestanden, zu ihm gegangen, hätte ihn in den Arm genommen, ihm übers Haar gestreichelt und ihm zugeflüstert, dass alles schon wieder irgendwie gut würde, dass sich alles zum Guten wenden und man sich um ihn kümmern würde, und er sich um nichts mehr Sorgen machen musste.

Sie stellte sich vor, wie er sich an sie schmiegte, sich sicher, behütet und beschützt fühlen würde. Sie würde ihn festhalten und ihm sagen, dass sie ihn liebte. Sie würde ihm sagen, dass er ihre Liebe verdient hatte, dass er alle Liebe der Welt verdient hatte, so viel wie ein Menschenherz nur zu fassen vermochte. Aber jetzt sah er sie an, sein Herz war gebrochen, es gab keine Sehnsucht mehr darin. Wort- und seelenlos, es war, als würde er sein gebrochenes Herz in den Händen halten und ihr andienen. Nicht um es zu heilen, sondern um es fortzuwerfen.

Er sah sie an, als wüsste er, dass sie ihm nicht helfen konnte. Sein Schmerz war namenlos, heimatlos. Es gab keinen anderen Ort dafür als sein eigenes, leidgeprüftes Inneres. Es ergab keinen Sinn. Der Schmerz hatte sich über Generationen aufgebaut und ein verfluchtes Leben reichte nicht aus, um das alles zu verstehen.

»Carson?«

»Ja, Miss?«

»Carson, Sie müssen nicht ›Miss‹ zu mir sagen, Jennifer genügt völlig.«

»Okay, Jennifer, danke«, Carson sprach still und leise.

»So habe ich das nicht gemeint.« Jennifer wollte, dass er sich wohlfühlte.

»Ich auch nicht, Miss, tut mir leid.«

Sie hatte das Gefühl, dass er sich ihr ein kleines bisschen annäherte, weicher wurde, offener als je zuvor in ihrem Büro. Der Fotokopierer im hinteren Teil des Raums setzte seinen abgehackten Rhythmus fort.

»Ich denke, wir müssen einfach nochmal von vorne anfangen, wenn das für Sie in Ordnung ist, Carson«, sagte Jennifer und nahm die Unterlagen zur Hand, die sie vor sich hatte.

»Ehrlich gesagt, Miss, zu diesem Zeitpunkt ist es …«

»Carson?«

»Es ist einfach alles Scheiße«, Carson schüttelte den Kopf.

»Die psychologischen Gutachten?«

Carson ließ sich Zeit mit der Antwort, er holte ein paar

Mal tief Luft, dann setzte er an, als wollte er etwas Wichtiges sagen, nur um es dann doch für sich zu behalten, was auch immer es war. Er rutschte auf seinem Stuhl herum und Frust zeigte sich in seinem Gesicht.

»Kommen Sie schon, Carson, bitte.«

»Es ist einfach alles, Miss, die ganze Sache.«

»Carson, wissen Sie, Umstände können sich manchmal sehr schnell ändern.« Jennifer tat ihr Bestes.

»Nein, hier drin nicht, Miss.« Carson blieb still sitzen.

»Wie meinen Sie das?«

»Zum ersten Mal hab ich das gesehen, da war ich noch ganz jung. Gerade mal vierzehn und ich wurde als bester Spieler der Basketballmannschaft der unter Achtzehnjährigen ausgezeichnet.«

»Ja«, sagte Jennifer und machte sich gefasst, versuchte vorauszusehen, worauf er hinauswollte.

»Der Trainer, den wir hatten, das war ein Weißer. Meine Schwester hat die jüngeren und mein Onkel hat die Mädchenmannschaft trainiert, weil die nur bis zur U13 gingen, und mein Trainer hat die älteren Jungs gehabt, die U15 und die U18.«

Jennifer hörte zu.

»Ich bin in den Park, weil da Preise verliehen wurden, am Samstagnachmittag, da gab's Grillwürstchen, kalte Getränke, alle anderen Mannschaften sind gekommen, Mädchen, Jungs, auch die Kleinen, alle waren da und am Ende des Tages wurde ich aufgerufen, um meinen Preis entgegenzunehmen.«

Jennifer wusste nicht, worauf er hinauswollte.

»Der Trainer hat sich da aufgebaut und bekannt gegeben, wer die Auszeichnung bekommt. Er hat über mich geredet und im Prinzip gesagt, dieser junge Mann hat in diesem Jahr das ganze Programm der unter Achtzehnjährigen bestritten.« Carson starrte Jennifer an, während er den Trainer nachmachte.

»Das ist etwas, worauf du sehr stolz sein solltest, Carson.«

»Nein, nein, Miss, es gab gar kein Programm, verstehen Sie? Wir sind jeden Dienstagabend von sieben bis neun da aufgekreuzt und haben ein Amateurspiel gespielt, jede Woche. Es gab keine Übungen, keine Erklärungen, keine Grundlagen, kein Warmspielen, keine Nachbereitung, keine Strategiegespräche, Turniere, Aufrufe, nichts. Da waren einfach nur acht Teenager, die zusammen Ball gespielt haben. Und der Mann stellt sich hin und erklärt allen, ich sei Teil eines Programms. Eines Programms, das er geleitet hat.«

»Okay.« Dazu fiel ihr nichts ein.

»Das war das erste Mal, dass ich's gemerkt habe, wissen Sie?«, sagte Carson. »Dass eigentlich gar nichts dahintersteckt.«

Jennifer wusste genau, worüber er sprach. Sie wusste es aus eigener Erfahrung, sie war ja Teil des Ganzen. Sie war eine derjenigen, die des Kaisers neue Kleider aus unsichtbarem Tuch schneiderten. Jede Naht war eine Lüge. Die ganze Arbeit völlig vergebens. Am liebsten hätte sie sich übergeben. Sie wollte los, ihren Sohn suchen und nach Hause holen, ihr Haus verkaufen und mit ihm zusammen irgendwohin, weit wegziehen, irgendwohin, wo sie ein neues Leben beginnen konnten. Sie würden Gärten anlegen, Kräuter pflanzen, frisches Gemüse. Sie konnte wieder anfangen, Gras zu rauchen, irgendwo in einer Hütte in der Nähe eines Strands leben. Fische fangen, Brot selber backen. Je weiter weg, desto besser, je einfacher, desto besser, sie wollte stolz darauf sein, wer sie war und auf das Leben, das sie führte.

»Tut mir leid, Leute, dauert nur einen Augenblick.« Einer aus dem Assessment watschelte in den Raum, der enorm Fette, der von Monat zu Monat immer dicker und fetter zu werden schien. Er würdigte Jennifer und Carson kaum eines Blicks.

»Oh, da druckt gerade jemand, oder wie?« Er starrte den

Kopierer an. Am liebsten hätte sie ihn erwürgt, um Carson und ihrer selbst willen.

»Ich glaube, Marie druckt was für ihren Kurs heute Nachmittag aus.«

»Ach so, Marie?« Er starrte das Gerät noch genauer an, wägte die Alternativen ab. »Na, dann komme ich am besten später noch mal wieder.« Er sah das einzige Blatt Papier in seiner Hand, machte lustige Knackgeräusche mit den Lippen und latschte ebenso leblos wieder zur Tür hinaus, wie er hereingekommen war.

»Tut mir sehr leid, Carson.«

»Kein Problem, Miss, schon okay.«

»Nein, das ist überhaupt nicht in Ordnung. Ich hätte darauf bestehen müssen, dass wir einen eigenen Raum bekommen.«

»Ehrlich, Miss, schon gut.«

Der Fettsack schob noch einmal den Kopf durch den Türspalt.

»Sie wissen nicht zufällig, ob Marie schon in der Mittagspause ist?«

Ben

Er war es hundert Mal im Kopf durchgegangen. Bevor sie verschwanden, hatten sie ihn auf die Fahrerseite gesetzt, die Hände mit Kabelbinder auf den Rücken gefesselt und den Hals hinten an die Kopfstütze. Mit einem Auge hatte er den Bahnsteig im Blick behalten, um sich zu vergewissern, dass niemand näherkam, wobei er sich in Wirklichkeit sowieso nicht bewegen konnte, selbst wenn er es gewollt hätte.

Für Chappie war das eine leichte Chance, einfach so 15 000 zu kassieren. Die Typen, die ihn überfallen hatten, waren vermutlich seine Freunde, wahrscheinlich steckten sie jeweils 5000 ein. Vielleicht hatte Chappie ihnen aber auch nur zwei oder drei ausgezahlt. Oder es war die Idee von dem Typen gewesen, als er Ben an jenem ersten Abend gesehen hatte, und Chappie war gerne bereit gewesen, mitzuziehen. Eigentlich egal. Die Pillen gingen zurück an Chappie, außerdem bekam er 15 000 von Ben und würde den Stoff anschließend noch einmal verkaufen und Geld dafür kassieren. Ben versuchte sich zu erinnern, wie der Mann auf dem Bahnsteig ausgesehen hatte.

Hatte er wirklich in seine Richtung gesehen? War er überhaupt dort gewesen?

Vielleicht war es ein Test, vielleicht wollte Chappie ihn auf die Probe stellen, sehen, ob er schlau genug war, um dahinterzukommen, schlau genug, so dass man ihm zutrauen konnte, mit so viel Geld umzugehen. So oder so musste er ihn zur Rede stellen. Er musste das Ganze geraderücken und konnte es nicht einfach auf sich beruhen lassen. Nach dem aktuellen Stand der Dinge sah er aus wie ein Vollidiot.

Entweder hatte man ihn auf die Probe gestellt oder man hatte ihn verarscht. Ben hatte Chappie gestern angerufen, als Greg weg war, um ihm zu sagen, dass er sein Gras für ihn hatte, aber Chappie war nicht drangegangen. Zum ersten Mal seit Monaten war er nicht ans Telefon gegangen und hatte nicht am Tag vorher angerufen, um den Deal zu bestätigen. Möglicherweise war alles ein Zufall.

Möglicherweise würde er Ben aber auch einfach hängen lassen.

Er nahm das große Küchenmesser aus der Hülle und fuhr mit der Klinge über den Schleifstahl. Die Klingen waren gut, perfekt ausbalanciert und sehr leicht im Umgang. Wenn er nichts von Chappie hörte, würde er zu ihm fahren.

Patrice

Patrice tippte langsam in den Computer. Er kam sich blöd vor, wenn er vor den Augen der anderen tippte. Er musste noch den Bericht über den Vorfall gestern schreiben, nichts Gravierendes, aber er hatte es vor sich hergeschoben, allmählich wurde er faul. Einem der Gefangenen hatte das Mittagessen nicht geschmeckt und er hatte die Salatschüssel auf den Boden ausgekippt. Nachdem er sich geweigert hatte, die Schweinerei wegzuwischen, hatten sich ein paar Wärter auf ihn gestürzt und ihn in Trakt Eins geschleppt. Der Gefangene hatte sich kaum gewehrt, es hatte nur wenige Sekunden gedauert, ihn zu überwältigen. Normalerweise benahm er sich recht gut, arbeitete schon mehrere Monate in der Putzkolonne. Patrice war froh, dass er wieder in einem normalen Trakt arbeitete, in die SHU würde er freiwillig keinen Fuß mehr setzen. Hoffentlich dauerte es noch eine ganze Weile, bis sie ihn wieder dorthin schickten.

»Na schön, komm schon, Wally, Alter, steh auf«, hörte man Derek, der im Gang oben durch eine Zellentür schrie. Er machte die Weckrunde, vergewisserte sich, dass alle aufstanden. Wally war ein großer Kerl, der gerne Toast mit Marmelade aß und morgens lange schlief.

»Wally, komm schon, Alter«, rief Derek noch einmal und spähte durch den Spion.

Dereks komischer Manchester-Akzent verbreitete stimmungsmäßig eine gewisse Leichtigkeit, besonders frühmorgens. Die seltsame Satzmelodie ließ ihn warm und freundlich klingen, wie einen fürsorglichen Vater oder einen großen Bruder und nicht wie einen übellaunigen Gefängniswärter. Wie ein Arsch verhielt er sich ohnehin nur Gefangenen gegenüber, die er nicht leiden konnte, also ungefähr gegenüber der Hälfte, aber Wally hatte einen Stein bei ihm im Brett.

Für einen ganz kurzen Augenblick herrschte morgens eine Atmosphäre wie in einem Ferienlager für Jungs, und Patrice kam sich vor wie ein väterlicher Gruppenführer bei den Pfadfindern. Das Gefühl von Intimität, das sich automatisch einstellte, wenn man so viele Menschen in ihren Schlafanzügen sah, benommen und noch schläfrig, überkam ihn jeden Morgen und verschaffte ihm für einen winzigen Moment ein Gefühl von Zufriedenheit.

»Gut gemacht, Wally.« Derek ging weiter den Gang entlang. Wally musste anscheinend aus den Federn sein oder zumindest Derek zuliebe mit den Zehen gewackelt haben. Wenn es mit ihm zu einem Zusammenstoß kam, würde er Angst und Schrecken verbreiten, so groß wie er war, würde man ein halbes Dutzend Wärter brauchen um ihn zu bändigen, wenn er's drauf anlegte. Schon eigenartig, wie entschieden sie hier drin in der Unterzahl waren. Drei oder vier Wärter auf drei Dutzend Verbrecher.

Jeder Tag war ein Lotteriespiel. Patrice schob den Gedanken beiseite.

»Chef, ich muss früher in die Gärtnerei, heute gibt's die Zeugnisse und so.«

Patrice blickte vom Computer auf und sah Gavin vor sich. Gavin war ein harmloser 22-Jähriger mit dem gegerbten Gesicht eines fünfzigjährigen Mannes und einem unstillbaren Durst nach Wein und kaltem Bier. Er befand sich seit seiner Teenagerzeit im Strafvollzug. Ihm fehlte ein Großteil seiner Zähne, entweder hatte man sie ihm ausgeschlagen oder sie waren ausgefallen. Seine Haut war gespannt, voller Aknenarben und gelb. Er grinste immer, wenn er Patrice sah, wahrscheinlich hatte er sich dadurch so lange über Wasser halten können. Er kam niemandem in die Quere und brachte die Menschen zum Lachen.

»Du bekommst heute ein Zeugnis, Gavin?« Patrice war ganz entspannt in Gavins Gegenwart. Er wusste, dass der nichts dagegen hatte, dabei gesehen zu werden, wie er freundlich zu den Beamten war. Gavin war so etwas wie ein Gefängnismaskottchen, mit seiner unablässigen guten Laune und Freundlichkeit brachte er alle irgendwie auf den Boden zurück.

»Ich hoffe, dass mir die Jungs ein Zeugnis ausstellen, Sir. So viele Tomaten wie ich für die im vergangenen Monat gepflanzt habe, dafür müssen die mir ein Zeugnis geben, sonst kriegen sie das hier von mir ...« Gavin grinste sein Zahnlückengrinsen und rammte ein paar Mal seine Faust in die geöffnete andere Hand.

Patrice grinste zurück und schrieb ihm einen blauen Passierschein, damit er den Trakt verlassen durfte.

»Gut gemacht, Gavin. Glückwunsch! Willst du Gärtner werden, wenn du rauskommst?«

»Nee, scheiß drauf, Sir, wenn ich rauskomme, pflanz ich erst mal was ganz anderes ... keine Tomaten, wenn Sie verstehen, was ich meine?« Gavin nickte Patrice zu und ging weiterhin grinsend zum Ausgang. Patrice drückte den Knopf auf der Kontrolltafel und sah ihn schnurstracks Richtung Gärtnerei verschwinden.

Der Geruch von frischem Toast erfüllte den Trakt jeden Morgen. Bis Feierabend hatte Patrice noch eine Stunde vor sich. Er überlegte, ob er in den Fitnessraum gehen und erst mal schön lange heiß duschen sollte, bevor er nach Hause fuhr und sich ins Bett legte. Die Rückfahrt nach der Nachtschicht war ganz gut, kaum Verkehr. Vielleicht sollte er sich einen Tee machen und dazu einen Toast mit Vegemite genehmigen. Er hatte auch noch ein gekochtes Ei für die Nacht dabei, vielleicht mit Salz und Pfeffer auf einer Scheibe gebuttertem Toast, dazu ein Becher heißer Tee. Sie nahm in seinen Gedanken glücklicherweise immer weniger Raum ein, es wurde immer besser, während aus Wochen Monate wurden.

»Carson!« Dereks Stimme hallte laut vom oberen Laufgang herunter.

Er war an der letzten Zelle angekommen, presste sein Auge an den Spion.

Derek löste seinen Schlüssel vom Gürtel, rief nicht nach Patrice. Patrice stand auf und sah Derek vom Überwachungsraum aus zu, wie er die Tür aufschloss. Sie wussten beide, dass Carson allein dort drin war, nach seinem Aufenthalt in der SHU hatten sie ihn dort reingesteckt. Derek öffnete die Zellentür und ging hinein.

»Ach, du Scheiße, Mann«, hörte Patrice Dereks Stimme durch den Gefängnistrakt hallen. Sein Funkgerät knisterte am Gürtel.

»Patty, ruf die Sanitäter, Mann! Der hat sich aufgehängt …«